KB007823

잃어버린 것들의 목록

Verzeichnis einiger Verluste

잃어버린 것들의 목록

Verzeichnis einiger Verluste

소멸을 통해 우리가 기억해야 하는 것들

유디트 샬란스키

Judith Schalansky

박경희 옮김

mujintree
뮤진트리

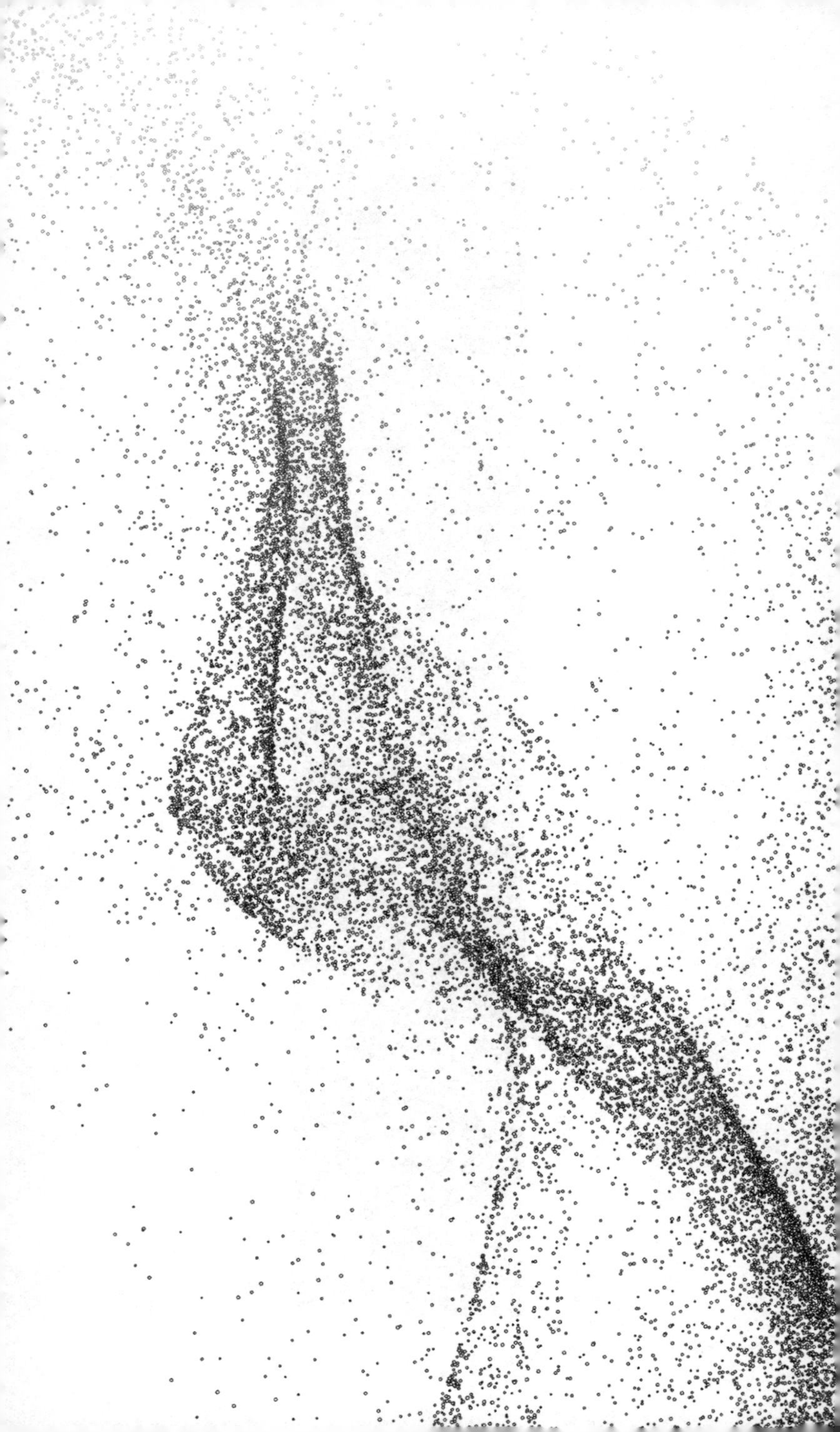

차례

■ 일러두기

- 이 책은 Judith Schalansky의《Verzeichnis einiger Verluste〉(Suhrkamp, 2018》를 완역한 것이다.
- 본문의 주석은 모두 옮긴이의 것이다.
- 외래어 표기는 국립국어원 외래어 표기법에 따르되, 관습으로 굳어진 경우 관례를 따랐다.
- 단행본은《 》, 잡지·단편·신문·영화 등은〈 〉로 표기했다.
- 원어는 필요하다고 판단되는 곳에 병기했다.

일러두는 말

이 책을 쓰는 동안 무인탐사선 카시니가 토성의 대기권에서 산화했다. 화성 착륙선 스키아파렐리가 자신이 탐사해야 할 행성의 녹 빛 바위들 사이에서 산산이 부서졌다. 보잉 777기가 쿠알라룸푸르에서 북경으로 가던 중 항로에서 흔적도 없이 사라졌다. 2,000년 팔미라의 역사를 대변하는 벨 신전과 발샤민 고대 신전, 원형극장의 부채꼴 무대, 승리의 아치, 테트라필론과 열주대로의 일부가 폭파되었다. 이라크의 모술에서 알 누리 대 모스크를 비롯하여 선지자 요나의 교회가 파괴되었으며, 시리아에서는 초기 기독교 시대의 마르 엘리안 사원이 잿더미로 변했다. 만리장성의 3분의 1이 반달리즘과 지질침식의 희생양이 되어 소실되었다. 한때 청록색 물빛으로 유명했던 과테말라의 아테스카템파 호수가 모래에 묻혀 증발했다. 몰타에 성문의 아치처럼 서 있던 석회암 구조물 아주르 윈도우가 지중해 속으로 침몰했다. 북부흰코뿔소의 마지막 수컷이 45세에 안락사함으로써, 이 아종에서는 이제 딸과 손녀 두 마리만이 살아남게 되었다. 80년 만에 단 한 번 압축에 성공한 금속 수소 샘플이 하버드 대학 연구소에서 사라졌고, 이 극도의 미세한 입자가 도난당한 것인지 파괴된 것인지 아니면 단순히 기체 상태로 환원된 것인지 아무도 알지 못한다.

이 책을 쓰는 동안 뉴욕 유니언 대학 샤퍼 도서관의 한 사서가 1793년의 어느 연감 안에서 조지 워싱턴의 은회색 머리카락 묶음이 여럿 들어있는 봉투를 발견했다. 지금껏 알려지지 않은 월트 휘트먼의 장편소설과 재즈 색소폰 연주자 존 콜트레인의 사라진 앨범 〈Both Directions At Once〉가 나타났다. 독일 칼스루에의 동판화전시실에서 열아홉 살의 한 실습생이 피라네시의 스케치 수백 점을 발견했다. 이집트의 한 절벽의 대리석판에서 3,800년 전에 새겨진 것으로 추정되는 세계에서 가장 오래된 알파벳이 확인되었다. 1966~67년에 달의 궤도선軌道船이 촬영한 이미지 데이터가 복원되었다. 사포의 시 중 지금껏 알려지지 않았던 두 개의 단편斷片이 새로 발견되었다. 조류학자들이 브라질 중부의 사바나 지역 세라도에서 1941년 이후 멸종된 것으로 분류되었던 푸른 눈의 땅비둘기를 여러 차례 목격했다. 북극탐험에 나섰다가 1848년에 실종된 프랭클린 원정대의 선박 에버러스호와 테러호의 잔해가 발견되었다. 그리스 북부에서 알렉산드로스 대왕의 죽마고우로 알려진 헤파이스티온의 것으로 추정되는 거대한 추모공간이 발굴되었다. 캄보디아 앙코르 와트 사원으로부터 멀지 않은 곳에서 중세의 한때 가장 큰 거주지였다는 크메르 제국 시대의 수도 마헨드라파바타가 발견되었다. 지구에서 1,400광년 떨어진 백조좌에서 소위 거주 가능 구역으로 판단되는 천체가 발견되었다. 평균기온이 지구와 비슷하며 물이 있거나 한때 있었을 가능성이 있으므로, 인간이 살기에 적합한 환경일 개연성이 있어 보이는 곳이다.

서문

몇 년 전 8월 어느 날 나는 독일 북부의 한 마을을 방문했다. 마을은 과거 빙하기 때부터 육지로 깊숙이 치고 들어온 포구의 마지막 만곡에 자리하고 있다. 소금기 섞인 물에서 계절마다 다양한 물고기가 잡혀, 이곳에는 오늘날까지도 고기잡이를 업으로 하는 사람들이 남아있다. 이들은 둥근 자갈로 포장된 두엇 남짓한 도로와 그물을 말리는 건조장, 두 명의 노 귀부인이 사는 수도원 단지가 전부인, 그림 같다는 말로밖에 표현할 수 없는 이 마을에 수백 년째 살고 있다. 요컨대, 시간을 초월한 듯 모호하고 매혹적인 과거가 여전히 살아있다는 착각을 불러일으키는 곳이라는 말이다. 그곳에서 유독 내 기억에 남은 것은 회벽칠을 한 야트막한 집들 앞에서 꽃을 피우던 장미 나무와 키 큰 당아욱도, 화려한 칠을 한 나무 대문들이나, 돌이 많은 해안으로 곧장 이어지던 그 좁은 골목길들도 아니었다. 그것은 마을 한가운데에 자리하고 있는 것이 시장이 아니라 여름의 초록빛을 품은 어린 보리수와 주철 울타리로 둘러싸인 묘지라는, 의외의 상황이었다. 보통이라면 돈과 물품을 주고받을 그 자리에서, 산 사람들이 곧잘 미련을 섞어 말하듯, 망자亡者들이 '쉬고' 있는 것이다. 나는 수백 년간 이어온 이곳 장례조합의 전통이 이미 죽은 사람들과 아직 살아있는 사람들을 한가족으로 지내게 해왔음을 알게 되었다. 그때까지는 태평양의 몇몇 섬에만 존재하는 줄 알았던 매장방식이었다. 물론 그 이전에도 특이한 무덤들에 가본 적은 있었다. 죽은 자의 섬으로 불리는 산 미켈레 묘지는 붉은 벽돌담과 베네치아의 청록색 석호로 둘러싸여 난공불락의 요새처럼 보이고, 할리우드의 포에버 공동묘지에서는 해마다 멕시코 이주민들이 화려한 축일처럼 노랑 주황색으로 무덤을 꾸미고 '망자의 날' 행사를 연다. 알록달록하게 물들인 설탕과 종이반죽으로 빚어낸 해골들은 뼈만 남은 채 영원한 미소를 짓도록 저주받은 존재들처럼 보였다. 그러나 그 어부 마을의 묘지만큼 내 마음을 움직인 곳은 없었다. 나는 원과 정방형의 절충처럼 보이는 그 독특한 단면 안에서 내가 본 것이 다름 아닌 유토피아의 상징적인 실현이라고 믿었던 것 같다. 눈앞의 죽음과 더불어 살기. 오랜 시간 나는 확신했다. 덴마크어로 '작은 섬' 또는 '물로 둘러싸인'이라는 의미의 이름을 지닌 이 지역에서 주민들은—같은 위도에 속하는 다른 장소들에서 흔히 그렇듯—죽은 자들을 공동체의 심장부에서 도시의 성문 밖으로 추방하는 대신 그들 가운데로 불러들임으로써 삶에 더 가까워진 것이라고.

소멸과 파괴의 다양한 현상들에 주목한 이 책을 거의 완성해가는 지금에야, 나는 그것이 죽음을 다루는 수많은 양식 중의 하나일 뿐임을 인정한다. 헤로도토스의 증언에 의하면, 칼라티에인들은 본인들은 죽은 부모를 먹으면서도 그리스인들이 죽은 부모를 태우는 풍습에 대해서는 강한 혐오감을 보였다고 한다. 이 경우 근본적으로 어느 한 쪽이 더 서툴다든가 더 세심하다고 볼 수는 없다. 왜냐하면 죽음의 필연성을 부단히 직시하며 사는 사람과 죽음에 관한 생각을 떨쳐내고 살 수 있는 사람 중 누가 더 삶에 가까이 있는지에 대해서는 반목하는 의견들이 있으니까. 모든 일에 끝이 있다, 또는 없다는 상상 중 어느 쪽이 더 공포스러운지 역시 마찬가지다. 분명한 것은 죽음과 그에 수반되는 문제들, 한 인간의 갑작스러운 부재와 동시에 남겨진 시신과 주인 잃은 소유물들을 어떻게 다룰지의 문제가 세월이 흐르며 답변을 요구하고 행동을 유발했으며, 그것은 당면한 과제를 해결하는 차원을 넘어 인류 초기의 조상들을 동물의 영역에서 인간의 영역으로 발 들여놓게 했다. 죽어가는 몸을 자연스러운 해체과정에 넘겨주지 않는, 비슷한 행동 양상이 다른 고등동물에게서도 관찰되기는 한다. 한 예로 코끼리들은 죽어가는 구성원 주위에 모여 몇 시간이고 그를 코로 어루만지며 흥분한 감정을 누르지 못하는 듯 나팔 소리를 낸다. 그리고 흙과 나뭇가지로 시체를 덮기 전에 죽은 몸을 마지막으로 다시 일으켜 세워보려고도 하며, 심지어 그 죽음의 장소를 몇 년이 지나도록 정기적으로 방문하기까지 한다. 이는 확실히 좋은 기억력을 기반으로 이루어지는 행동들이며, 실체를 알 수 없는 저세상에 대해 우리 인간 못지않은 상상력을 가지고 있지 않다면 불가능한 일들일 것이다.

죽음이라는 전환점은 유산과 기억의 출발점이며 조사弔詞는 각 문화의 원천이다. 사람들은 죽음으로 인해 벌어진 삶의 빈틈과 갑작스러운 정적을 노래와 기도와 이야기들로 채우며 부재하는 대상에 다시 한번 생기를 부여한다. 상실의 경험은 텅빈 틀처럼 애도할 대상의 윤곽을 드러내고, 그 대상은 애도 과정에서 곧잘 미화되어 욕망의 대상으로 탈바꿈한다. 하이델베르크 대학의 한 동물학과 교수는《브렘의 신新동물생활전집》의 서문에서 이렇게 말했다. "현존하는 것보다 잃은 것들에 더 가치를 두는 행동양식은 논리적으로 이해하기 힘든 서양인의 특징으로 보인다. 그게 아니라면 주머니 늑대처럼 역사에서 자취를 감춘 동물들에게 느끼는 그 기이한 매혹을 설명할 길이 없다."

과거의 것을 붙잡고 망각을 저지하는 전략은 다양하다. 전승을 믿자면, 역사가 기술되기 시작한 무렵에 페르시아인들과 그리스인들 사이에 일련의 파괴적인 전쟁이 일어났으며, 오늘날 거의 잊힌 기억술은 이 무렵 여러 사람의 불행한 죽음과 함께 시작된다. 기원전 5세기 초 테살리아에서 잔치가 열리던 건물이 붕괴하여 참석했던 사람들이 압사한 사건이 있었다. 그때 단 한 사람의 생존자였던 케오스의 시인 시모니데스가 그의 단련된 기억술로 손님들의 좌석 배치를 기억해냈고, 그로써 잔해 속에서 일그러진 사체들의 신원을 확인할 수 있었다. 고인을 어떤 돌이킬 수 없는 상실이라 칭함으로써 그 슬픔이 두 배 또는 절반이 되기도 한다는 것은 죽음과 삶에 깃든 숱한 역설 중 하나에 속한다. 그와 달리 신원확인이 불가능하거나 실종자를 둔 가족들은 불안한 희망과 허용되지 않는 애도로 말미암아 혼란한 악몽에 갇혀 불행의 마무리는 물론 계속해서 살아가는 것마저도 저지당한다.

살아있다는 것은 상실을 경험한다는 것이다. 어떻게 될 것인가, 라는 질문은 인류 자체만큼이나 오래된 것이지만, 불안하고 대체 불가능한 미래의 속성 또한 포함하고 있다. 죽음이 올 순간과 그 상황들은 어둠에 싸여있다. 앞선 애도의 달콤하고도 씁쓸한 부적과 같은 효과를, 머릿속의 시연을 통해 두려움을 감소시키고픈 치명적인 충동을 누가 모르겠는가? 붕괴를 예감하고 파국을 상상하며, 마법적인 힘이 극심한 충격으로부터 자신을 구해주리라는 망상. 고대에 꿈은 위안을 약속했고, 그리스인들은 꿈이 신탁처럼 다가올 일을 알려줌으로써 미래를 바꿀 수는 없지만 예기치 못한 일로 인한 충격은 덜어준다고 생각했다. 적지 않은 사람들이 죽음에 대한 공포로 삶을 놓아버린다. 자살은 분명 존재의 축소라는 대가를 치르지만 어쩌면 미래의 불확실성에 맞서는 가장 급진적인 조처이리라. 아우구스투스가 언젠가 사모스섬에서 인도 대사로부터 진상 받았다는 선물에는 호랑이 한 마리와 두 발을 두 손처럼 사용할 줄 아는 팔 없는 소년뿐 아니라, 브라만 계급의 차르마로스Zarmaros라는 사내가 포함되어 있었다. 더 바랄 것 없이 만족스러운 시점에 스스로 인생을 마감하려 했던 그는 더이상 예기치 못한 일이 일어나지 않도록 벌거벗은 몸에 향유를 바르고는 웃으며 불 속으로 뛰어들었다. 그는 의심할 바 없이 고통스럽게 불에 탔을 것이다. 한때 80권에 달했던 카시우스 디오의《로마사》속에 이 기묘한 일화가 전해져오는 것이 그저 우연일지라도 결국은 아직 있다는 것, 즉 남아있는 것이 중요하다.

모든 것을 보존하는 기억은 근본적으로는 아무것도 보존하지 않는다. 1980년 2월 5일 이후의 하루하루를 생생하게 떠올릴 수 있다는 캘리포니아의 한 여인은 기억들이 그녀를 향해 지속적으로 밀려들며 메아리치는 공간에 갇혀 있다. 자신이 태어난 도시의 사람들 이름을 빠짐없이 기억해 기억술사 시모니데스에게 전해 줄 수 있었으며, 기억술보다는 망각술을 배우고자 했던 아테네 최고지휘관 테미스토클레스의 환생녀. "나는 내가 기억하고 싶지 않은 것도 기억한다. 그러나 내가 잊고자 하는 것, 그것을 나는 잊을 수 없다." 망각의 기술은 불가능한 일이다. 모든 기호는 심지어 부재를 지시할 때조차 존재를 드러내기 때문이다. 로마 제국에서 '기록말살'형을 받은 사람들은 거의 빠짐없이 백과사전에 이름이 적시되어 있다.

모든 것을 잊는 것은 끔찍한 일이지만, 그보다 더 끔찍한 것은 아무것도 잊지 못하는 것이다. 모든 지식은 망각을 통해 생산되지 않던가. 전기를 소모하는 자료저장장치에 모든 것을 무차별하게 저장하는 방식은 결국 의미 없는 정보의 무질서한 수집이 될 뿐이다.

아카이브라는 것은 그 선례인 노아의 방주方舟처럼 모든 것을 보존하려는 바람을 기반으로 하며, 그것은 의심할 바 없이 매력적인 아이디어이다. 그러나 예를 들어 남극 대륙이나 심지어 달을 지구의 중앙박물관으로 변모시켜 모든 문화 산물을 일말의 차이 없이 공평하게 전시하겠다는 생각은 전체주의적인 발상일 뿐 아니라 인류의 모든 문화 속에 살아 숨 쉬는 유토피아의 재건과 마찬가지로 좌절할 운명에 처할 수밖에 없다.

기본적으로 모든 사물은 언제나 예정된 폐기물이다. 모

든 건물은 미래의 폐허이며 모든 창작은 붕괴와 다름이 없다. 인류의 유산을 지킨다고 자부하는 그 모든 학문과 기관들의 업적도 마찬가지이다. 지나간 시대의 퇴적물을 그토록 사려 깊고 신중하게 파고든다고 자처하는 고고학조차도 일종의 침해일 뿐이다. 아카이브, 박물관과 도서관, 동물원과 자연보호구역들도 관리되는 묘지에 지나지 않는다. 그 안의 소장품들은 살아있는 현재의 순환에서 찢겨나온 경우가 드물지 않다. 그러니까 짐을 덜고자, 도시의 풍경을 이루는 기념물 안의 영웅적인 사건과 인물들처럼 잊혀도 되기 위해.

인류가 잃은 훌륭한 사상과 감동적인 예술품, 혁명적인 업적들이 실제로 얼마나 되는지, 그런 것들이 누군가의 악의로 파괴되었는지, 또는 시간의 흐름에 따라 유실되었는지 일일이 파악하지 못하는 것을 어쩌면 다행으로 여겨야 할지 모른다. 미지의 것은 누구에게도 괴로움을 주지 않을 테니까. 놀랍게도 적지 않은 근대 유럽의 사상가들은 문화의 주기적인 몰락을 납득할 만한 현상 또는 심리적 치유의 과정이라고까지 보았다. 그들은 마치 문화적 기억이라는 것이 원활한 신진대사—새로운 음식을 섭취하기에 앞서 이전 것의 소화와 배설을 마치는—를 통해 생명을 유지하는 세계유기체라도 된다고 주장하는 듯하다.

그들은 이렇게 좁고 자아도취적인 세계관을 바탕으로,

유럽이 아닌 낯선 지역에 대해 거리낌 없는 점령·약탈·군림·노예화·살인을 자행하고, 그들이 경시하는 그 문화가 소멸하는 것을 자연스러운 과정이라 이해하며, 강한 자가 살아남는다는 자의적인 진화론의 공식을 따르는 범죄를 정당화한다.

그 결과로 우리는 없는 것, 실종된 것, 즉 어떤 유물, 정보, 때로는 소문에 불과한 것, 반쯤 지워진 흔적, 우리에게 도달한 메아리의 반향 같은 것만 애도할 수 있다. 나는 페루의 팜파스에서 발견된 나스카 지상화가 의미하는 바를, 사포의 시 제31편이 어떻게 끝나는지를, 그리고 히파티아[1]의 어떤 점이 그리 두려워 그녀의 전작도 모자라 그녀 자체를 도륙했는지가 너무나 궁금하다.

지금까지는 대개 남은 것들이 그들 자신의 운명을 언급하는 것처럼 보인다. 몬테베르디의 오페라 〈아리아나의 탄식〉에서 살아남은 건 여주인공의 절망에 찬 비가뿐이다. "나를 죽게 하소서. 누가 이 고된 운명, 이 심한 고통에 처한 나를 위로할 것입니까? 나를 죽게 하소서." 로테르담 박물관에서 도난당한 루시안 프로이트[2]의 그림은 그것을 훔친 절도범 중 한 명의 어머니가 루마니아의 욕실

1) 고대 이집트 알렉산드리아에서 활동한 여성 철학자·수학자.

2) 독일에서 태어난 영국의 사실주의 화가로, 지그문트 프로이트의 손자이다.

난로에서 태워버린 후 복제품만 남아있다. 그림에서 눈을 감고 있는 여인이 잠든 건지 죽은 건지 확실히 알 수 없다. 비극 시인 아가톤의 작품에서는 아리스토텔레스가 인용한 두 마디의 재담만이 전해져 온다. "예술은 우연을 사랑한다, 우연은 예술을 사랑한다." 아울러, "신조차도 과거는 고칠 수 없다."

모든 독재자는 시대를 초월해 신들에게조차 허용되지 않는 것을 늘 새로이 욕망하는 듯하다. 그들의 파괴적인 설계 의지는 자신을 현재에 새기는 것으로는 충분치 않다. 미래를 통제하려는 자는 과거를 말살해야 한다. 자신을 새로운 왕조의 조상, 모든 진실의 근원으로 일컫는 자는 앞선 사람의 생각을 소멸하고 모든 비판적인 사고를 금지해야 한다. 자칭 '최초의 숭고한 황제'였던 진시황은 기원전 213년경에 분서갱유를 단행하고 이에 저항하는 사람들을 모두 교수형에 처하거나 황제 전용도로 공사 또는 만리장성 축조 현장으로 보내 강제노동으로 징벌했다. 전차·말·무기를 갖춘 등신대 병사들로 이루어진 테라코타 부대라는 과대망상적인 부장품이 딸린 거대한 무덤의 건설도 이런 일들 중 하나였다. 그 복제품들은 오늘날 세계 곳곳을 떠다니며 그것을 지시한 사람이 바라던 추모를 전례 없이 세속화하고 훼손한다.

과거를 타불라 라사[3]로 만들겠다는 수상쩍은 계획은 처음부터 다시 시작하겠다는 이해 가능한 열망에서 나온다. 정확히 어느 책에서 읽은 건지 기억나지 않지만, 호르헤 루이스 보르헤스가 사무엘 존슨을 인용한 바에 따르자면, 17세기 중엽 영국 의회에서는 "과거에 대한 모든 기억을 소멸하고 완전히 새로운 생활양식을 시작하기 위해" 런던 타워의 아카이브를 소각할 것인지를 진지하게 토의했다.

지구 스스로가 과거가 된 미래의 폐허 더미임은 잘 알려져 있고, 인류는 다양하게 뒤섞여 끊임없이 전유되고 개조되고 버려지고 파괴되고 무시되고 밀려나야 할 경이로운 선사시대의 유산상속공동체이므로, 세간의 믿음과는 달리 미래가 아닌 과거가 진정한 가능성의 공간이다. 바로 그러하기에 재해석이 새로운 지배체제의 첫 역할이다. 나처럼 역사의 단절, 승자의 우상파괴, 기념비의 철거를 경험한 사람이라면 모든 미래의 비전에서 그것의 과거를 알아보는 것이 그다지 어렵지 않을 것이다. 예를 들면 베를린 성이 파괴된 자리에 세워졌던 공화국궁이 그 자리를 다시 원래의 주인에게 돌려주어야 했듯.

프랑스 공화국이 5주년을 맞이하던 1796년의 파리 살롱전에서 건축화가 위베르 로베르는 루브르 궁전을 소재로 한 두 편의 그림을 전시했다. 바스티유 습격을 비롯하

3) 감각적인 경험 이전의 백지상태를 의미함.

여 뫼동 성의 철거와 생 드니 성당 안에 있는 왕의 무덤이 훼손된 장면을 화폭에 담아냈던 이 화가는 그림을 통해 두 가지 제안을 했다. 하나는 왕궁을 거대한 루브르 갤러리—유리 천장 덕분에 채광이 좋은 만큼 그림과 조각들로 가득한 홀—로 개조하는 것이었고, 다른 하나는 같은 공간을 미래의 폐허로 보여주는 것이었다. 한 그림에는 장방형 유리창으로 이루어진 갤러리 천장이 보이고, 다른 그림에는 구름 낀 하늘이 펼쳐져 있다. 돔은 허물어졌고, 벽은 칠이 벗겨졌으며, 바닥에는 부서진 조각품들이 굴러다닌다. 나폴레옹의 전리품들이 파편이 되어 뒹구는 곳에 벨베데레의 아폴로 상만이 그을린 모습으로 서 있다. 재앙을 구경하는 사람들은 폐허의 풍경 속을 거닐며 잔해에 묻힌 토르소들을 들어 올리거나 불가에서 몸을 덥힌다. 둥근 천장의 갈라진 틈에서 초록빛 싹이 움튼다. 폐허는 과거와 미래가 한 곳에서 만나는 유토피아적인 장소이다.

독일의 건축가 알베르트 슈페어는 국가사회주의가 종식되고 수십 년이 흐른 후까지 '폐허의 가치'라는 사변적 이론을 계속 펼쳐 갔다. 그의 주장대로라면 자신의 설계는 천년제국이 단지 은유에 그치지 않도록 특별히 지속성 있는 재료를 사용했을 뿐 아니라, 붕괴된 후에도 로마 유적의 규모와 견줄 수 있도록 해당 건물이 미래의 폐허가 되는 시점까지 고려했다는 것이다. 반면 아우슈비츠는 폐허의 가치도 없이 붕괴되어야 할 이유가 없지 않았다. 그것은 정밀한 공정대로 쉴새 없이 작업하는 산업적 말살기계 장치 만큼이나 극도로 비인간적인 건축물이었으며, 그 안에서 수백만 명이 학살됨으로써 20세기 유럽 역사에 가장 큰 공백을 남겼다. 살아남은 사람들과 그 가족들은 물론 희생자와 가해자 양측의 머릿속에 나란히 자리잡은 트라우마는 통합되기 어려운 내적 이물질로서 여전히 철저한 규명을 기다린다. 집단학살의 범죄는 상실이 어느 정도까지 가시화될 수 있는가라는 질문을 더욱 절박하게 만들었고, 적지 않은 후손들은 과거의 재현은 어떤 식으로도 불가능하다는 무력한 결론에 이르렀다.

"사료史料는 무엇을 보관하는가? 뤼티히[4)]를 정복하는 과정에서 짓밟힌 제비꽃의 운명도 아니고, 뢰벤의 화재 속에서 죽어간 소들의 고통도 아니며, 베오그라드의 구름 모양도 아니다"라고, 테오도어 레싱은 제1차 세계대전 중에 집필한 그의 책 《무의미한 것들에 부여되는 의미로서의 역사》에서 말한다. 여기서 그는 논리적으로 진화하는 역사의 모든 초안은 주로 내러티브 규칙을 따르는, 시작과 끝, 흥

4) 벨기에 리에주 주州의 주도. 2차대전 중 노르망디에 상륙한 연합군을 포위하기 위한 독일군의 작전이 진행되었던 곳.

망성쇠, 개화와 쇠퇴의 이야기로서, 형태가 없는 것들에 사후에 형태를 부여한 것임을 폭로한다.

진화의 법칙은 어떤 개체가 특정 시간 동안 살아남는 것이 우연과 적응의 혼란스럽고 복잡한 상호 작용이라는 것을 보여주었다. 그럼에도 계몽주의적인 진보의 믿음이 거의 깨지지 않고 계속 영향을 미치는 것은 전진하는 역사 연표의 단순한 매력과 이에 상응하는 서구문화권의 선형적 사고관 때문일 수도 있다. 이런 경향 때문에 신법神法이 의미를 상실한 시대에 이르러서도 사람들은 주어진 모든 일에는 (눈에 보이지 않는) 의도와 (그럴 만한) 의미가 포함되어있다는 자연주의의 그릇된 결론에 너무 쉽게 굴복하게 된다. 단순하지만 쉼 없이 전개되는 진화라는 강력한 드라마에서 과거의 유일한 용도는 새로운 역사 아래 몸을 낮추고 역사를, 자신의 것이든 한 국가의 것이든 인류의 것이든, 우연이 아닌 불가피한 진보로 상상하는 것이다. 그러나 모든 기록보관 담당자가 알고 있듯, 새 항목에 연속 번호를 할당하는 연대표의 무기력한 일관성은 모든 조직화 원리 중 가장 독창성이 떨어진다. 왜냐하면 질서란 그럴싸해 보이기만 할 뿐이므로.

말하자면 세계는 어느 정도는 조망이 불가능한 스스로의 아카이브라는 것이다. 지구상의 모든 생물체와 무생물체는 과거의 경험에서 교훈과 결론을 끌어내려는 시도로 가득한, 엄청나게 길고 매우 지난한 기록체계를 가진 문서이며, 분류학은 생물학적 다양성을 지닌 복잡한 아카이브를 색인화하고, 진화론적 계승의 끝없는 혼돈에 그럴싸한 객관적인 구조를 부여하는 사후 시도에 불과하다. 이 아카이브에서는 에너지의 양이 항상 일정하게 유지되며 모든 것이 어딘가에 그 흔적을 남기는 듯하므로, 근본적으로 아무것도 사라질 수 없다. 어떤 꿈도, 어떤 생각도 실제로 결코 망각되지 않는다는, 에너지보존법칙을 연상시키는 지그문트 프로이트의 놀라운 명제가 사실이라면, 고고학적 발굴 활동과 크게 다르지 않은 노력을 통해 과거의 경험들—유전된 외상, 시詩의 연관 없는 두 행, 유아기에 겪은 천둥 치는 밤의 희미한 가위눌림, 포르노그래피적인 공포의 이미지들—이 유골이나 화석 또는 도기 파편처럼 인간 기억의 부식토로부터 출토될 것이다. 그뿐만 아니라 그 흔적을 찾기 시작한다면 사라진 수많은 세대의 작품들을 저승 명부에서도 되찾아올 수 있을 것이며, 은폐되거나 지워진, 실패로 둔갑했거나 망각에 넘겨진 진실 역시 부정할 수 없이 언제까지나 존재할 것이다.

하지만 물리학의 법칙은 위안을 줄 뿐이다. 유한성에 대한 변환의 승리를 주장하는 에너지보존법칙이 대부분의 변환과정이 비가역적이라는 사실에 침묵하기 때문이다. 불타는 예술품이 전하는 온기가 무슨 소용이란 말인가. 그 잿더미 속에서는 감탄할 만한 어떤 것도 찾을 수 없다. 무성영화 필름에서 은을 추출하고 남은 재료를 재활용해 만든 당구공들은 녹색 펠트를 덧씌운 테이블 위로 무심히 굴러간다. 마지막 스텔러 바다소의 고기는 재빨리 소화되었다.

확실히 모든 생명과 피조물의 몰락은 존재의 조건이다. 모든 것이 사라지고 무너지고 썩어가고 소멸되고, 파괴되는 것은 시간문제일 뿐이다. 오로지 재앙 덕분에 살아남은 과거의 진귀한 유적들조차도 그렇다. 오랫동안 해독이 불가능했던, 그림 문자에 가까운 초기 그리스의 선형문자 b로 기록된 유일한 문서는 기원전 1380년경의 대화재로 크노소스가 붕괴된 덕분에 보존되었다. 화재와 동시에 궁정의 수입과 지출이 기록된 수천 개의 점토판이 그대로 굳어졌기에 전승이 가능했다. 베수비오 화산이 폭발했을 때 산 채로 매장된 폼페이의 주민들과 동물들의 석회 주조물은 그 시체들이 썩어가며 남긴 빈 구멍들이 없었다면 남아있지 못했을 것이다. 원폭으로 증발한 사람들은 히로시마의 가옥 벽과 도로 위에 유령 사진을 연상시키는 실루엣을 남겼다.

죽음을 인정해야만 한다는 것은 인간에게 모욕감을 준다. 그 덧없음에 맞서 익명의 후손들 세계에 자취를 남기고자 하는 허영 가득한 바람, 기억 안에 '잊히지 않고' 머물고자 하는 마음은 이해할 수 있다. 묘비의 대리석에 새겨진, 잊지 않으리라는 약속은 얼마나 집요한가.

우주탐사선 보이저 1호와 보이저 2호에 실려 성간星間으로 점점 멀어져가는 두 개의 타임캡슐도 이성을 지닌 종의 현존에 주목하게 하자는 덧없는 바람을 증언한다. 한 쌍의 금도금 동판에 그림과 사진, 음악과 소음은 물론 55개 언어로 된 인사말이 들어있다. 외계에서 온 탐험가들이 아날로그 방식으로 저장된 레코드판을 재생하기 위해 그림 퍼즐로 첨부된 지시사항을 해독하고 재현할 수 있다는 전제하에. 그러나 우주 공간을 떠도는 병 속 편지의 창시자들마저도 이 작업이 과학계에 남아있는 마술적 사고의 산물이라고 간주할 만큼, 그 가능성은 매우 희박하다. 과학계는 무엇보다 자신들의 완벽한 무의미함을 받아들일 준비가 안 된 종種의 자기 확신을 받드는 의식을 수행한다. 그러나 수신인이 없는 아카이브, 찾을 사람이 없는 타임캡슐, 상속인이 없는 유산은 무엇이란 말인가? 경험상, 지난 시대의 폐기물은 고고학자에게 가장 설득력 강한 수집품들이다. 기술폐품, 플라스틱 및 핵폐기물로 이루어진 지질층은 우리의 개입 없이도 오래 지속될 것이고 우리의 습관에 대한 거짓 없는 정보를 제공하며, 우리를 뒤따라 올 지구상의 생명체에 오랫동안 부담을 줄 것이다.

어쩌면 우리 후손들은 이미 인간이 사고라는 걸 하면서부터 갈망해왔던 두 번째 지구의 시대를 열었을지도 모르겠다. 시간을 되돌려 인류가 저지른 실수를 만회하고, 비상시에는 이루 말할 수 없는 수고를 들여서라도 경솔히 파괴한 것들을 새로 창조하기 위해서 말이다. 그리고 실제로 인류의 문화유산은 특히 내성이 강한 박테리아의 유전자에 인공 DNA의 형태로 저장되어 있을지 모른다.

기원전 2900년경 이집트 첫 왕조 중반에 파피루스에 적힌 두루마리 문서가 전해져 왔다. 보존상태가 불안정해 오늘날까지 개봉되지 않았기에 거기에 무슨 전언이 들어있는지는 알 수 없다. 이따금 나는 미래를 이렇게 상상한다. 플랫폼과 프로그래밍 언어, 파일 형식, 재생 장치의 급격한 세대 변화로 인해 그 내용이 그저 무의미한 코드가 되어버린, 이상한 알루미늄 상자 앞에 후세들이 속수무책 서 있다. 그 상자는 잉카 퀴푸 코드의 웅변적이고 고요한 매듭이나 승리의 기념물인지 애도의 기념물인지 아무도 모르는 고대 이집트 오벨리스크보다 오브제로서의 아우라도 훨씬 약하다.

아무것도 영원히 보존되지 못한다 해도, 어떤 것들은 다른 것보다 오래 보존된다. 교회와 사원들은 궁전보다 오래 보존되고, 문자문화는 복잡한 체계가 없이 관리되는 문화보다 오래 지속된다. 문자는, 화레즘[5]의 학자 알 비루니

5) 중앙아시아 서부, 유목민들이 살던 지역을 일컫는 말.

가 표현했듯, 시간과 공간을 오가며 스스로 번식하는 존재이며 처음부터 유전이나 혈연과 무관하게 정보를 전달하는 시스템이었다.

사람은 읽고 쓰는 행위를 통해 자신의 조상을 고를 수 있다. 관습적인 생물학적 전통과 동등한 권위를 지니는 대안으로서 정신적인 유전 계통을 선택할 수 있는 것이다.

종종 제안되었듯, 인류 자체를 세계를 기록하고 우주의 의식을 보존하는 신의 기관으로 이해하려 한다면, 기록되거나 인쇄된 수많은 책들—물론 신과 그의 수많은 대리자들이 쓴 책을 제외하고—은 이 덧없는 의무를 수행하고 물질의 유한함 속에 사물의 영속성을 보존하려는 시도가 된다.

수 세기 동안 사용되어온 종이가 파피루스·양피지·석재·도자기 또는 석영보다 내구성이 없고, 가장 많은 언어로 가장 빈도 높게 인쇄되어온 성경의 내용마저도 우리에게 온전히 전승되지 않았다 해도, 책이 여전히 모든 미디어 중 가장 완성된 형태로 보이는 것은 순전히 나의 부족한 상상력 탓인지도 모른다. 책은 여러 세대에 걸쳐 전파될 확률이 높은 매체이자, 기록되고 인쇄된 이후의 시간의 흔적이 새겨지는 열린 타임캡슐이며, 모든 판본이 저마다 폐허와 무관하지 않은 유토피아적 공간임을 증명한다. 그 안에서 죽은 사람들이 말을 건네고, 과거가 살아있으며, 활자는 진실하고 시간은 잘 보존되어 있다. 책은 새롭고 실체는 없는 듯 보이는, 넘치는 양의 정보를 제공하며 그의 후계자임을 자처하는 다른 매체보다 여러 면에서 열등할 수 있으며, 말 그대로 보수적인 매체일 수 있다. 책은 그야말로 텍스트·이미지·디자인이 서로 완전하게 융합되는 몸의 폐쇄성을 통해 세상 어떤 것과도 다른 방식으로 세계를 정리하고, 때로는 대체하겠다고까지 약속한다. 몸이라는 필멸의 부분과 영혼이라는 불멸의 부분을 가르는 종교의 분리적 사고는 상실을 극복하고 위안을 주는 좋은 전략일지도 모른다. 그러나 형식과 내용의 불가분성은 내가 책을 쓸 뿐만 아니라 그것을 직접 만들기도 하는 이유이다.

모든 책과 마찬가지로 이 책 역시 뭔가를 보존하고, 과거를 눈앞에 되살리고, 잊힌 것을 불러내고, 침묵하는 것을 말하게 하고, 상실을 애도하고자 하는 열망에서 시작되었다. 쓰는 행위를 통해 아무것도 되찾을 수는 없다 해도, 모든 것을 경험 가능한 것으로 만들 수는 있다. 그러므로 이 책은 찾아낸 것만큼 찾고 있는 것에 대해, 얻은 것만큼이나 잃은 것에 대해 다루고 있으며, 기억이 존재하는 한 존재와 부재의 차이가 미미할 수 있음을 시사한다.

그리고 이 책을 집필하는 수년 동안, 이 책 역시 소멸이 불가피하리라는 상상이 책장 안에서 오랜 세월 먼지가 쌓여가는 모습만큼이나 내게 위로를 주었던 소중한 순간들이 있었다.

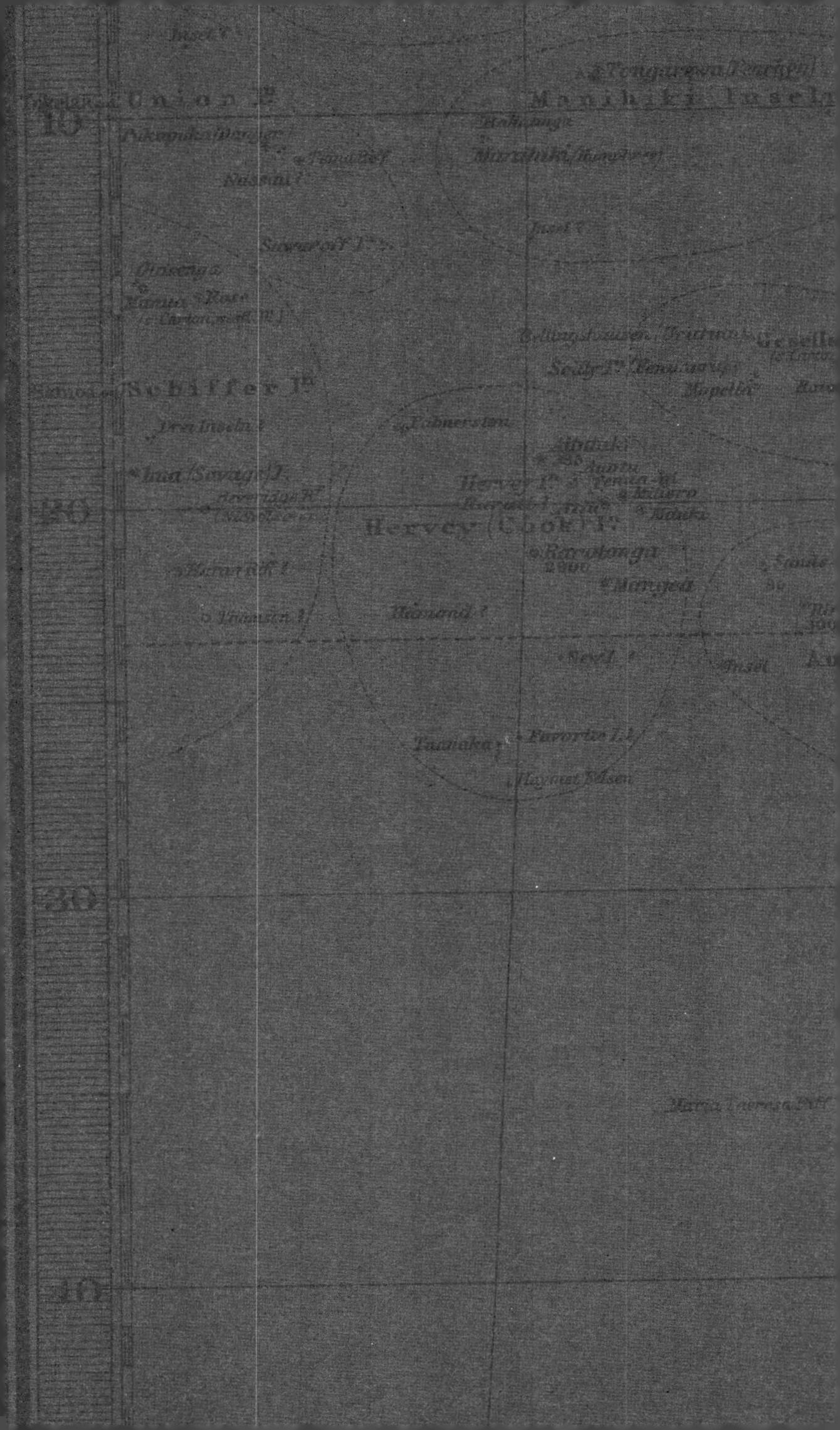

Insel ?

Tongarewa (Penrhyn)

Union I.s

Manihiki Inseln

10

Pukapuka (Danger)

Rakahanga

Manihiki (Humphrey)

Nassau I.

Insel ?

Suwarrow I.s

Olosenga

Manua

Rose

Bellingshausen

Scilly I.s

Mopelia

Schiffer I.s

Drei Inseln

Palmerston

Aitutaki

Niue (Savage) I.

Hervey I.s

Atiu

Mitiaro

Mauke

20

Hervey (Cook) I.s

Rarotonga

2900

Mangaia

Diamant ?

Insel

Tamaka

Favorite I.

Haymet Klippen

30

Maria Theresa Riff

40

쿡 제도의 남쪽

투아나키

또는 투아나에

* 이 산호섬은 라로통가섬에서 남쪽으로 약 200해리 그리고 망가이아 섬의 남서쪽에서 약 100해리 떨어진 곳에 위치했다.

† 1843년 6월에 선교사들이 섬의 위치를 더이상 확인할 수 없었던 것으로 미루어, 투아나키는 1842년 말/1843년 초의 해상지진으로 인해 침몰했을 것으로 보인다. 이 섬은 1875년에 이르러서야 모든 지도에서 지워졌다.

내가 시립도서관 지도책 코너에 있는 한 지구본에서 갠지스라는 이름의 낯선 섬을 발견한 것은 정확히 7년 전, 햇살이 환하고 바람 한 점 없이 고요한 4월의 어느 날이었다. 그 외로운 섬은 아무것도 없는 태평양 북동쪽 바다, 쿠로시오 해류의 도도한 물줄기 속에 자리하고 있었다. 굽이치는 검푸른 해류, 따뜻하고 염분이 많은 바닷물은 포르모사 섬[6]에서 일본 군도를 따라 한없이 북쪽으로 흘러가다 마리아나 제도와 하와이 제도 근처에서 가상의 북쪽 소실

6) 지금의 타이완.

점으로 사라진다. 석고와 종이죽을 굳혀 정교하게 만든 아이 머리통만한 지구본에 하와이 제도는 여전히 제4대 샌드위치 백작인 존 몬터규의 이름으로 표시되어 있었다. 나는 익숙한 이름과 특이한 위치에 이끌려 조사를 시작했고, 북위 31도 동경 154도 좌표 부근에서 암초가 두 번, 육지가 심지어 네 번이나 인지되었다는 사실을 알아냈다. 여러 기관에서 섬의 존재에 대한 의문을 거듭 제기했지만, 1933년 6월 27일 일본 수로학자들이 대상 지역을 철저히 조사한 후 환상의 섬 갠지스의 소멸을 공식적으로 통보할 때까지 세계는 그 상실에 크게 주목하지 않았다.

실제로 옛 지도들에는 셀 수 없이 많은 유령 섬이 표시되어 있다. 지도가 세밀해지고 사람의 발길이 닿지 않은 공간이 점점 줄어들수록 이곳들은 더욱더 뱃사람들의 눈길을 끌었을 것이다. 그들은 마지막 남은 미지의 땅을 찾으려는 의욕을 품고 끝모를 바다의 황량함에 도발되어, 낮게 내려앉은 구름이나 떠다니는 얼음산들에 현혹되어, 염분 섞인 식수와 벌레 먹은 빵, 소금에 절인 질긴 고기에 진저리치며, 육지와 명성을 갈망했을 것이다. 끓어오르는 탐욕과 욕망 속에서 그 모든 것들을 황금과 영예의 덩어리로 녹여내며, 새로운 발견이라 여겨지는 것들로 바다 위의 무료한 나날들을 상쇄하기 위해, 무미건조한 좌표와 새로 지어낸 멋진 이름들을 항해일지에 기록했을 것이다. 그렇게 니므롯, 마타도어 또는 오로라 같은 섬들이 지도에 이름을 올리게 되었다. 흩어져 있는 땅덩어리의 희미한 윤곽 옆에 대담한 이탤릭체 글자들이 새겨졌다.

그러나 내 관심을 사로잡은 것은 오랫동안 반론이 없던 이 주장들이 아니라, 무수한 보고가 한때 존재했다 사라졌다는 것을 뒷받침하는 그 섬들이었다. 사라진 섬 투아나키에 관한 것들이 유난히 내 흥미를 끈 이유는 분명 울림이 풍부한, 날아갈 듯한 마법의 단어를 연상시키는 그 이름 탓도 있겠으나, 무엇보다 섬 주민에 관한 특이한 풍문 때문이었다. 그 풍문에 따르면 그들은 전투라는 것을 전혀 알지 못했으며, 전쟁이라는 단어는 어떤 불쾌한 의미로도 사용되지 않았다고 한다. 마음 한구석에 남아있던 순진한 바람으로 말미암아 나는 당장 그것을 믿을 준비가 되어 있었다. 동시에, 그것이 감히 다른 세계가 가능하다고 주장하는 감상적인 낙원의 꿈을 상기시켰다 해도 말이다. 점점 더 치밀해지고 결과적으로는 삶에 더욱 적대적으로 되어가는 사회질서들이 보여주듯, 낙원의 도래에 대한 기대는 대개 이론에 그친다. 나 역시 그것을 알면서도 내 앞의 여러 사람이 그랬듯, 기억이란 것을 모르고 오직 현재만을 알던 한 나라를, 폭력·곤궁·죽음을 잊고 살았으며 그런 것들이 알려지지 않았던 그 나라를 찾으려 했다. 그렇게 투아나키가 참고문헌에 기술된 것 못지않게 장엄한 모습으로 내 앞에 나타났다. 수심이 얕고 어류가 풍부한 바다 위에 해수면보다 조금 높이 솟아 있는 산호섬, 희미한 푸른 빛으로 빛나는 환초호 안의 산호초가 날 선 파도와 조수 간만차로부터 섬을 지켜주고, 늘씬하게 쭉 뻗은 야자수들과 싱싱한 과일나무들이 무성한, 친절하고 평화를 사랑하는 미지의 사람들이 거주하는 땅. 말하자면 한 마디로 내가 천국으로 상상하는 고귀한 곳으로, 누누이 찬미되어온 낙원과 다른 점이라면 그 섬의 나무들에 달린 과실이 선악과가 아니라는 사실뿐이다. 대신 그 열매가 내포하는 것은 떠나지 않고 여기 머무는 것이 더 복된 것이라는 자명한 이치다. 이곳의 에덴동산은 추방의 장소가 아니라 은신처라는 걸 내가 곧 깨닫게 되었듯.

타스만도, 윌리스도, 부겐빌도 그리고 항로를 벗어난 고래잡이 어선의 선장조차도 그 유순한 해안을 본 적 없고, 크로노미터가 섬의 정확한 위치를 확정한 적 없다 해도, 이 불확실한 작은 섬에 관한 정보들은 언젠가 이곳이 존재했다는 사실을 믿게 할 만큼은 상세하다. 나는 남태평양 탐험단의 경로를 보고 또 보았으며 지도에 그려진 바다 위의 경위도선망을 통과하는 실선과 점선을 부지런히 따라다녔다. 그리고 그 경로를 섬이 있을 것으로 추정되는, 지도의 맨 아래 텅 빈 사각지대에 표시된 위치와 비교했다.

의심할 바 없었다. 유럽대륙이 오늘날까지 세계의 구석

구석을 누비는 모든 뱃사람 중 가장 위대하다고 칭송하는 그 탐험가[7]는 그의 세 번째이자 마지막 항해에서 투아나키에 거의 다다랐던 것으로 보였다. 그렇다. 북해에 면한 도시 휘트비의 안개 속에서 석탄 화물선으로 건조된 두 척의 배는 1777년 3월 27일에 부푼 돛을 달고, 호위함처럼 당당히, 성장盛裝을 한 채, 그 섬의 시계에서 멀지 않은 곳을 지나쳤을 것이다. 제임스 쿡이 오랫동안 지휘해 온 리솔루션호와 젊고 민첩한 호위선 디스커버리호가 출발지인 뉴질랜드의 퀸 샬럿 사운드 항만에서 순풍에 닻을 올리고 선장의 이름을 딴 해협을 통과한 지 한 달이 훨씬 넘었다.

그들은 안개 속에서 빛나는 팔리저 항구의 짙은 초록색 언덕을 이틀 만에 벗어나 마침내 먼 바다로 나갔다. 그러나 바람은 그들에게 불리했다. 강풍에 풍향이 수시로 바뀌다가 맥없는 산들바람이 불고, 돌풍이 비를 흠뻑 뿌리고 간 뒤에는 견디기 힘든 무풍지대가 이어졌다. 다른 때라면 무던히 북동쪽으로 향하며 오타하이티의 경선까지 그들을 데려갔어야 할 온화한 편서풍조차도 평소와는 달리 점점 더 위협적으로 배를 다음 정박지로부터 밀어냈다. 이미 많은 시간을 허비했다. 그리고 북반구에 여름이 오면 뉴 앨비언 해안을 따라 항해할 수 있으리라는 희망은 날이 갈수

7) 영국의 탐험가 제임스 쿡James Cook을 말한다.

록 사위어갔다. 불완전한 지도에 표기된, 태평양과 대서양 사이의 단축 항로를 열어 줄 해로의 입구는 쉽사리 나타나지 않았다. 여름에 얼음층이 녹아 배가 지날만한 통로가 생길 거라는 기대는 모든 천지학의 꿈처럼 오래되고 집요했지만, 쿡 선장이 전설의 땅을 찾아 남쪽 바다를 샅샅이 누비고도 빙산 외에는 아무것도 발견하지 못한 채 거대한 남쪽 대륙을 포기한 이후에야 구체적인 윤곽을 얻었다.

그렇게 두 척의 배는 늘어진 돛을 달고 그곳으로 떠났고, 도서관 속 내 일상의 평화로운 침묵과는 근본적으로 다른, 요동치는 고요가 그들 위로 내려앉기 시작했다. 그럼에도 나는 이따금 넘실대는 긴 너울을, 화창한 날씨의 냉소를, 한때 이 대양을 "평화롭다"고 부르도록 마젤란을 매혹했던 지칠 줄 모르고 밀려왔다 밀려가는 파도의 지루한 한탄을, 그 으스스한 화음을, 시간이 흐르면 지나갈 것이 분명한 성난 폭우보다 더 공포스러운 영원의 무자비한 소리를 들을 수 있었다.

그 바다는 평화롭지도 고요하지도 않았고, 빛이 들지 않는 깊은 바닥에 길들지 않는 난폭함을 감춘 채 확실한 귀환을 기다리고 있었다. 물 밑의 갈라지고 골이 파인 바닥, 해저 참호와 산에 의해 뒤틀린 지각, 선사시대의 아물지 못한 흉터, 하나의 덩어리로 대양에 떠있던 대륙은 무시무시한 힘에 찢겨 급격한 심연과 빛나는 창공으로 서로를 밀어내고 파헤치며, 자비도 정의도 알지 못하는 자연의 법칙에 굴복하며 맨틀 속으로 밀려 들어갔다. 물은 원추형 화산을 묻었고 수많은 산호가 분화구 가장자리에 서식해 태양빛 속에서 새로운 환상산호도環狀珊瑚島의 뼈대가 될 암초를 만들었다. 불 꺼진 화산이 어두운 땅속 깊은 곳, 무한의 시간으로 가라앉는 동안 그 비옥한 토양에 흘러온 가지들은 씨앗을 뿌리며 번성했다. 그리고 들리지 않는 굉음 속에서 그 모든 일이 일어나는 동안, 가축들은 갑판 아래에서 배고픔에 울었다. 수소, 암소, 송아지들, 숫양들, 어미양과 염소들, 수말과 암말이 제각각 소리 내며 울고, 암수 공작들이 비명을 지르고, 가금류들이 연거푸 꽥꽥 울어댔다. 쿡이 그렇게 많은 동물을 배에 싣고 항해를 시작한 것은 이번이 처음이었다. 그는 왕의 단호한 명을 받들어 낯선 땅에 번식시킬 동물들로 배의 절반을 채웠다. 그리고, 승무원 전원이 먹을 만큼의 식량을 집어삼키는 그 입들을 노아는 무슨 수로 채웠던가 자문했다.

십오 일째에 목표했던 항로에서 한참 벗어난 먼바다에서 술창고지기가 작성한 항해일지를 참고해보자. 무엇보다 말의 건강을 염려했던 선장은 점점 줄어드는 건초를 절약하기 위해, 남태평양의 어느 섬에 풀어주고 번식시키려 했던 여덟 마리의 양을 도축하라고 명령했다. 그러나 고기의 일부가 식당에서 조리되기도 전에 사라졌다. 작은 도난

사건들이 너무 잦았다. 선장이 범인이 나타날 때까지 모든 선원의 고기 배급량을 줄이기로 결정하자, 사내들은 초라한 식사에 손대기를 거부했고 심지어 폭동을 일으킬 기미를 보였다. 이글거리는 태양 아래에서 불꽃이 붙기만 기다리는 성냥처럼, 언제라도 폭동이 일어날 태세였다. 하염없이 긴 날들이 이어졌고 또다시 방향을 바꾼 바람이 남쪽에서 불어오자, 선장은 매정한 본색을 드러내며 분노를 터트렸다. 쿡은 발을 구르며 미친 듯이 펄펄 뛰었다. 크고 고독한 외모를 가진 그의 저주가 화약고 아래까지 울려 퍼졌다. 이번에는 걱정 대신 불신이 그의 심장을 파먹었다. 많은 선원이 그에게 가졌던 엄하지만 공정한 아버지 같은 인상은 바람처럼 가늠할 수 없는 늙은 폭군의 모습으로 변해갔다. 쿡 스스로는 자신의 일기에서 일절 언급하지 않았던 이 여행의 불행한 일화들 속에서, 우리는 2년 후 오위히 만에서 이 사내의 삶을 폭력적으로 마치게 할 사건의 단서를 찾아낼 수 있을 것이다.

하염없이 지루한 날들이 한 달째 계속되고 있었지만 시간은 이미 영원에 가까운 정지상태에 머문 지 오래였고 그 안에서 하루나 한 시간은 아무런 의미가 없었다. 알바트로스와 바다제비들이 배 주변을 맴돌고, 날치가 건조한 공기 속을 붕붕 떠다니고, 쇠돌고래들과 돌고래들이 뱃전을 스쳐 가고, 머스킷 총알처럼 동그랗고 작게 뭉친 해파리 떼도 보였다. 한번은 빨간 꼬리를 가진 커다랗고 흰 새가 나타나 가까운 곳에 육지가 있음을 알려주었다. 또 한번은 그 둥치가 온통 따개비로 뒤덮일 정도로 오래 물에 떠다닌 거대한 나무그루터기가 나타났다.

마침내, 1777년 3월 29일 10시에 바닷바람을 타고 앞서 나가던 디스커버리호가 육지를 발견했다는 표시로 적-백-청의 네덜란드 깃발을 게양했다. 그와 거의 동시에 리솔루션호의 망루에서도 북동쪽의 수평선에 회청색으로 빛나는 해변이 마치 신기루처럼 보이기 시작했다. 해가 질 때까지 배들은 멀리서 고동치는 이름 모를 한 뼘의 육지를 향해 키를 조종했고, 역풍에 침로를 유지하기 위해 섬이 4마일 앞으로 다가온 새벽녘까지 밤새 반대 방향으로 돛을 돌렸다. 솟아오르는 태양 아래 드러난 섬의 남쪽 모습은 분명 충격을 받을 만큼 매혹적이었을 것이다. 지상의 풍경을 초월한 광경에 압도되어 선원들 여럿이 붓과 펜을 들었다. 시간이 흐르면 흩어져버릴 장대한 파노라마를 머리로만이 아니라 수채물감과 저마다의 붓질로도 저장하기 위해서였다. 아침 햇살에 보라색으로 빛나는 야트막한 산, 영롱한 빛깔의 나무들과 야자수가 드문드문 흩어져 있는 울창한 봉우리, 산허리를 빽빽이 채운 초록 식물들, 빨갛고 푸른 연무 사이로 빛나는 코코넛·빵나무 열매·요리용 바나나 플랜테인.

나는 지도책 코너가 있는 질식할 것 같은 공간에서 여전히 그들의 동경이 남아있는 그 그림들을 바라보았다. 도서관 담당자에게 물어보니, 그 공간은 보존상의 이유로 뿌연 창문조차 열 수 없다고 했다. 스케치 중에는 디스커버리호의 항해사가 그린 것도 있었다. 그의 임무는 슬루프를 타고 그리 크지 않은 섬 주변을 돌며 가능한 오차 없이 섬의 크기를 확인하고 지질학적인 윤곽을 요약하는 것이었다. 두 겹의 선으로 그려진 섬의 모습에서 굵은 선으로 표시된 고도는 마치 흩날리는 머리털 같다. 그림에는 "디스커버리의 섬"이라는 이중의 모순된 이름이 옛 독일어 필기체로 당당히 적혀있었다. 나는 이름 하나가 더 늘어났을 뿐, 발견이라는 표현은 습관처럼 몸에 밴 거만하고 불필요한, 터무니없는 주장이라고 생각했다.

왜냐하면 해변에는 이미 섬 주민들이 거주하고 있었고, 그들은 자신들이 발견되었다는 사실을 깨닫지 못한 채, 탐험 보고서에서 토착민이 으레 맡는 역할을 담당하고 있었기 때문이다. 즉, 주어진 역할에 걸맞게 섬사람들은 곤봉을 어깨에 메고 창을 들고서 미리 진을 친 것이다. 제방 그늘에서 아침 햇살 속으로 걸어 나오는 주민들의 숫자가 늘어날수록, 그들의 목청을 타고 흘러나오는 노랫소리도 더 우렁차고 긴박해졌다. 그들은 노랫소리에 맞춰 무기를 휘두르고 연신 높이 치켜올렸다. 망원경으로 여러 차례 살펴

보아도 협박인지 환영의 표시인지 분간할 수 없었다. 그사이 200명 가까이 모여든 주민들이 접안렌즈 속에서 분명히 더 가까이 이동하기는 했지만, 나무와 놋쇠 및 유리로 만들어진 이 도구는 훨씬 더 중요한 질문에는 답할 수 없음이 판명되었다. 진지한 호기심에도 불구하고, 언어와 몸짓, 골격과 머리 모양, 피부 장식을 포함한 복장에 대한 풍부한 설명에도 불구하고, 그리고 이 부족을 다른 부족과 구분 짓는 의심할 바 없이 정확한 묘사에도 불구하고, 이 섬을 발견한 쿡과 일행의 눈에는 본질적인 것들이 보이지 않았다. 눈이란 낯선 것보다는 익숙한 것, 비슷한 것이나 자신의 것만을 알아보기에, 하나였던 것을 나누거나, 물이 어디서 끝나고 육지가 어디서 시작되는지 아는 척하는 항해지도의 지나치게 분명한 술 장식 모양의 해안선처럼, 아무것도 없는 곳에 경계를 긋는 것을 좋아하기에.

나는 신호를 해석하는 법을, 머스킷 총과 회전함포의 언어를, 들고 있거나 뻗고 있는 무수한 오른손과 왼손을, 거칠거나 절제된 태도를, 꼬치에 꿰여 모닥불 위에 놓인 팔다리를, 마주 대고 문지르는 코를, 수직으로 세워진 바나나 또는 월계수 가지를, 인사할 때의 동작을, 화합과 식인 행위의 상징성을 이해하는 사람이 정말 있는지에 대해 오래 생각했다. 짙은 빨간색 우단이 씌워진 카페의 좌석에 파묻히듯 앉아 식사 중인 주변 사람들을 바라보며, 무엇이 평화이고 무엇이 전쟁이었는지, 무엇이 시작이고 무엇이 끝이었는지, 무엇이 자비이고 무엇이 책략이었는지 자문했다. 같은 음식을 나눠 먹고, 밤이면 불빛 속에 둘러앉고, 갈증을 식혀주는 코코넛을 마시는 삶을 철공예품이나 장신구와 교환하겠는가?

물가에 서 있던 주민들이 얕은 물을 가로질러 날카로운 비명을 지르며 춤추듯 암초를 향해 건너왔다고 했다. 그들은 무슨 생각을 했을까? 그것을 결정할 나는 누구인가? 나는 반복되는 일상에 어떤 의미를 부여하고자, 언제나 새로운 연구대상을 찾는 도서관 이용객에 불과했다. 다시 말하자면, 그들은 그들이 생각했던 것을 생각했고, 그들이 본 것을 보았으며, 그들은 옳았다.

여하튼 이 정도는 거의 확실하다. 섬 주민 두 사람이 선미가 두 갈래로 갈라진 높고 좁은 배를 타고 외지인들의 배로 노를 저어왔고, 외지인들이 가져온 어떤 선물도 건드리지 않았다. 못, 유리구슬, 붉은 천으로 된 셔츠 어느 것 하나도. 또 확실한 것은 둘 중 한 명이 줄사다리를 잡고 리솔루션호의 뱃전에 오를 만큼 겁이 없었다는 것이다. 그는 자신을 망가이아 섬의 모루아라고 소개했다. 그리고 잠시 선실의 선장 앞에 서 있었을 것이다. 두 사내가 눈과 눈을 마주 뜨고, 이전에 결코 본 적 없는 두 마리의 짐승처럼 서로를 살핀다. 새를 연상시키는 쿡의 머리와 동글동글

한 모루아의 머리. 맑게 빛나는 눈과 도톰한 입을 가진 부드러운 인상의 얼굴과 억센 코와 얇은 입술에 꿰뚫어 보는 듯한 퀭한 눈이 인상적인 엄격한 얼굴. 은회색 가발 아래에 숨겨진 숱이 적은 머리와 정수리까지 틀어 올려 맨 길고 검은 머리, 창백한 피부와 어깨에서 팔꿈치까지 검은색 문신이 새겨진 올리브색 피부, 나무껍질로 만든 무릎길이의 상아색 가운을 걸친 다부지고 통통한 몸과 금빛 레이스가 달린 짙은 감색 제복 상의에 밝은색 반바지를 입은 크고 수척한 몸. 인상을 왜곡시키는 난폭한 흉터만이 내게는 두 사내를 비밀스레 연결하는 표지처럼 보였다. 쿡을 그린 수많은 그림과 동판화들이, 그리고 그날 오후에 모루아를 그린 초상화가 좋은 뜻에서 그 점을 감췄다 하더라도 말이다. 모루아의 이마에는 전장에서 얻은, 잘 아물지 못한 긴 흉터가 있었고, 쿡은 오른쪽 엄지와 검지 사이에서 손목으로 이어지는 화상 자국을 갖고 있었다. 그리고 이 예기치 못했던 근접의 순간을 봉인하듯, 작은 배를 타고 다시 해안으로 돌아온 모루아의 손에는 주인을 바꾼 쇠도끼 하나가 들려있었다. 파도는 여전히 잠잠해질 줄 모르고, 측연測鉛[8]을 어디로 던지든 바다 밑바닥은 너무 깊은데다 뾰족한 산호로 덮여있어서 상륙이나 정박이 불가능했다. 저녁이

8) 바다의 깊이를 재는 데 쓰는 기구.

되어 감미롭고 부드러운 바람이 불어오는데도 육지에 발을 딛지 못하고 떠나게 되자 선원들의 아쉬움은 큰 실망으로 변했다.

붉고 푸른 갑판 위에 진홍색 깃발을 단 배는 다음날 새벽 여명 속에 멀리 떠날 예정이었다. 그리고, 반박의 여지가 충분했지만 어쨌든 나를 여기까지 이끌어온 증인들의 기록도 여기까지였다. 갑자기 나는 홀로 갑판 위에, 아니 지도에서 자주 본 윤곽이 흐릿한 섬의 해안에 서 있었다. 그리고 한순간 그것이 투아나키가 아니라 그 옆 섬인 망가이아라는 것을 잊었다. 내가 도착한 곳은 해저에서 5킬로미터 높이에 가오리 모양으로 솟아 있는 환초였다. 날카로운 파도에 깎여 우묵해진 절벽과 무수한 동굴들로 이루어진 넓은 석회암 암초가 거대한 고리처럼 섬의 바깥쪽을 둘러싸고 있었다. 망가이아 섬 자체의 기록 역시 많은 것을 말해준다. 이 섬의 조상들은 통나무배와 카누를 타고 시리우스성星을 따라 계속 더 동쪽으로 노를 저어가 점점이 흩어진 이 땅덩어리를 정복했다. 그때부터 그들은 누가 누구의 아들이었고 혹은 아들이 되었는지, 누가 누구에게 벼슬을 물려받고, 또 누구를 속였는지를 기록으로 남겼다. 그들의 이야기는 직선의 연표 대신 혈통과 가문이 널리 가지치는 모습을 담은 복잡한 피의 궤도를 따라갔다. 전쟁터에서 다시 또다시 피를 흘리는 시절이 시작되기 전까지는.

확실히 자의적인 데가 있었지만, 그렇게 나는 비로소 섬 주민들이 해안에서 모루아를 맞아들이는 모습을 그려 볼 수 있었다. 동족들은 그가 만나고 온 창백한 얼굴의 방문객이 어디서 온 누구냐며 질문을 퍼부었을 테고, 그러다가 이구동성으로 탕가로아가 보낸 사람들일 거라는 결론에 도달했을 것이다. 탕가로아는 한때 망가이아 주민들로부터 숭배를 받았으나 형제인 롱고에게 패해 먼바다로 도망친 신이었다. 또한, 그들이 그 운명의 전투를 기념하며 해안에서 멀지 않은 롱고의 석상으로 우르르 몰려가 적과 그의 측근을 다시 한번 패주하게 해준 것에 감사드리는 모습도 그려보았다. 나의 빈곤한 판타지 속에서, 모루아는 제일 먼저 우상 앞에 도착해 강하고 노련한 전사의 모습을 과시하며 명예로운 남자의 자부심으로 송가를 부르기 시작했을 것이다. 그가 할례를 받지 않은 소년으로서 처음으로 철목鐵木 곤봉을 쥔 채 전사들의 맨 마지막 줄에 서서 전투에 참여한 것은 오래전의 일이었다. 그 후 그는 선조들이 남긴 공백을 메우기 위해 죽을 각오로 전투에 전투를 거듭했고, 그동안 전투 장비는 현무암으로 만든 손도끼와 창으로 바뀌었다. 거친 바람이 부는 절벽이 거대한 원형극장의 관람석처럼 둘러싸고 있는 오래된 석호의 바닥에서 다양한 뿌리를 가진 전사들, 원수가 된 신들의 후손들 사이에, 까마득한 옛날부터 늘 똑같은 싸움이 벌어졌다. 전쟁의 끝을 알리는 둔탁한 북소리가 들려오고, 승자의 춤이 시작되면 그들의 날카로운 외침은 죽어가는 자들의 신음을 덮고 밤새 공포에 떨게 한 승리의 노래는 새벽이 되어서야 평화의 북소리로 대체될 것이다. 마땅히 승자에게 속한 것은 통치자의 칭호 '망가이아'였다. 망가이아는 평화였고, 망가이아는 힘이었다, 다음 전쟁까지, 누가 어떤 땅을 경작하고 어디서 살아도 되는지, 그리고 누가 마른 풀만 자라는 황폐한 석회질의 암초로 쫓겨날지, 모든 것을 결정하기에 충분히 굳건한 힘. 거기, 석회질의 암석으로 된 눅눅하고 추운 동굴에서, 패자들은 뼈만 남은 송장이 될 때까지 견디는 경우가 드물지 않았다. 혹은 몇 배로 세를 불려 이전의 승자를 상대로 다음번 전투에서 승리할 희망을 키운다든가. 나는 희미한 어둠 속에서 그들의 번득이는 흰자위를 보았다. 그들의 머리와 목덜미에 떨어지는 종유석의 물소리를 들었다. 곰팡내 나는 공기의 맛을 느꼈다.

초대 선교사들의 민족학 보고서들을 검토하던 그 몇 주 동안 내가 그 섬의 의식과 관습에 대해 파악한 바에 의하면, 망가이아에서 힘은 상속된 것이 아니라 싸워서 쟁취한 것이었다. 싸움에서 쟁취하거나 밤의 연회에서 슬쩍 손에 넣는 경우, 대학살로 이어지기도 했다. 이때 속인 자는, 카바의 뿌리를 갈아 먹여 마취시키고, 뜨거운 돌이 들어있는 구덩이에 떨어뜨려 스스로의 즙 속에서 졸여진 뒤 먹혔다.

망가이아는 측량할 수 없는 바다 위에 뜬 수천 개의 섬 중 하나였을 뿐 아니라 전 세계였다. 곰팡내 나는 동굴의 미로에서 굶어 죽을 운명이든 이글거리는 태양 아래 썩은 통나무 배에서 생을 마칠 저주받은 운명이든, 그 안에서는 차이가 없었다. 잃은 자는 모든 것을 잃었다. 그의 이름, 그의 땅, 그의 삶까지. 목숨을 건진 자는 귀환을 생각하지 않았고, 몇몇은 섬을 빠져나갈 수도 있었다. 그 행운아들이 이틀 거리의 투아나키 섬에서 피난처를 발견했음을, 적지 않은 기록들이 암시한다. 망가이아에서는 승패의 순환이 갑작스러운 종말을 맞을 때까지 대대로 권력의 계승과 통치가 이어졌다. 이것은 언제나 똑같은 이야기의 변종이다. 쫓아내야 할 것으로 여겨진 침입자들, 배고픈 입처럼 이빨이 난 얼룩무늬 조개를 부르튼 손에 쥔 고래잡이들. 해안에 채 닿기도 전에 죽음과도 같은 공포에 질려 그들의 전 재산을 해안에 버려둔 채 파도 속으로 몸을 던진 선교사들과 그 아내들. 타파천으로 된 옷을 입고 신의 부부로 숭배되던 한 마리 수퇘지와 한 마리 암퇘지. 문신을 닮은 기호들로 가득한 검고 두꺼운 책에서 찢어낸 얇은 종이로 치장하고 바스락거리는 소리를 내며 춤을 추는 무용수들. 결국에는 모든 전투보다 더 많은 희생자를 요구했던 이름 없는 돌림병, 그것은 시작이었다. 이어진 것은 끝이었고, 신들로부터의 오랜 이별이었다. 그들의 철목 우상이 벌거벗겨지고 성스러운 숲이 훼손되었으며 신전이 불탔다. 마지막 이교도 부족의 하소연은 마지막 전투에서 자비를 구하는 간청만큼이나 부질없었다. 회귀할 수 없는 사람들은 미국의 철로 된 도끼들에 죽임을 당했고, 롱고 상의 파편들로 이내 교회가 세워졌다. 쿡의 도끼는 과도기 통치 권력의 또 하나의 녹슨 유물에 불과했고, 임무를 다한 도끼는 두 번째 세대의 영국인 선교사에게 양도되었다. 그것이 자부심인지, 한 번 봉인된 동맹을 강화하거나 끝내려는 막연한 희망에서인지 나는 확인할 수 없었다. 선교사도 그것을 알지 못했으므로 그는 지체하지 않고 쇳조각을 대영 박물관으로 보냈다.

나는 지구 내부의 힘에 대해 생각해야 했다. 힘이 발휘되는 곳에서 태고의 상승과 하강, 번영과 쇠퇴의 순환이 단축된다. 섬들은 떠오르고 가라앉는다. 섬의 수명은 대륙보다 짧고, 섬은 일시적인 현상이다. 수백만 년의 시간과 끝없이 펼쳐진 바다의 넓이를 기준으로 측정했을 때, 나는 지도 구역에 전시된 모든 지구본의 터키옥색, 하늘색 또는 담청색으로 빛나는 뒷면에서 마침내 실마리를, 망가이아와 투아나키를 연결하는 얇은 탯줄을 찾았다고, 경건히 늘어선 지구본들을 따라 걸으며 확신했다. 망가이아가 어느 날 해저에서 수면으로 떠오른 것은 해저지진의 난폭한 힘 때문이었다. 섬은 사멸한 산호초들과 현무암질의 지질 용암으로 이루어진 고리, 심해에서 솟아난 비탈진 산의 봉우리였다. 그리고 선교사들이 환초를 찾아 나서기 시작한 지 얼마 지나지 않아, 투아나키가 어느 날 심해로 끌려가 태평양의 물 아래 묻힌 것도 해저지진의 횡포 때문이었다. 수평선으로부터 거대한 파도가 회색 그림자를 드리우며 소리 없이 다가와 단번에 모든 것을 집어삼켰다. 그리고 다음 날, 섬이 있던 곳에서 떠다니는 것은 거울처럼 고요한 바다 위를 떠도는 죽은 나무들뿐이었다.

그로부터 한 해 전에도 7명의 남자를 태운 작은 스쿠너선이 암초의 입구를 발견하고 인적없는 투아나키 해안에 도착했었다. 선원들 중 한 명은 선장의 명령대로 칼만 차고 섬 안으로 침입해 바나나나무·야자수나무 들로 우거진 숲과 부겐빌레아와 야생 난초를 가로질러, 플루메리아와 히비스커스와 흰 자스민 향이 묻어나는 공기를 마시며 마침내 숲속의 빈터에서 몇몇 사내들이 모여있는 집회장을 발견했을 것이다. 그들 모두는 — 나는 그 만남에 대한 유일한 보고서를 읽으며 무한한 만족감을 느꼈다 — 망가이아 식의 판초를 입고 망가이아 사투리로 말했다.

그중 가장 연배가 높은 이가 방문객에게 들어오라는 의사를 전했다. 그리고 상대가 초대에 응하자, 노인은 배의 선장에 대해 물었다.

"그는 배에 있습니다." 선원이 사실대로 대답했다.

"어째서 뭍으로 오지 않는가?" 노인이 표정 하나 바꾸지 않고 물었다. 그의 목 주변에서 소라고둥이 흔들렸다.

"당신들이 자신을 죽일까 봐 두려워하고 있습니다."

침묵이 밀려오고, 잠시 파도가 위험할 만큼 가까이 온 듯 보였다. 노인은 숲의 이파리들을 응시했다. 마침내 그가 더할 수 없이 고요하게 말했다. "우리는 죽이는 법을 모르오. 우리는 춤추는 법만을 안다오."

마지막으로 다시 내 시선은 창백한 푸른빛의 지구본으로 향했다. 나는 재빨리 그 위치를 찾았다. 바로 그곳, 적도의 남쪽 흩어져 있는 섬들 사이에 이 완벽한 땅이 있었다. 세계의 외딴곳에. 그곳에 대해 한때 알았던 모든 것은 잊혔다. 그러나 세상은 알고 있던 것만을 애도하며 그 더없이 작은 섬이 사라짐으로써 대체 무엇을 잃어버린 것인지 짐작도 하지 못한다. 지구가 이 사라진 조그만 땅에 자신의 배꼽이 될 것을 허락했었음에도 불구하고. 그리하여 무역과 전쟁이라는 단단한 삭구가 아니라 비할 데 없이 가느다란 꿈의 실로 묶여있었다 하더라도. 신화란 모든 실제 중에 가장 높은 실제이기에 나는 잠시 도서관을 세계사의 참된 무대로 생각했다.

밖에는 비가 내리기 시작했다. 이 북쪽의 위도에서는 드물게 습기가 많고 따뜻한 몬순이었다.

고대 로마

카스피해 호랑이

판테라 티그리스 비르가타, 페르시아 호랑이, 마잔다란 호랑이,

히르카니언 호랑이, 카스피 또는 투란 호랑이

* 약 10,000년 전에 시베리아 호랑이와 카스피해 호랑이는 서식지가 나뉘며 두 아종으로 분리되었다. 후자는 아락세스강 상류 유역에 살았다. 탈리시 산맥의 울창한 구릉지와 평지로부터 랜캐란[9]의 저지대까지, 카스피해 남부와 동부 강기슭에, 엘부르즈 산맥의 북쪽에서 아트렉 강의 하류로, 코페트다그 산맥의 남쪽에서 무르갑 강 유역을 비롯해 아무다리아 강의 상류와 지류까지, 아무다리아 골짜기에서 아랄해, 멀리는 제라프샨 강의 하류까지, 일리 강을 거슬러 올라 터커쓰 강을 축으로 타클라마칸 사막까지 분포했었다.

† 대대적인 포획과 서식지의 소멸, 가장 중요한 먹잇감의 감소가 카스피해 호랑이가 멸종하게 된 원인이었다. 1954년에 투르크메니스탄과 이란의 경계에 위치하는 코페트다그 산맥의 줌바 강 인근에서 한 개체가 총에 맞았다. 마지막 호랑이는 1959년에 북이란의 골레스탄 국립공원에서 죽임을 당했다는 설이 있다. 1964년에 탈리시 산맥의 지맥들과 카스피해에서 멀지 않은 랜캐란 저지대의 강 유역에서 카스피해 호랑이가 마지막으로 목격되었다. 1970년대

9) 아제르바이잔 남동부에 위치한 도시.

초에 이란 환경부 소속의 생물학자들이 수년 동안 사람이 살지 않는 카스피의 깊은 숲으로 그들을 찾아 나섰으나, 포획된 호랑이들 중 한 개체도 살아남지 못했다. 소수의 박제된 사체들이 런던·테헤란·바쿠·알마티·노보시비르스크·모스크바·상트페테르부르크의 자연사박물관 수집품에 포함되었다. 1960년대 중반 타슈켄트의 자연사박물관이 화재로 붕괴하기 전까지, 그곳에서 박제된 카스피해 호랑이를 볼 수 있었다.

저녁이 되면 그들은 허기지고 불안하다. 며칠째 먹이가 없다. 자신들이 사냥감이 되어버린 이후로 사냥은 불가능해졌다. 포획되어 억눌린 충동이 발라먹고 남은 하얀 뼈처럼 번득거린다. 고양잇과의 눈에 불이 타오른다. 반사된 횃불의 빛이다. 불은 파수꾼의 출현을 예고한다. 파수꾼들은 순찰을 돌 때마다 그들의 화물이 살아있는지 격자 창살 사이로 엿보고 어둠 속에 귀를 기울인다.

창살이 열린다. 그러나 먹이 대신 준비된 것은 잠자리다. 횃불이 길을 알린다. 뾰족한 창끝이 그들을 창문 없는 검은 구멍으로 몰아간다. 두 개의 나무 칸막이는 배봉背峰을 겨우 넘는 높이다. 누군가 대기하던 수레 위로 그들을 밀어 넣는다. 허기로 인해 감각은 날카롭다. 웅성웅성 떠드는 소리만 들린다. 파수꾼들의 거친 명령, 마부의 날카로운 휘파람, 덜그럭거리는 굴레 소리, 멀리 항구에서 배가 선창에 부딪히는 소리, 덜컹거리는 바퀴 소리, 철썩 내던지는 밧줄 소리. 예정된 노선을 따라 바로 행진이 시작된다. 도시의 가장 깊숙한 곳으로. 삶의 가장 먼 외곽으로. 회전할 때마다 바퀴의 축에서 끼익 소리가 난다.

칸막이 하나를 사이에 두고 두 마리 동물이 어둠 속에 웅크리고 있다. 모든 것을 인지하고 있으나 아무것도 볼 수 없다. 부패한 항구와 증기를 내뿜는 박피장剝皮場, 그들이 통과하고 있는 성문, 밤에도 환히 빛나는 대리석과 티볼리의 암석으로 지어진 건물들. 그들은 동물이다. 우리처럼 곧 죽을 운명을 지니고 태어난 동물들.

밤이 새기 전에 사람들이 그들을 지하 감옥으로 들여보낸다. 어둠 속에서도 그들은 서로를 경계하며 좁은 공간에서 빙빙 돌고 있다. 서로 상대가 될지 아닐지는 두고 볼 일이다. 지하는 퀴퀴하고 빛이 들지 않는다. 해가 떠도 복도와 경사로, 승강기와 함정, 문으로 이루어진 이 지하세계에는 단 한 줄기 빛도 침투하지 못한다.

그사이 그들의 머리 위로 펼쳐진 차양이 마치 두 번째 하늘처럼 석조건물 아레나 위로 높이 부풀어 오른다. 차차 사람들이 모여든다. 집정관들과 원로원 의원들, 베스타의 여사제들과 기사들, 시민들과 노예 신분을 벗어난 자유민들, 제대한 병사들, 그리고 맨 꼭대기 구석 자리에 앉은 여자들. 그 모두가 그들을 보기 위해 이곳으로 왔다. 그들은 보이기 위해 왔다. 축제의 날, 진기한 구경거리, 그것을 놀이라 일컫는 사람은 거기에 깃든 성스러운 질서를, 그에 뒤따르는 피비린내 나는 엄숙함을 알아보지 못한다.

아직 하루가 영글지 않은 시간, 황제가 칸막이 좌석으로 들어서며 외투에 달린 모자를 뒤로 젖히자 건장하고 큰 몸, 동전에 새겨진 대로 두툼한 목덜미와 뚱뚱한 옆모습이 드러난다. 마침내 그가 자리에 앉자 지하 감옥 문이 열리며 광장 안에 깊은 구멍이 생긴다. 이윽고 오르내리는 이동무대를 통해 난생처음 보는 거대한 동물이 올라오더니 원형 경기장 안으로 돌격한다. 울타리를 따라가다 관중들과 경기장 사이에 설치된 난간을 향해 뛰어오르고, 천둥 같은 울음소리를 내며 사나운 앞발로 철문을 긁다 우뚝 멈춰 주위를 돌아보더니 한순간 영원히 정지한 듯 서 있다.

산과 바다를 뛰어넘는 명성이 이 괴물에 앞서 도착했다. 히르카니아의 깊은 숲속, 카스피해 연안의 거칠고 험하고 늘 푸른 땅에서 왔다. 그 이름은 저주이면서 서약이다. 말하자면, 빠르기는 활과 같고, 모든 강들 중 가장 물살이 세기로 유명한 티그리스강처럼 거칠어서 이름도 타이거가 되었다고 한다. 털은 타오르는 불처럼 붉게 빛나고, 털 안의 검은 줄무늬는 불에 탄 검은 나뭇가지 같고, 얼굴은 수려하고, 귀는 쫑긋 서 있고, 광대뼈는 탄탄하고, 주둥이에는 흰 수염이 나 있으며 짙은 갈색 아래 빛나는 초록 눈이 있다. 그 누구도 검게 반사되는 이마의 점이 의미하는 바를 헤아리지 못한다.

그 짐승이 육중한 머리를 흔들며 커다랗고 소름 끼치는 입을 벌려 두 개의 날카로운 송곳니와 붉은 살점 같은 인두咽頭를 보여준다. 혓바닥이 매끈한 코를 훑는다. 어흥 소리가 목구멍을 뚫고 나온다. 한 번도 들어본 적 없는 거친 포효가 관람석 사이에 울려 퍼진다. 어떤 말도 속삭임으로 만들어버리는 공포의 소리. 그리고 반은 사실이고 반은 지어낸 듯한 소문이 돌고 있다. 그 종에서 남은 것이 암컷뿐이라는데, 이유인즉 새끼를 빼앗긴 어미답게 성질이 포악하기 때문이라는 것이다. 소문은 공교롭게도 사실이 된다. 짙은 갈색 회오리 무늬가 있는 꼬리 아래 앞쪽으로 더는 새끼를 가질 수 없게 될 모체가 숨겨져 있다.

짐승은 다시 몸을 움직여 소리 없이 경기장을 가로지르며, 담벼락의 그림자를 따라 숨을 자리를 찾는다. 조용히 자신을 지켜 줄 곳을, 그러나 찾을 수 없다. 그곳에는 기름때가 낀 잿빛 성벽, 격자 울타리 사이의 구멍들, 반짝이며 출렁이는 하얀 토가, 밝은 얼룩들, 가면처럼 굳은 민낯들뿐이다.

대체 이 동물이 언제 이들 앞에 처음 나타났던가? 날카로운 이빨을 드러내며 화살처럼 무장된 꼬리를 달고, 인도 외교사절의 수행원들을 따라 산 채로 사모스 섬 연안에 나타난 것이 언제였던가. 당시에도 고통스러울 만큼 길고 괴로운 여행에서 살아남아 독거성 동물의 무리 중 마지막 표본이 된 것은 암컷이었다. 누군가가 쇠사슬에 묶인 이 동물을 아우구스투스 앞으로 끌고 나왔다. 존경의 표시로, 그 옆에 세워진 헤르마 소년만큼 기이하고 공포감을 불러일으키는 소름 끼치는 자연의 경이로움으로. 젖먹이 때 팔이 뽑힌 반 벌거벗은 소년의 몸에는 온갖 향신료가 뿌려져 있다. 으르렁거리는 동물과 사지가 절단된 인간—모든 시인에게 공포의 대상이 갖는 위엄에 대하여 단시短詩를 쓰도록 부추길 경이로운 두 존재, 기묘한 2인조가 거기 있었다.

그로부터 6년 후에 그 동물은 다시 로마에 등장했다. 5월의 일곱 번째 날에, 코뿔소와 20척 길이의 얼룩무늬뱀과 함께 고대해 온 극장의 개장을 기념하는 볼거리로서 나타났다. 야수의 모습은 간 곳 없고 짐승은 모든 눈들 앞에서 거친 혀로 개처럼 사육사의 손을 핥았다.

거대한 로마제국은 사방으로 뻗어 나갔다. 라틴족은 물론 볼스키족·에퀴아족·사비니인·에트루리아인만을 굴복시킨 것이 아니라 마케도니아인·카르타고인과 프리기아인들까지 무찌르고, 시리아인과 칸타브리인들까지 이겼다. 그리고 이제는 이 괴물마저 야만족과 마찬가지로 길들여, 채찍과 쇠지렛대로 그 거친 본성을 몰아내고, 염소와 토끼 고기로 맛을 들인 후 그 대가로 모든 복종하는 것들에게 하듯 보호라는 시혜를 베풀었다. 암컷 호랑이는 흡사 석방 직전의 노예처럼 금방이라도 이 제국의 한 시민으로 선포되기를 기다리며 햇살에 부신 눈을 깜빡였으나 파고드는 인간의 시선은 결코 피하지 않았다. 그리고 다음 순간 적의라기보다 기분 탓에 언제나 반향을 찾는 보복의 외침, 싹트는 의심과 갑작스러운 불신이 담긴 포효가 울려 퍼졌다.

사슬이 쩔그럭거리고, 검이 쨍그랑 부딪히고, 나무 뚜껑이 모래 속으로 떨어진다. 지하왕국이 열린다. 관중석이 술렁인다. 어둠 속에서 적갈색의 머리가 나타난다. 사자 한 마리가 고요히 좌중을 압도하며 고개를 꼿꼿이 들고, 검붉은 갈기를 두른 채 싸움터로 입장한다. 늘어뜨린 모피처럼 짙은 털이 어깨 위부터 하복부까지 뻗어있다. 사자는 낯선 고양이를 바라보며 그 완벽한 맹수의 몸을 파악한다. 두 마리의 동물은 각자의 자리에서 안전거리를 확보하고, 처음으로 서로를 마주 본다. 짐승의 눈빛, 침묵의 자세, 멈춰있는 모습을 보기 위해 모두가 몸을 앞으로 기울인다. 그러나 아무것도 알 수 없다. 일말의 복종도, 약탈자와 노획물이 넓은 들판에서 만났을 때 나타나는 그 어떤 협상의 기색도 없다.

사자는 흥분한 기미도 없이, 옆구리에 힘을 주고 가슴을 당당히 내민 채 오래 지배해 온 주군답게 입상처럼 꼿꼿이 자리를 지키고 있다. 햇빛 아래 그의 갈기가 붉게 빛난다. 그의 시선은 얼어있다. 눈은 호박색으로 빛난다. 부슬거리는 털로 덮인 꼬리가 작은 모래알갱이들을 채찍처럼 내리치고 있다. 입을 쩍 벌린다. 점점 더 크게 벌려 커다랗고 누런 이를 내보인다. 고개를 빼고 눈을 가늘게 모아 뜨고 으르렁거리기 시작하며, 다시 또다시, 눌렀던 신음을 토해낸다. 매번 더 깊은 나락으로부터 울려 나오는 듯한 끔찍한 굉음이 더 크고 숨 가쁘게, 더 긴박하고 위협적으로 되어간다. 인도 사람들이 성난 폭풍의 고함이라고, 이집트인들이 몰려오는 마왕의 군대가 거칠게 날뛰는 소음이라고, 히브리인들이 여호와의 천둥 치는 분노라고 말하는 그 소리다. 그리고 그것은 세상의 종말을 예고하는, 창조의 원음原音일 수도 있을 것이다.

암호랑이는 몸을 낮춰 길고 날씬한 몸을 활의 현처럼 쭉 펴고, 부슬부슬한 흰 수염을 모래 속에 처박고는 뒷다리를 고양잇과답게 뻗는다. 어깨 밑 근육이 팽팽히 불거져있다. 먼저 한쪽 앞발을, 이어 조심스레 나머지 발을 내밀고는 숨죽인 채 사자를 관찰하며 살금살금 가까이 더 가까이 다가간다.

수사자는 호랑이가 다가오는 것을 보면서도 태연하다. 그의 용기를 추켜세우는 속담은 빈말이 아니다. 조금도 겁을 먹지 않는다. 꼼짝하지 않고 자신의 자리를 지키며 다가오는 것을 기다린다. 꼬리만 이리저리 바닥을 쓸며 먼지 속에 계속 똑같은 활 모양을 그리고 있다. 눈 속에는 파괴의 욕구가 불타오른다. 피가 다이아몬드도 녹일 만큼 펄펄 끓는다는 옛말이 맞을 수도 있다.

바람이 불자 비둘기 한 마리가 날아오르다 잠시 차양에 갇혀 날개를 푸드득거리며 출구를 찾는다. 그때 호랑이가 쏜살같이 허공을 뚫고 나가 사자를 덮친다. 사자가 몸을 일으키자 둔중한 소리가 나며 두 몸이 부딪힌다. 나무 바닥이 훤히 드러날 때까지 모래 속에서 몸과 털 뭉치가 빠르게 회전한다. 씻씻거리는 거친 숨소리와 으르렁대는 고함소리가 관객의 환호성과 뒤섞여 경기장을 메운다. 컴컴한 구덩이 안에서 지쳐가는 사자의 탄식, 그물 덫에 갇힌 어린 호랑이의 꽉 잠긴 신음, 상처 입은 코끼리의 코에서 흘러나오는 지친 나팔 소리, 쫓기다 지친 암사슴의 한숨, 사냥감이 되어 내장이 뚫린 새끼 밴 암퇘지의 처참한 비명들이 먹먹한 소음이 되어 부풀어 오른다.

그것들은 제국의 먼 변방으로부터 왔다. 흑표범과 사자는 모리타니·누비아와 개툴리[10] 부족의 숲에서, 악어는 이집트에서, 코끼리는 인도에서, 거친 수퇘지는 라인강 유역에서, 고라니는 북쪽 늪지대에서 잡혀 왔다. 그들은 노와 돛을 단 배를 타고 소낙비와 무더위, 우박과 파랑에 시달리며, 앞발은 피투성이가 되고 이빨은 뭉툭하게 갈린 채,

10) 베르베르족.

포로와 유죄 판결을 받은 범죄자들과 더불어 느릅나무와 너도밤나무 원목으로 만든 상자에 갇혀 이곳으로 실려 왔다. 수소들이 끄는 수레 위에 타고 있다. 이들을 태운 수레는 쉽사리 앞으로 나가지 못한다. 목에 멍에를 걸머진 소들이 뒤를 돌아보다 자신들이 끌고 가는 짐과 눈이 마주치자 수레 채에서 물러난다. 숨소리는 거칠고, 공포로 흰자위가 허옇게 드러나 있다.

높은 하늘 아래에서 마차는 덜컹거리며 달리고, 동물들과 사육사는 아지랑이가 피어오르는 평지와 어두운 숲들을 지나 법에 따라 마을과 도시의 가장 초라한 구석에서 휴식을 취한다. 모든 것이 외곽으로부터 영양을 흡수하는, 이 한시적이고 깨지기 쉬운 제국의 중심부인 로마를 위해 존재한다. 그러나 대개는 이곳을 향해 오는 도중에 죽는다. 갑판 너머로 던져진 사체는 물에 부풀고, 햇빛에 말라 비틀어진 사체는 개와 독수리들의 먹이가 된다. 그들의 운명은 가혹하지만 그럼에도 살아남은 것들의 운명보다는 은혜로워 보인다.

로마로 오면 그들은 큰 바퀴가 달린 마차에 무기들과 함께 실린다. 다른 모든 진기한 상품들처럼 환영받으며, 큰 활자로 그들의 이름과 노획된 장소가 내걸린다. 사람들은 그들을 항구 인근의 성벽 저편에 가둬두고 맹수 우리에 밀어 넣은 다음 언젠가는 노획물로 삶을 마감할 경기에 출전시키기 위해 때를 기다린다. 침착한 동물들 사이에 증오를 부추긴다. 동물들이 너무 온순할 때는 며칠씩 굶기고, 뾰족한 가시와 불붙은 덤불을 던지고, 쩔렁거리는 쇠를 매달거나 짚으로 만든 붉은 인형으로 자극한다. 원형극장에서 싸움을 거부하는 동물, 전투의 대본을 쓴 사람이 정해 준 역할을 거부하는 동물은 목숨을 잃게 된다.

전투는 성스럽다. 눈을 사로잡는 멋진 광경을 연출하기 위해 몰이꾼들이 동물들을 쇠사슬로 잇는다. 반원형의 경기장 안에서 오록스를 코끼리와, 코뿔소를 수소와, 타조를 수컷 멧돼지와, 사자를 호랑이와 이어서 서로 마주 보도록 만든다. 넓은 들판이라면 결코 만날 수 없는 것들 사이에 적개심을 부추기고, 그들의 생활 공간을 박탈하고, 무방비로 대중의 시선에 노출되어 겁에 질려 미치게 만든다. 그들은 보이지 않는 실존의 밧줄에 묶인 채 다만 저 고통스럽고 흉에 겨운 죽음의 저주를 충족시킬 목적으로만 살아남아 있다. 사형판결의 죄목은 마지막까지 미지의 어둠 속에 머물 것이다.

제의는 오래되었을 것이나, 여기서는 그 누구도 죽음의 광경을 안 보려고 토가로 얼굴을 가리지 않는다. 이 짐승들의 김이 솟아오르는 내장은 어떤 신에게도 바쳐지지 않는다. 어떤 장송곡도 그들의 죽음을 노래하지 않고, 어떤 묘비도 그들의 죽은 몸을 달랠 수 없다. 오로지 수많은 게임을 이겨내고 살아남는 자만이 거듭 죽음에 맞서, 투사마저도 죽이고 결국에는 홀로 경기장에 남겨져, 죽어서도 이름을 떨칠 것이다. 암컷 곰 이노센티아와, 이름 없는 호랑이에게 마침내 관중 앞에서 물어뜯긴 사자 케로 2세처럼.

암호랑이는 부르르 몸을 떨며 옆으로 나뒹군다. 수사자가 오른발로 호랑이의 머리를 할퀴어 두개골에서 살 한 점을 뜯어낸다. 그는 피 냄새, 한때 그를 아틀라스 황무지의 함정으로 유인했던 부상당한 어린 산양의 냄새, 패배와 승리의 냄새를 맡는다. 그는 온몸의 체중을 실어 암호랑이의 등을 덮친다. 뒷발은 바닥을 딛고 발톱으로 암컷의 목을 찍어 머리를 뒤로 잡아당긴다. 암호랑이는 비명을 지르고, 싯싯거리며 공포스러운 이빨을 드러낸다. 연거푸 이어지는 사자의 공격에 암호랑이는 꼬리가 원형경기장의 벽에 닿을 만큼 수세에 몰린다. 사자는 재빨리 추격하며 암컷에게 몇 번이고 몸을 던지고 온 힘을 다해 이빨로 목덜미를 겨냥한다. 싸움은 이미 결판이 난 듯하다. 암호랑이에게서 한숨처럼 낮은 탄식이 흘러나온다. 왼쪽 귀 아래의 상처가 삼각형으로 쩍 벌어져 피가 흐른다. 몸을 숙이고 꿈틀거리던 암컷이 마침내 포위에서 벗어나 상대의 등에 껑충 뛰어오른다. 앞발로 사자의 목덜미를 찍어 바닥으로 밀어뜨린 다음 털 속을 파고들어 할퀴고는 다시 밀쳐낸다. 그리고 채찍 두 개 정도의 거리를 두고 먼지의 소용돌이 속에서 꼬리 끝을 꿈틀거리며 착지한다. 관람석에서 환호성과 박수갈채가 터져 나오고, 팡파레가 울려 퍼진다.

사자는 넋이 나간 듯 숨을 헐떡거리며 무겁게 고개를 돌려 자신의 상처를 바라본다. 두 개의 붉은 줄이 등줄기를 지나간다. 그는 갈기를 흔들며 다시 전투 자세를 취한 다음 신음 섞인 콧김을 내뿜고 고통스럽게 울부짖으며 암호랑이에게로 돌격한다. 암호랑이는 앞발의 발톱을 세워 사자의 앞다리를 겨냥한다. 둘 다 뒷발을 딛고 서서 서로에게 발톱을 꽂는다. 붉고, 노랗고 검은 털들이 흩날린다. 관중은 큰 소리로 구호를 외치며 자신이 응원하는 대상을 위해 격렬하게 환호한다. 그들은 그것을 사냥이라 부르지만, 거기에는 우거진 숲이 없고, 모든 출구는 방벽으로 막혀 있고, 높은 담들은 마치 호위병이 지키는 성벽이나 다름없다.

서커스는 키르쿠스circus[11]의 유산을 상속받는다. 세상에 한 번 존재했던 생각은 다른 누군가의 생각에서 계속 살아가기 마련이니까. 받침대에 웅크려 앉은 살쾡이들이 피라미드 모양으로 쌓여 4열로 늘어서 있다. 살쾡이들은 말을 달릴 것이고, 바퀴를 몰 것이며, 시소를 탈 것이고, 밧줄 위를 걸을 것이며, 불이 타오르는 고리를 통과할 것이다. 분장한 개를 위해 장애물 역할을 하고 채찍 소리가 나면 검

11) 고대 로마의 경마·전차경주에 사용되었던 원형극장.

투사 복장을 한 조련사의 샌들을 핥고 그를 태운 전차를 끌고 경기장을 가로지른다. 사자와 암호랑이, 초원에서 무리지어 다니는 동물과 습기 많은 숲의 독거성 동물이 나란히, 고대 유적지의 모자이크 안 바쿠스의 마차 앞에서처럼 멍에를 진 이질적인 두 동물이 아프리카 대 아시아, 냉정 대 열정의 대결을 벌인다. 그들의 영웅적인 과거가, 카이사르와 맞먹는 영광스러운 칭호가 무슨 소용인가? 황제와 성자들의 총애를 받는 사자의 삶. 그가 순교자들의 가장 내밀한 소망을 충족시켜주는 동안 사람들은 그의 왕국을 불태운다. 하나의 특권을 성취하고 다른 것을 잃는다. 도시들, 나라들, 왕들이 그를 자신들의 가문 문장에 새긴다. 그리고 그는 자신에게 맡겨진 자리에서 자신의 기원起原, 광활한 평원, 태양의 힘, 무리의 사냥을 잊는다. 유럽이 천 년간 호랑이의 존재를 잊고 있었다 해도 그것이 이제 무슨 소용인가? 그 희소성이 구태의연한 상징으로 굳어질 위험에서 그를 구해주었다 한들, 이제는 라틴어로 쓰여진 베스티아리bestiary[12]에 등장하는 진기한 생물이나 뱀과 새들과 같은 부류로 분류되는 처지가 되었으며 낯선 미덕까지 갖추어야 했다. 사람들은 현명하다고 해야 할 것을 겁쟁이라고 욕했다. 호랑이는 가능한 한 오래 사람들을 피했다.

---

12) 중세 유럽에서 널리 읽힌 동물에 대한 우화집.

멀리 미래를 보라, 슬픈 상실의 운명을 보라. 그들의 집은 율리우스 가家처럼 몰락할 것이고, 그들의 종은 소멸할 것이고, 마지막 자손은 새 가죽처럼 박제될 것이다. 영원히 먼지 나는 초원의 풍경화에 갇혀, 꺾인 갈대 앞에서 식식거리고 눈을 희번득거리며, 입을 쩍 벌리고, 무시무시한 송곳니를 한껏 드러내고 상대를 위협하며, 혹은 애원하듯 그들의 죽음의 순간을 담는다. 인간의 비호 아래 사는 삶, 유리와 해자 뒤에, 인공 바위 앞에, 타일이 깔린 공간과 울타리 없는 야생동물 보호구역에서 아무것도 할 것 없는 날들에 희생당하며, 머리에 달라붙는 파리떼, 거세된 숫양, 말, 소의 고기와 더운 피 냄새가 공중에 떠도는 우리 안에서 먹고 소화시키는 것 사이의 현존.

군중이 날뛴다. 갑작스레 싸움이 멈춘다. 두 짐승이 서로에게서 떨어져나와 무겁게 숨을 쉰다. 옆구리에 피가 흐른다. 호랑이는 기다시피 그곳을 벗어나 부상당한 몸을 울타리에 기댄 채 겨우 호흡을 이어간다. 제자리에서 근육을 움찔거리는 사자의 아랫입술에 피가 고여있고 주둥이에 거품이 가득하다. 눈빛은 무디고 공허하며 눈은 쑥 들어가 있다. 그는 흉곽을 들썩이며 먼지 섞인 숨을 쉰다. 아주 잠시, 구름이 해를 가리고 무대에 그림자가 드리운다.

그러다 갑자기 경기장이 환해지며, 낯선 광선이 이 장면을 비춘다. 기적과 같은 가능성이 나타난다. 누구도 생각지 못한, 미래로의 시선, 탈출구, 새롭고 다른 그리고 다가오는 죽음을 아랑곳하지 않으려는 미리 정해진 궤도로부터의 이탈이다. 그럼에도 불구하고 마치 짜인 각본처럼 이 장면에서 두 동물이 서로를 탐하는 것은 위기에서 살아남으려는 충동이다. 끝이 아닌, 시작을 의미하는 폭력이다. 그들의 제의는 오래된 강력한 규칙을 따른다. 그것은 이렇다. 너의 가계가 소멸하지 않도록, 혈통을 보존하고 너의 종족을 이어가라. 격정의 시간이 가까워지면, 선택의 여지가 없다. 하나의 본능이 거부되는 곳에 다른 하나를 들어서게 하라. 살아있는 자는 먹고자 한다. 먹는 자는 잉태하고자 한다. 잉태하는 자는 몰락하지 않는다. 신호가 모순을 자극한다면 메시지는 분명하다. 오줌 속의 사향은 심각한 결과를 낳는 게임으로의 초대다. 위협적인 몸짓 뒤에 애매한 수줍음이, 친밀감 뒤에 도주가, 그리고 허우적거림 뒤에 성급하고 짧은 복종이 뒤따른다.

둘은 서로 몸을 비비고, 머리를 맞댄다. 덮치고, 멈추고, 발을 들어 올리고, 시선을 주고받고, 피할 수 없는 것을 방어하고, 말 그대로 적을 피하고, 열정을 부추기고 매혹되고 도취되어, 더이상 우회할 수 없는 지점까지 격정을 끌어올린다.

마침내 검붉은 호랑이가 몸을 웅크려 바닥에 납작 엎드리자 사자가 발을 딛고 올라서 담황색의 몸을 낮춰 그 위에 앉는다. 어떤 친족간에도 낯섦의 잔재는 남아있는 법이지만 그 과정만큼은 잘 알려져 있다. 수컷이 포효하며 암컷의 목덜미를 잘근 물자 암컷이 쉿 소리를 내며 수컷을 할퀸다. 이윽고 둘은—눈을 뜨고 있든 감고 있든—부자연스러운 만남으로 새끼를 만들고 있다. 세상의 어떤 힘도 지금 일어나는 일을 막을 수 없다. 무엇이 자연을 거스르는 것이며 무엇이 자연의 법칙인지를 누가 결정하는가? 저 고양잇과의 동물은 종의 번식자가 아니고 무엇이란 말인가? 같은 종의 배신자인 동시에 수호자. 그들이 강제로 신방에 들었다 해서 어느 후손이 아랑곳할 것인가.

그리고 백일 후 꿈으로 시작된 것이 키메라와 같은 창조물로 신기루처럼 돌아온다. 부모의 본성이 두 배가 되고 동시에 반으로 줄어 있다. 꼬리는 검지만 술이 달려 있지 않고, 배는 희고, 갈기는 짧고 털은 모래처럼 밝은, 붉은빛 도는 황갈색, 얼룩무늬와 줄무늬가 희미하게 빛나는, 아버지의 골격, 어머니의 옆 모습, 뒤섞인 윤곽, 사자의 곧은 등, 호랑이의 튀어나온 등. 괴물 같은 거대한 몸집, 자신의 존재가 그 스스로 안에서 분열되는, 호랑이처럼 쉽게 자극받고, 사자처럼 끈질긴, 무리 지어 다니는 동물이면서 외로움의 저주를 받은, 타고난 수영선수이면서도 물을 꺼리는, 탐나는 인기 상품, 시선을 사로잡는 혼혈, 사자호랑이, 라이거.

새된 비명이 상부 관중석에 퍼진다. 움찔하며 잠깐 뒤로 돌아가던 고개들이 이내 다시 경기장을 향한다. 꿈은 순식간에 사라지고, 후손은 태어나지 못할 것이다. 그리고 잡념을 쫓아내듯 사건은 빠르게 진행된다. 넓은 지구와 그 세계의 다수가 이 한적한 반원으로 축소되어, 그 안은 모래·인간 그리고 돌로 된 적나라한 사냥터, 윙윙거리는 파리떼와 불안한 손으로 부채질하는 사람들로 가득하다.

암호랑이는 몸을 일으켜 다시 적의 주위를 맴돈다. 수세에 몰린 사자가 방어하며 앞발을 내리치지만 표적에서 빗나간다. 붉은 고양이는 물러나 도약할 준비를 하고, 탄환처럼 허공으로 뛰어 사자의 등에 올라탄다. 피범벅이 된 육중한 몸이 갈색 먼지로 뒤덮여 경기장을 뒹군다. 사자는 목쉰 고함을 지르며 호랑이를 떨쳐내고, 숨을 헐떡이며 비틀거리다 무릎을 꿇는다. 등 두 곳을 깊이 물려, 벌어진 상처에서 피가 흐른다. 암호랑이는 어느새 다시 사자의 어깨 위로 뛰어올라 수컷의 목덜미에 송곳니를 박는다. 그러나 사자는 갈기 덕택에 확실한 질식사로부터 자신을 지켜낸다. 암호랑이는 물었던 이에 힘을 빼고 자신도 숨을 돌린다. 주둥이에 사자의 털이 가득하다. 그때 사자가 앞발을 쳐들고 습격한다. 암호랑이는 비틀거리다 다시 균형을 잡고 돌진한다. 그들은 다시 포개어져 서로를 공격한다. 암호랑이는 사자의 살점을 물고 놓아주지 않는다. 사자는 몸을 일으켜 세우며 호랑이를 떨쳐내고, 입을 벌려 죽을 듯한 비명을 지르며 모래 위로 쓰러진다. 그리고 꼼짝 않고 누워있다. 암호랑이는 자신이 이룬 성과를 지켜보고 그 자리에 앉아 부르르 떨며 상처를 핥는다. 핏속에서 털의 줄무늬가 흐릿해져 간다.

클라우디우스 황제는 큰 소리로 사악하게 웃는다. 입언저리에 개거품이 끈적거린다. 그는 몸을 일으켜 한발 앞으로 나서며 연설할 채비를 한다. 오늘의 제물은 그의 어머니의 영전靈前에 바쳐질 예정이다. 그러나 입에서 말이 잘 나오지 않아 더듬거린다. 그는 말없이 의자에 다시 주저앉는다. 어머니가 그에게 붙여준 끔찍한 이름인 실패작이라는 사악한 단어가 그의 귀에서 마음속으로 메아리친다. 그의 기억이 닿지 않는 오래전부터 그를 따라다니는 저주. 누가 그녀를 비난할 수 있을까? 무엇이 그가 권력을 쥐도록 도왔던가? 그는 황제의 가족 중 유일한, 가문의 마지막 생존자였다. 누구도 그를 결코 진지하게 취급하지 않았다. 그를, 실패작을.

한 번도 그의 몫으로 고려된 적 없던 직책이 그에게 부여된 것은 순전한 우연이었다. 대중의 후원자, 삶과 죽음의 통치자. 그는 원로원 의원들의 대리석 의자를 본다. 기사들이 입은 토가의 자줏빛 밑단을, 의문의 눈초리를. 두려워하지만 않는다면 통치는 쉬울 것이다. 그의 관자놀이에 땀이 흐른다.

종이 울린다. 문 하나가 열린다. 관중들은 환호한다. 한 사내가 경기장으로 들어선다. 몸에 튜니카[13] 하나만 달랑 걸치고, 갑옷도 방패도 없이 다리에 붕대만 감고 있는 투사다. 왼손에 재갈을 든 그가 오른손에 쥔 창을 들어 올릴 때마다 관중은 환호한다. 암호랑이는 반 벌거벗은 형체를 바라보며 조심스레 다가가 덮칠 준비를 한다. 그러나 사내의 창은 이미 암컷의 가슴을 뚫는다. 암호랑이는 마구 비틀거리며, 창을 떨쳐내기 위해 몸을 뒤튼다. 고개를 떨구고 눈으로는 뭔가를 찾다가, 못 믿겠다는 듯 투사와 미친 듯 날뛰는 관중에게로 눈길을 보낸다. 그리고 풀썩 주저앉는다. 눈이 흐려지고, 눈빛이 굳는다. 선홍빛 피가 콧구멍에서 솟구치고 벌어진 입에서는 붉은 거품이 뿜어져 나온다. 투사는 이미 경기장을 한 바퀴 돌며 박수를 받고 있다. 환호성과 흔들리는 깃발로 관중석이 들썩거린다. 임무는 완성되었다. 질서는 다시 세워지고, 잠깐의 혼란은 막을 내렸다.

관중석은 서서히 비어간다. 적막이 찾아든다. 사내들이 나타나 동물의 사체를 경기장에서 끌어내 수백 마리의 다른 동물 사체가 쌓여있는 지하묘지로 끌고 간다. 공기 중에 부패한 냄새가 떠돈다. 이어서 오후에는 가장 큰 볼거리인 검투사들의 결투가 시작된다.

---

13) 고대 로마에서 남자가 토가 밑에 착용하던 속옷.

발리스 주의 알프스 산맥

게리케의 일각수

* 진공 실험으로 유명한 물리학자 오토 폰 게리케는 여러 발굴지에서 출토된 뼈들로 동물의 뼈대를 최초로 복원한 인물로도 알려져 있다. 실제로 1672년의 저서 《진공에 관한 마그데부르크의 새로운 실험》에서 게리케는 크베들린부르크 인근 제베켄베르크 산맥에 위치한 석고 채석장에서 1663년에 '유니콘의 뼈대'를 발견했다고 언급했으나, 그 뼈는 복원은커녕 발견조차 되지 못했을 것으로 보인다. 게다가 1704년과 1749년에 제작된 두 개의 동판화가 제공하는 정보에 따르면 그 뼈들은 매머드와 털코뿔소를 비롯한 빙하기의 여러 포유류 동물들로부터 유래한 것이었다.

† 문제의 뼈들은 한 부분씩 구매희망자들에게 전달될 때까지 크베들린부르크의 수도원 성채에 보관되었다. 3미터가 넘는 유니콘 뼈대의 플라스틱 복원품은 현재 지역 은행의 장기대여품목으로 마그데부르크의 자연사박물관에 전시되어 있다.

몇 년 전 나는 한동안 산에서 지낸 적이 있다. 계속되는 과로에 시달렸던 터라 알프스의 작은 마을에 있는 지인의 샬레에서 조용히 쉬며 몇 주를 보내기로 했다. 나는 괴물에 관한 자연과학적 안내서를 쓸 요량으로 그곳으로 떠났고, 당시만 해도 그 생각이 독창적이라고 생각했다. 몬스터라는 것이 무엇보다 인간의 상상 속에서 태어난 것들임에도, 나는 잠재적인 투자자들을 대상으로 그 괴물들의 본성·모양·조상의 서식지 및 특정 행동까지 모두 연구하고 체계화할 수 있다고 주장했다. 내가 책의 기획 의도를 발표할 때 멋모르고 주장했듯, 그들의 존재를 부인하는 모든 반론에도 불구하고 세상에는 여전히 실제 동물군을 대변하는 듯한 괴물들이 넘쳐났으니까. 나는 용을 신화 속의 동물로 치부하는 대신 과학적으로 해부해야 한다고 격앙된 말투로 덧붙이며, 목표집단이나 책의 범위·형식에 대해 깊이 생각하지 않고 계약서에 서명한 다음 남쪽으로 가는 가장 빠른 야간열차를 탔다.

정오쯤에 나는 중세의 느낌이 나는 아담한 마을의 기차역에 도착했다. 4월 중순이었는데도 공기에는 여전히 겨울 냉기가 감돌았고 해는 파리해 보였다. 목적지로 가는 버스로 갈아타고도 한참을 더 갔다. 마지막 정거장에서 내려 샬레가 있는 마을로 오르는 길은 내 상상 속의 봉쇄 수도원으로 가는 길처럼 돌이 많고 가팔랐다. 그때 자갈투성이인 좁은 산길을 걸어가며 재밌어했던 기억이 아직도 난다. 겁이 많은 편이라 공포영화와 혼자 있는 것을 유독 무서워했던 내가 하필 인간의 상상력이 빚어낸 공포스러운 괴물들과 함께 고독에 잠기려 하다니. 짊어진 가방 속 책의 무게 때문에도 산길을 걷는 게 더디고 힘들었다.

해질녘이 되어서야 바위가 많은 산비탈 안쪽에 검고 흰 얼룩처럼 드문드문 흩어져 있는 집들이 보였다. 완벽히 고요했다. 머리 위로 지나가는 전깃줄에서 윙 소리가 들려왔다. 나는 미리 확인해 둔 은닉처에서 집 열쇠를 찾아 위층 거실로 들어갔다. 낙엽송 널빤지로 만든 무늬목이 깔린 소박하지만 넓은 방이었다. 헛간에서 가져온 땔감으로 화덕에 불을 지핀 다음 차를 우리며 침대를 정리했다. 이내 산비탈과 새로운 내 집에 어둠이 내렸고, 첫날 밤에는 내 기억이 정확하다면 꿈 없이 깊은 잠을 잤다.

다음 날 아침 잠에서 깨어 보니 다락의 천창으로 보이는 하늘은 뿌연 죽 같았고, 내가 어디에 있는지 떠오를 때까지 조금 시간이 걸렸다. 그늘이 깊고 나무가 빽빽한 절벽이 계곡을 둘러싸고 있었고, 봉우리에는 눈이 쌓여있었다. 부엌 식탁에 놓여 있는 지도에서는 그 봉우리의 위치를 파악할 수 없었다. 넓은 계곡분지를 가로지르는 도랑을 표시한 어두운 음영선을 주시하며, 나는 어쩌면 내가 산도 골짜기도 모르고, 폭풍이 와도 늘 같은 모양인 바닷가에서 자라서일까 생각하기도 했다.

나는 파카 차림에 등산화를 신고 집을 나와 숲으로 직진했다. 곤줄박이가 쓰쓰삐삐 노래하고, 목도리지빠귀가 비명을 지르고, 웅덩이에 남은 눈이 반짝거렸다. 형광초록빛의 편물 같은 것이 몇몇 그루터기들을 뒤덮고 있었다. 자세히 보면 가늘고 섬세한 나뭇가지처럼 생긴 그것들은 자연에는 가끔 지나치게 인공적으로 보이는 유기체들이 있다는 나의 관찰에 힘을 더해주었다. 그것은 나무껍질에서 쉽게 떨어졌고, 재킷 주머니에 넣고 만져보니 마른 이끼 같은 촉감이 났다. 반 시간 후에 나는 경사지에 찢긴 상처처럼 벌어져 있는 협곡에 이르렀다. 한 뼘이 될까 싶은 좁은 나무다리 하나가 어둡고 습한 낭떠러지에 걸쳐져 있었다.

거기서 발을 돌려 마을로 돌아오자 해가 막 동쪽 능선 위로 떠오르고 있었다. 공기는 여전히 선선했다. 샬레의 굴뚝에서 솟는 연기와 내 입김 외에는 멀리까지 사람의 흔적이 없었다. 스무서너 채의 집들이 말없이 자리를 지키고 있었다. 돌로 된 축대 위에 지어진 어두운색 통나무집들의 용마루는 계곡 쪽을 바라보고, 컴컴한 창에는 덧창들이 내려져 있었다. 동네 어귀의 예배당 문도 열리지 않았다. 예배당 앞에는 표석漂石을 쳐서 만든 우물이 있었는데, 물이 얼음처럼 차가웠다.

첫 주는 이렇다 할 것 없이 지나갔다. 매일 여덟 시에 일어나 아침을 먹기 전에 골짜기까지 긴 산책을 다녀왔다. 돌아와서는 마치 평생 그래 온 사람처럼 땔감 두서너 개를 불 속에 던져넣고, 커피를 끓이고, 계란 한 알을 삶고, 둥근 테이블 앞에 앉아 책을 읽었다. 오롯이 나 혼자였다. 당분간 계곡 아래쪽 마을에 있는 식료품 가게에 가는 횟수를 줄이기 위해 초반에 식량을 넉넉히 비축해 두었다. 땔감은 충분했고, 책뿐 아니라 복사해온 심리분석학·의료역사학·미확인동물학 자료들과 또 다른 환상적인 연구문헌들도 가득했다. 나는 자주 재앙이 발생하는 백일몽에 빠지고는 했지만, 그렇더라도 빠른 시일 내에 연료가 바닥날 일은 없으리라는 생각에 마음이 놓였다.

그렇게 나는 연구과제 속에 깊이 파묻혀 빠른 속도로 노트 한 권을 채웠다. 괴물과 상상 속 동물들의 다양한 특성들과 전설적인 요소, 그리고 공포로 가득한 우주에서 이들이 수행한 기능들에 관해 언급했다. 그러면서 내가 약간 실망했다는 것은 인정한다. 반복되는 것들이 눈에 띄었고, 각각의 동물은 상상과 경험이 반씩 섞인 놀랄 것 없는 존재임이 판명되었다. 간단히 말해, 괴물이라는 종의 다양성은 그다지 풍부하지 않았고, 허구보다 실제의 자연이 오히려 비범했다. 그러다 보니 괴물들이 등장하는 모든 이야기에서 똑같은 패턴과 모티프가 끈질기게 반복될 따름이었다. 5백 년마다 불에 타 스스로의 재에서 부활하는 불사조, 수수께끼를 가지고 잘난 체하는 스핑크스, 메두사·카토블레파[14]·바실리크의 치명적인 시선. 종국에는 항시 때려 눕

혀지는 모든 용의 변종들, 피막날개, 공기를 악취로 가득 채우는 숨, 황금에 대한 굶주림, 용의 피로 목욕을 한 다음 신비한 힘을 얻은 영웅들의 이야기. 낯선 문화권의 우화 속 동물들조차도 기대한 변주 효과를 만들어내지 못했다. 기본적으로 항상 동일했다. 한 여자의 순결이 지켜지든가 희생되어야 했고, 한 사내의 용기는 증명되어야 했으며, 야성은 억압되고, 이방인은 물리쳐져야 하며, 과거는 극복되어야 했다. 무엇보다 나는 엄청난 비밀을 소곤거리는 듯한 말투, 파렴치한 자들의 허풍, 다가올 또는 이미 까마득한 선사시대에 일어난 재앙에 대한 그들의 습관적인 암시가 마음에 들지 않았다. 더욱 거슬리는 것은 전적으로 괴물들에 대한 잘못된 이해에서 출발한 학자들의 추론이었다. 그들에게는 세상에 이해할 수 없는 일이란 없었다. 개의 머리를 가진 키노케팔은 약탈하는 개코원숭이의 무리일 뿐이며, 피닉스는 빛나는 아침 햇살 속에서 사라져가는 플라밍고이며, 역사의 전단에 등장하는 시 비숍[15]은 길 잃은 몽크물범에 지나지 않았고, 유니콘은 코뿔소의 잘못된 번역이거나 오릭스의 옆모습이었다. 어째서 용들은 하필 공룡과 그렇게도 비슷하게 생겼는가 하는 질문에 대한 설득력

14) 그리스 신화에 나오는 괴물.

15) 16세기에 출몰했다고 하는 어인魚人.

있는 해답은 실망스럽게도 어디에서도 찾을 수 없었다.

그럼에도 나는 내 계획을 고수하며 첫 괴물 분류를 시도했다. 그러나 얻은 것이라고는 내 변변치 못한 분류가 취리히의 자연학자가 18세기에 작성한 스위스 용들의 분류만큼이나 무용지물이거나 의심스러운 것이라는 결론뿐이었다. 또한, 그리핀이 하이퍼보리아나 인도에서, 로크가 아라비아에서 기원한다는 것을, 중국의 용은 발가락이 다섯 개, 한국 것은 네 개, 일본 것은 세 개라는 것을, 바실리스크 용은 습한 우물 속에 살았으며, 남아메리카에 서식했던 식충식물 야테베오의 가시 돋힌 촉수가 치명적인 궤양을 일으킨다는 사실을 배우기는 했다. 그리고, 만지면 죽는다는 몽골의 치명적인 벌레 주홍색 올고이 코르코이를 불분명한 미확인동물의 범주에 넣어야 할지 편의상 뱀의 일종으로 분류해야 할지 혼란스럽기만 했다. 이렇다 할 인식의 진척도 일말의 만족감도 없는 과정들이었다.

그러니 어느 날 나 스스로 아예 더 근사한 괴물을 만들어 내리라 결심한 것도 놀랄 일이 아니다. 나는 우주론을 포함한 하나의 세계를, 완벽한 무대를 만들려 했던 것 같다. 글이 써지지 않을 때면 자주 그렇듯 그림에 관심을 쏟았다. 그러나 내가 가져온 한 줌의 수채물감으로 어느 오후에 끄적여본 첫 존재부터 이미 내 바람과는 거리가 있었다. 비늘로 덮인 번들거리는 짙은 초록색 피부와 발톱 사이에 가죽 같은 물갈퀴가 달린 발, 축축하고 충혈된 눈에도 불구하고 내 괴물은 무섭다기보다는 귀여운 인상이었다. 내가 그 정도로 무력감을 느낀 경우는 흔치 않았다. 너무도 어이가 없고 허탈했다. 진화의 과정이 인간이 가진 환상보다 더 풍요로운 착상들로 가득함을 부인할 수 없었다. 선원들의 이야기에 나오는 바다 괴물 이야기는 암컷을 찾아 나선 대왕오징어에 비하면 얼마나 초라한가? 대왕오징어는 어두운 심해를 탐험하며 상대의 성별을 가리지 않고 만나는 모든 동족의 피부 아래에 정액을 뿜었다. 갈고리 같은 부리를 가진 맹금류의 끔찍한 얼굴에 비하면 고대 하피[16]의 굽은 발톱은 무엇이며, 헤라클레스에 의해 목이 잘린 머리가 아홉 개 달린 히드라의 고통스러운 죽음에 맞서는 담수 해파리의 잠재적인 불멸성은 무엇이며, 히스테리 상태로 보물을 지키는 신화와 동화 속의 용은 갈라파고스의 바위 위에서 졸고 있는 거대한 파충류의 초연한 무심함에 비하면 무슨 대단한 점이 있다는 말인가?

나는 점점 자주 독서를 중단하고 야광처럼 반짝이는 지의류 뭉치를 만지작거리며 장작불의 불씨를 응시했다. 그리고 도착하자마자 따로 추려 둔 기형아에 관한 자료들 뒷

16) 그리스 신화에 '하르피이아'라는 이름으로 등장하는 괴물이다. 날개 달린 정령 또는 여자 얼굴을 한 새로 묘사된다.

면에 여러 글꼴로 내 이름을 써보았다. 틈틈이 침대 옆 테이블 서랍에서 발견한 발레 북부 지역의 전설모음집을 읽기도 했다. 이 이야기 속의 불경한 하인들과 아동 살인자들의 배회하는 영혼과 괴물들로부터 벗어나기 위해 나는 손톱을 자르거나 뻣뻣하고 검은 머릿결이 책갈피의 가름끈처럼 가지런해질 때까지 머리를 빗거나, 신호가 거의 잡히지 않음에도 핸드폰의 액정화면을 들여다보고, 마치 누군가 혹은 무엇인가가 올 듯 창밖 맞은편의 계곡 절벽을 뚫어지게 바라보곤 했다.

그러고는, 열이틀째인가 열사흘째 되던 밤에, 몸통이 묵직하고 짧은, 다리 잘린 왕도마뱀을 연상시키는 뱀들이 욕조에 우글거리는 꿈을 꿨다. 기이하게도 그것들은 발그레하니 앳된 소녀의 얼굴과 길게 땋아 내린 금발 머리를 하고 있었다. 말을 걸어 보았지만 대답 대신 공중으로 떠올라 방안을 이리저리 누비며 날아다녔다. 그들의 눈만이 그들도 나처럼 감정이 있다는 것을 분명히 말해주었다. 잠에서 깼을 때 나는 코끼리 머리, 수소의 꼬리와 호랑이의 발을 가진, 주로 사람의 악몽을 먹고 산다는 일본의 요괴 바쿠가 떠올랐다. 나의 꿈도 맛있었을까.

그날 나는 조사를 멈추고 사람들을 만나기로 결심했다. 하늘은 흐렸고, 듬성듬성한 안개 너머 잿빛 구름이 숲 위에 걸려 있었다. 창백한 그 색들 때문에 모든 것이 오히려 선명해 보였다. 좁은 포장도로와 아스팔트의 갈라진 틈, 어색한 물음표 내지는 뱀처럼 보이는 갓길의 표지를 보며 나는 깨달았다. 머리가 둘 달린 뱀은 특별한 계시가 아니었고, 뱀을 만나는 방랑자가 비로소 그것을 계시로 받아들이는 것이었다. 산비탈의 경사가 심해질수록 내 걸음은 보폭이 짧아지고 빨라졌다. 멀리 절벽에는 양 몇 마리가 달라붙어 있었다. 동물은 사람보다 경사면에 좀 더 쉽게 적응하는 듯했다. 그들은 절벽에서 그대로 평생 살아갈 수 있었다. 나에게 평지가 그렇듯, 그들에게 절벽은 일상적인 상황이니까. 비탈에는 바윗덩어리가 사방에 솟아있었다. 마치 계산된 우연처럼 풍경 속에 던져져, 비바람이 들이치는 북서쪽이 이끼로 덮여있었다. 어떻게 이 모든 것이 그저 아무런 의도 없이 생겨났을까. 아무 노고 없이 완성되고 정돈되었다. 예측 불가능한 면은 남아있었지만, 자연은 신보다 훨씬 신뢰할 만했다. 그럼에도 나는 신이 우리를 놀릴 작정으로 아직 한 번도 보지 못한 동물들의 화석을 지각에 숨겨놓았을 것이라는 상상을 하곤 했다. 그런 사소한 재미를 위해 이 무슨 고생이란 말인가. 그러나 나는 잠시 그것이 사실이기를 바랐다.

수천 년 나이를 먹은 척추동물이 지구 내부의 미로 같은 동굴에 숨어 발견될 것을 두려워했든 아니면 갈망했든. 어쩌면 용이란 동물은 과거 기억들의 빛바랜 사본, 지나간 시간들이 남긴 흔적이 아니었을까? 어째서 기억은 유기체처럼 자신의 존재, 자기 보존, 재생산을 추구해서는 안 된단 말인가? 기억의 흔적은 얼마나 멀리 뒷걸음질 칠 수 있는가? 어떤 한 특정한 시점부터 모든 것이 안개 속에 사라졌다.

갈림길에는 늘 그렇듯 노란 안내표지판이 있었다. 나는 그 행위에, 그 꼼꼼한 지시에, 그 확고부동함에 새삼 깊은 인상을 받았다. 그나마 많은 것들이 아주 분명했고, 아주 명백했다. 내 머릿속에는 판에 박힌 말과 상투어들뿐이었다. 길들은 어떻게 그토록 아름다운 이름을 가졌단 말인가? 사람이 지나가면서 길이 생겨난다. 내려놓으라. 얼마나 자주 그 말을 들으며 당장 몸이 굳곤 했던가? 생각으로는 가능한 것이 많지만 실제로 느낌을 바꾸기란 쉽지 않았다. 온몸이 완력으로만 벌릴 수 있는 주먹이 되곤 했다. 너를-그저-온전히-굳게-믿어야-한다는 이 말. 크리스마스트리 아래에 놓아둔 소원을 비는 쪽지들. 세계를 마법에서 풀어내는 것이 결국 가장 큰 동화였다. 한 아이의 마술적인 생각은 그 어떤 통계보다, 모든 경험의 가치보다 강하다.

땅이 드디어 평평해졌다. 길은 이제 계단식 들판과 목초지를 따라 이어졌다. 거대한 소 한 마리가 홀로 서 있었다. 튀어나온 뿔, 축축한 분홍색 콧구멍, 덥수룩한 털, 눈을 완전히 뒤덮은 붉은 갈색의 헝클어진 털뿐이었다. 전류 소리.

벚나무 몇 그루, 딱지 앉은 나무껍질은 녹청처럼 빛났다. 그러고는 헛간 뒤로 마을의 말끔한 회청색 지붕들이 나타났을 때의 놀라움이라니. 계곡과 알프스 산맥의 중간 높이쯤에 자리한, 공기가 희박하고 풀이 파랗게 자라는 곳이었다. 길 하나가 도로와 이어졌다. 아스팔트가 비 온 후처럼 반짝였다. 마을은 사멸한 듯 보였다. 고양이 한 마리조차 보이지 않았다. 집들은 다닥다닥 붙어 있어 이 집 지붕에서 저 집 지붕으로 뛰어 건널 수도 있을 것 같았다. 집 사이사이에 헛간과 마구간과 차고가 있었다. 좁은 샛길과 사람 팔 반 길이 정도 너비의 돌계단은 산속으로, 시간의 깊은 지층 속으로 이어질 듯 어두웠다.

어디선가 딸랑이 소리가 귓속을 파고들더니 둔중한 쿵쿵 소리에 이어 갑작스러운 한숨 소리가 들려왔다. 한 샬레의 아래층에서 나는 소리 같았다. 빛바랜 은회색 나무문의 무릎 높이에 딱 눈 하나 크기만 한 틈이 있었다. 나는 안을 엿보았다. 안은 온통 깜깜했다. 뭔가를 알아볼 수 있기까지 시간이 조금 걸렸다. 지푸라기 속의 뭉근한 덩어리, 겉은 끈적끈적하고, 화농이 생긴 하얀 막이 피 섞인 점액으로 범벅이 되어있었다. 뭔지 몰라도 살아서 꿈틀거렸다. 묶인 것처럼 보이는 작은 뭉치가 버둥거리기 시작했다. 도살장의 풍경. 굴복한 짐승. 갑자기 검은 주둥이가 내려와 작고 뾰족하고 누런 이와 혓바닥을 내밀어 리듬을 타듯 몸에 묻은 점액을 핥았다. 발굽에 채인 뭉치가 다시 움직이며 형태를 갖추었다. 몸체가 나타나고, 거기서 뻗어 나온 팔다리 하나하나—가늘고 길고 희고 검은 다리들이 공중에서 허우적거리고, 작은 꼬리, 두개골, 납작한 뒤통수, 새까만 얼굴, 양옆에 눈이 하나씩. 그제야 악취가 났다. 지저분한 털, 양의 똥, 흘러내리는 피 냄새. 속이 메스꺼웠다. 나는 고개를 돌렸다. 몇 걸음 걷고 나서야 무릎의 통증이 풀렸다. 텅 빈 중앙로를 따라 흰 석회칠을 한 교회로 내려갔다. 뾰족하고 높은 탑이 사각굴대 같았다. 버스정류장이 있는 작은 광장, 우체통, 빨간 방화전, 모든 것이 마치 '잡화상'·'파노라마'·'세상만사' 같은 제목의 신문 속 사건사고란에 실리는 범죄현장처럼 먼 세상 얘기로 보였다. 갑자기 범죄는 행동과 생각이라는 이중의 차원으로 존재했다. 한쪽에는 욕구로, 다른 쪽에는 두려움으로. 모든 경계는 그저 초월하기 위해 있었다.

내가 가게로 들어설 때 종소리가 조급하고 요란하게 울렸다. 아무도 보이지 않았다. 진열대는 바닥부터 천장까지 물건으로 꽉 차 있었고, 색색의 상품들이 단정하고 깔끔히 정리되어 있었다. 좁고 짧은 동선은 계산대 한 곳으로만, 그리고 다시 출구로만 연결되는 미로였다. 나는 배가 고프거나 목이 마르지 않았고, 뭘 고를 기분도 아니었다. 더 바랄 것 없이 행복하든 아니든, 내 장바구니는 텅 비어 있었다. 다시 종이 울렸다. 한 남자가 쑥 들어왔다. 그는 반짝이는 단추가 달린 낡은 유니폼을 입고 나를 바라보았다. 말을 걸어주기를 바라는 듯. 내가 계산대로 가자 갑자기 어디서 나타났는지 한 점원이 서 있었다. 여자의 눈빛은 평생을 그 자리에 못 박혀 서 있었던 듯 텅 비어 있었다. 권태로운 동시에 기대로 가득했다. 이곳에서 본 적 없던 여자였다. 나는 본능적으로 신문 한 부를 골라 들고는 잔돈을 찾아 뒤적거렸고, 계산대의 여자는 남자에게 뭐라고 외쳤다. 나는 한 마디도 알아듣지 못했다. 아무리 노력한다 해도 결코 이해할 수 없을 것이다. 여자가 자리에 앉아 손을 무릎 위에 올리자 오른쪽 손목 안의 문신이 보였다. 분홍빛 구름에 휘감긴 하얀 말 머리의 이마 한가운데에 나선형의 창백한 푸른 뿔이 솟아있었다. 내 동전들이 그릇 안에서 짤랑거렸다. 계산대 여자가 뭐라고 물어보았지만 나는 서둘러 고개를 저었다. 그리고 다시 부끄러웠다. 이곳에서는 누군가가 무슨 말을 해도 알아들은 적이 없기 때문이었다. 겹쳐 낀 금팔찌들이 문신 위로 미끄러져 내렸다 다시 사라졌다. 여자의 손과 유니콘이 얼굴을 지나 금발로 염색한 머릿속을 훑더니 머리가닥 몇 올을 가다듬었다. 잠시 아주 가까이서 그것이 나를 바라보았다. 만화 같은 그 커다랗고 파란 눈 안에서 까만 점이 반짝거렸다. 정답고 악의 없으면서도 동시에 꿰뚫어 보는 듯한 눈길이었다. 그러고 나서 동물은 어느새 다시 사라져 열린 서랍에서 거스름돈을 찾고 있었다.

그럼에도 그것은 하나의 징조, 너무도 명백한 계시였다. 간과할 수 없고 흘려들을 수 없었다. 나는 벙어리처럼 행동하며 밖으로 나왔고, 건물 앞뜰로 들어서기 전에 신경을 자극하는 종소리가 또다시 울렸다. 중앙로로 발걸음을 재촉하고, 민첩하되 서두르지 않고 비탈을 올라갔다. 사냥할 때나 도망칠 때처럼 갑자기 심장박동이 빨라졌다. 허둥대다 보니 숨이 턱 밑까지 차올랐다. 그저 계속해서 걷는 것, 스스로를 중력에 내맡기는 것이 도움이 되었다. 한 걸음, 한 걸음, 뿔로부터 멀어져 갔다. 용은 벌을 받고 죽어 매장되었고, 화석이 된 그들의 뼈는 어설프게 조립되고 강철 코르셋으로 지탱되어 박물관에 세워진다. 그러나 일각수는, 이 몰취미하고 우스꽝스럽고, 속이 다 들여다보이는 것은 죽을 수 없고, 멸종될 수 없고, 어딜 가도 따라다녔다. 판매원의 손목이든, 바젤의 호기심 캐비닛 안이든. 매끈하고 반짝이는 자태로 그것은 거기에 서 있었다. 단단하고, 현기증이 일 정도로 거대했다. 박제로 만든 박제품, 가장 거대한 괴물. 바다코끼리 엄니로 만든 유니콘 모형물 앞에 *만지지 마시오*, 라고 쓰여 있었다. 누가 자연이 빚어낸 칼슘인산염 덩어리를 쓰다듬고 싶어 할 거라는 건지.

도로를 꺾어 돌아가니 뒤편 고원에 작은 동네가 보였다. 짙은 갈색의 통나무 집들이 교회를 중심으로 옹기종기 모여있었다. 비탈진 암벽에 풀밭으로 둘러싸인 그곳은 내가 있는 곳에서 불과 백 미터도 안 되는 거리였지만 계곡 건너편에 있었다. 절벽 근처의 갈색 말 두 마리가 울타리 안에서 서로를 등지고 풀을 뜯고 있었다. 머리를 맞대는 것이 아니라 상대를 향해 꼬리를 보이며, 보이지 않는 마구를 차고 명령을 기다리는 듯했다. 낯익은 장면이었다. 어디서 봤더라? 학교 다닐 때 역사책에서 본 세피아색 판화. 채찍 아래로 목을 늘어뜨린 말들이 서로 반대 방향으로 가려고 안간힘을 쓰느라 재갈 가득 거품을 물고 있었다. 마구 아래 마른 땀 자국. 여섯에서 여덟 마리 말이 한 조가 되어 고개를 반대 방향으로 돌리고 서 있었다. 그들 사이에 펌프로 공기를 완전히 뺀 구: 진공, 상상 불가능한 공허, 죽은 공간. 그 뒤에는 언덕들이 파노라마처럼 이어지고, 하늘에는 두 개의 반구와 신성하고 맹목적인 한 쌍의 눈알이 떠 있다. 공허보다 끔찍한 것은 없다. 모든 괴물이 그 공허를 채우기 위해, 두려움을 숨기고 두 배의 연막을 치기 위해 존재했다. 메스껍고 무거운 뱃속의 느낌. 어디에도 돌 하나 또는 앉을 자리조차 없다. 나는 멈춰 서서 웅크렸다. 내장이 꽉 쥔 주먹 같다. 진공이란 이런 느낌이던가? 진공은 얼마나 무거운가? 가능성이란 거대한 번식지였다. 불가능 역시.

하얀색 배달 차량이 부르릉 소리를 내며 내 옆을 지나갔다. 나는 도로를 건너 반대편에서 수풀 사이의 어두운 통로를 발견했다. 협곡, 숲으로 점점 더 깊이 파고드는 진입로, 담벼락처럼 길가를 에워싼 덤불. 벌거벗은 활엽수들에 이어 침엽수 그늘. 부드러운 바닥에 수북이 쌓인 구리빛 침엽. 어디선가 속이 빈 것을 두드리는 소리가 났다. 그 외에는 모든 것이 완벽하게 고요했다. 내 발자국은 거의 소리가 없다. 발길 닿는 대로, 꼬불꼬불 이어지던 길은 바위 절벽을 따라 좁아지더니 그늘진 언덕에 이르러 완전히 사라졌다. 그리고 시야가 트이며 서쪽의 분지가 나타났다. 산들이 무대배경처럼 평지를 둘러싸고 있었다. 골짜기의 이름을 딴 강이 연무 속에서 빛났다. 멀지 않은 숲속의 황량한 장소에, 나무들이 바닥에 떨어진 성냥개비처럼 사방팔방 널려 있는 것이 육안으로도 보였다. 높은 곳에서 알프스갈까마귀들이 까옥까옥 추락할 듯 내려오다 다시 비상해 나무들의 경계 저편으로 날아갔다. 그 뒤에는 반쯤 폐허가 된 헛간이 산비탈에 매달려있었다. 닿을 수 없는 곳처럼, 그린 듯 하얀 눈으로 둘러싸여, 여름처럼 멀리. 실제로 그곳으로 이어지는 길이 있다는 것을 상상할 수 없었다. 길 안내표지는 정말 필요할 때면 보이지 않는다. 가파른 두 절벽 사이에 돌 몇 개가 겹겹이 쌓여 마치 계단처럼 한 방향을 가리키고 있었다. 길이 있다는 말이다. 무릎, 골

반, 등 아래쪽의 통증. 짜증스럽게도 몸이 정석대로 움직이지 않았다. 내가 무슨 짓을 했기에 몸이 말을 듣지 않는 걸까? 몸이 제멋대로 움직였다. 경사는 점점 더 가팔라져, 영양이나 지나갈 것 같은 길이 되어갔다. 여하튼 손을 사용하니 조금 나았다. 적어도 앞으로 나아갔고 더듬듯 부서진 편암과 자갈들 사이를 기어 다시 식물들이 자라는 곳에 닿았다. 초원이라 해도 무방할 풀밭이었다. 집이 한 채, 두 채 산비탈 여기저기에 흩어져 있었다. 하나의 단지, 하나의 작은 마을. 그리고 하얗고 작은 예배당, 우물가의 물통. 그곳은 바로 내가 머무는 동네였다! 몇 시간 전에 내가 떠나온 그 마을. 내가 수수께끼의 답을 미리 알고 있기라도 했던 듯. 멀리 돌아왔건만 아무 소용없었다. 나는 제대로 길을 잃어버리는 것조차 할 수 없었다. 안심했던가, 아니면 실망했던가? 아마도 둘 다였을 것이다. 그 한 집의 굴뚝에서 가느다란 연기 같은 것이 피어올랐다. 그리고 작은 주차장에 빨간 자동차 한 대가 세워져 있었다. 나는 더이상 혼자가 아니었다.

거실은 추웠고, 오븐에 불씨도 없었다. 땔감에 불이 붙으려 하지 않았다. 결국 나는 복사 용지를 한 뭉치 집어넣었다. 불에서 불꽃이 튀었다. 타일 바닥 위에 놓여 있던 신문 1면에 화재가 일어난 숲의 사진이 실려 있었다. 그을린 줄기와 바싹 탄 소나무가 있는 숲에 안개가 자욱했다. 마침내 잠이 들었을 때는 이미 밖이 환해지고 있었다. 몇 시간 후 나는 잠에서 깨어났다. 모든 것이 잿빛 연무 속에 있었다. 안개라고 생각했던 것은 더 높은 곳에서 가라앉은 구름이었다. 땔감을 더 집어넣고 다시 침대로 들어가 알프스 자연 안내서를 들척이다 보니 다시 눈이 흐려지고 졸음이 왔다. 잠에서 완전히 깨었을 때는 구름이 더 두꺼워져 있었다. 너무 조용해서, 잠시지만 세상이 멸망한 것이 아닌가 싶었다. 무서운 것이 아니라 그 반대였다. 위로가 되었다. 나는 테이블 위에 어질러진 책들을 치우고, 개수대 안에서 빨래를 해 오븐 위에 넌 다음 쪼글쪼글해진 감자 몇 개를 삶았다. 저녁에는 개수대 밑에서 발견한 레드 와인 한 병을 땄다. 그러고 나서는 자화상을 그리기로 마음을 먹었다. 하지만 하나밖에 없는 거울은 욕실에 있었고 벽고리에서 뗄 수 없었다.

며칠 후 산책을 다녀오는 길에 한 남자와 마주쳤다. 키가 작고 피부는 가죽처럼 매끈했다. 나를 보고 반가웠던지 보자마자 바로 말을 걸었다. 이 지역 사투리를 쓰는 사람치고는 유별나게 말이 빨랐다. 뭔가 중요한 일인 듯했다. 나는 그에게 아무것도 이해하지 못하겠다고 말했다. 그는 조금 전과 똑같이 빠른 속도로 푸념하듯 반복했다. 나는 다시 고개를 저었다. 그의 눈동자는 검은색에 가까운 갈색이었고 관목처럼 짙은 속눈썹이 동공을 둘러싸고 있었다. 그는 나를, 그리고 내 장화를 빤히 바라보다가 자리를 떴다. 아쉽다거나 미안하다는 제스처도 없이. 그날 밤에는 긴 번개를 동반한 천둥이 쳤다. 폭우가 덧창을 잡아 뜯었다. 나는 잠을 이룰 수 없어서 자연 안내서의 사진들을 훑어보다 식탁에 장식으로 놓인 형광초록색 지의류 사진을 발견했다. 그것은 육식 척추동물의 신경체계에 고도로 유독한 작용을 하는 늑대이끼였다. 나는 그 마른 초록색 다발을 들고 나가 비를 맞으며 뒷마당에 파묻었다. 그러고 나서 세제로 오랫동안 손, 팔, 얼굴을 씻었다. 마침내 나는 깊은 잠에 빠졌다.

아침에 일어나니 뻐꾸기가 울었다. 나는 그 소리를 따라 밖으로 나갔다. 따뜻한 산바람이 불었다. 창백한 푸른 하늘을 배경으로 빗처럼 들쭉날쭉한 능선이 보였다. 하늘이 산 앞으로 밀려나온 것인지, 산이 구름 뒤로 물러난 것인지 알 수 없었다. 풀잎들에 이슬이 맺혀 있었다. 숲의 하얀 얼룩들은 점처럼 녹아들었다. 멀리서 속삭임이 들려왔다. 계곡에서 흘러나온 물이 쿨렁거리며 깊은 골로 떨어졌다. 눈이 녹기 시작했다. 나는 돌아와서 짐을 싸고 청소를 한 후 아래층 땔감 뒤에 열쇠를 숨겨두고 골짜기를 출발했다.

발레 인페르노

빌라 사케티

또는 빌라 알 피네토 델 마르케제 사케티

* 줄리오 사케티와 마르첼로 사케티 형제가 의뢰하여 1628년에서 1648년 사이에 지어진 빌라 사케티는 건축가 피에트로 다 코르토나의 가장 중요한 초기 작업으로 간주된다.

† 17세기 말 무렵부터 이미 저택은 허물어지기 시작했다. 18세기 중엽에는 건물 양쪽의 날개 부분이 무너졌으며, 폐허의 마지막 잔재는 1861년 이후에 제거되었다.

모든 통치자처럼 이 도시 로마는 두 개의 몸을 가졌다. 유한한 삶을 지닌 몸은 훼손된 시체처럼 거기에 놓여있다. 무너진 건물에 남아있는 대리석은 가마에 들어가 태워진 후 석회로 변한다. 창백한 돌은 화석을 품고 있지 않아도 그 자체가 선사시대의 사본이며 기억의 손상된 서판이다. 죽지 않는 몸은 이방인들의 상상 속에서 폐석과 토사를 딛고 일어선다. 낯선 이들은 폐허 앞에서 잠시 꿈꾸듯 멈춰서고 경외심에 얼어붙는다. 화가·동판화가·문장가 들을 뒤따라온 귀족과 지체 높은 집안의 자제들이 무리 지어 도시로 밀려와 스페인 광장 주변의 외빈용 숙소들을 점령한다. 해마다 북구의 예술가들이 유력 가문의 추천서나 후원자의 지원금, 아카데미의 장학금, 그게 아니라면 수년 전에 겨울 한 철을 보내러 왔다가 눌러앉은 동향인의 주소라도 담긴 가죽 폴더를 들고 먼지 낀 역마차에서 내린다.

그들은 성물처럼 폐허를 숭배하고 그 부활을 희망하며 영원히 만족할 수 없는 폐허의 장엄한 모습에 취한다. 항상 뭔가가 부족하다. 눈으로 보고 뇌로 보완한다. 파편들은 건축물이 되고, 죽은 사람의 행적은 실제보다 더 웅장하고 활기가 넘친다. 여기, 이 성스러운 도시, 역사의 중심지에서 언젠가 문화재보호라는 것이 발명되었고, 전 국민이 상속자로 선포되었다. 로마 원로원은 트라야누스[17]가 자신과 자신의 승리를 기념하고자 축조한, 천년이 넘게 보존되어 온 도리아식 기둥을 *세상이 존재하는 한*, 온전히 보전할 것이며 누구든 훼손을 시도하기만 해도 최고형을 선고할 것임을 결정했다. 로마는 몰락하지 않았고, 과거는 지나가지 않았고, 미래가 이미 시작되었을 뿐이다.

어떤 장벽도 그 잔해들을 여느 곳과 다름없이 살아가는 주민들의 비참한 일상과 분리하지 못한다. 반라로 회랑에 웅크리고 있는 거지들, 벽으로 둘러싸인 주랑 현관의 그늘에서 부패하기 쉬운 상품들을 판매하는 생선장수들, 고대

---

17) 로마의 황제(재위 98~117).

의 목욕탕에서 린넨 수건을 세탁하는 여자들, 눅눅한 사원으로 그들의 양을 몰아넣는 목자들. 야생 동물과 순교자들의 유골이 잠들어 있는 플라비우스 왕조 원형극장의 지하 납골당에서 다공질의 황백색 트래버틴[18]을 거둬들이는 일용 노동자들. 쓸 만한 돌은 건축 내장재로 사용되거나 출하된다. 죽은 성직자의 유산이 활발히 거래되고 있다. 폐허는 순수한 자본이다. 힘겹게 찾아내야 하는 보물이 아니라 알바니아 산맥의 구리처럼 채취하기만 하면 되는 준보석급 광물들 같은 것이다.

로마 유적의 보존을 염려하는 사람은 소수에 불과하지만, 그들 중 누구도 베네치아에서 이주해 온 지오반니 바티스타 피라네시만큼 열렬하고 투쟁적이진 않을 것이다. 그는 자신에게 격려와 애정을 보이는 사람들과도 논쟁 끝에 결별하곤 했다. 그러니 사람보다 돌을 더 좋아하는 이 사내가 33세의 나이에 그를 이해하고 다섯 명의 아이를 낳아 준 여자를 찾아낸 것은 거의 기적에 가깝다고 할 수 있다. 게다가 그는 그녀가 가져온 적지 않은 지참금을 다량의 동판을 사는 데 써버렸다. 헌신적이고 희생적인 성향 못지않게 걸핏하면 다투고 화를 내는 기질도 어둡게 타오르는 눈을 가진 이 키 큰 남자의 특성이다. 그의 곁에 15분

18) 대리석의 일종으로 특유의 구멍이 있으며 줄무늬가 특징이다.

만 있어도 병이 나겠다고 주장하는 사람은 그늘진 이마를 가진 이 다혈질의 사내가 괴로워하는 진짜 이유를 알지 못한다. 폐허가 열병처럼 그에게 말을 걸며, 그에게서 고요와 잠을 빼앗아가고, 끊임없이 이미지들을 불러낸다. 그것이 훗날 고대 그리스 예술이 로마를 능가한다고 주장하려는 저 후손들과 무지한 사람들을 벌하기 위해 그가 붙잡아야 한다고 믿는 비전들이다. 그는 사랑에 빠진 연인처럼 단호히 생각 없는 현재를, 그 초라한 단순함을 비난한다. 그래서 그는 과거의 놀라운 위엄을 아는 사람이라면 누구든 절망에 빠질 거라는 반박문을 끊임없이 써댄다. 피라네시는 과거의 웅장함을 알고 있었고, 그것을 눈앞에 떠올릴 수 있었다. 왜냐하면 어린 시절, 산호초 빛이 어른거리는 숙부의 거실에서 티투스 리비우스의 연대기를 읽은 후부터 고대의 유물들이 그의 꿈을 가득 채워왔기 때문이었다. 숙부는 집요하게 육지를 파고드는 아드리아 해의 방어벽을 정비하는 공병이었다.

현재라는 것은 산호초처럼 늘 가라앉는 것들 위에 자리 잡으므로 늙지는 않았지만 이미 무게 있는 몸은 깊은 곳으로, 지구의 내부로, 반원형 천장의 지하실과 지하 납골당으로, 나아가 옛 로마인들이 죽은 자들을 추방했던 도시 성문 앞의 간선도로에 면한 묘지로 자석처럼 이끌렸다. 당시의 로마인들에게는 플루토[19]의 그림자 왕국(죽음의 세계)보다 더 두려운 것은 없었다. 그들은 그곳에 죽은 자의 재만 보관하는 묘지를 세웠는데, 화장만이 시체가 적에게 유린당하는 것을 막을 수 있음을 전쟁을 통해 배웠기 때문이다.

그러므로 피라네시는 도끼와 횃불을 들고 어두운 덤불숲을 헤쳐가며 뱀과 전갈을 쫓기 위해 불을 붙인다. 19세기 미래 소설에 등장하는 인물처럼 검은 망토를 두르고 달빛 속에 서있다. 괭이와 삽으로 땅을 파고 들어가 받침대와 석관을 꺼내고, 오래된 요새와 풍화된 교량의 버팀목과 기둥을 측량하고, 벽돌을 쌓은 방식과 기둥의 양식을 조사하고, 파사드와 토대를 연구하고, 납골당의 비명碑銘을 해독하고 기둥들의 요선凹線과 아치의 띠 장식을 베껴 그린다. 파묻혔던 맹수 우리와 극장 아레나의 정면도와 투시도를 그리고, 무성한 풀로 덮인 사원과 성채의 종단면을 그리고, 분주한 손길로 저 거대한 것을 짓느라 필요했을 지렛대와 들보, 갈고리와 사슬, 진자와 대들보를 그린다. 침묵하는 돌도 그에게 말을 걸었고, 낡은 담벼락도, 훼손된 기둥도 그의 눈을 피해가지 않았다. 그는 그 안에서 한때 이 도시의 건장한 몸을 이루었던 팔다리와 근육을, 그 몸에 양분을 공급하던 혈관과 기관을 빠짐없이 알아보았다. 다리들과 원거리 도로, 고가수로와 저수지, 무엇보다 여러

19) 로마 신화에 등장하는 명계의 신. 그리스 신화의 하데스와 동일 인물이다.

갈래로 갈라진 미궁 같은 *클로아카 막시마*[20]는 그 천한 용도에도 불구하고, 아니 바로 그 때문에 그가 보기에는 세계 7대 불가사의를 능가하는 모든 건축물의 최고봉이었다. 그리고 한 세기 전의 해부학자 베살리우스가 유죄 판결을 받고 해부용 테이블에 누운 살인자들의 시체를 그렇게 했듯, 죄없이 몰락한 것처럼 보이는 반쯤 썩은 구조물을, 지나간 제국의 잔해를 해부한다.

평생 단 한 채의 건물도 짓지 않을 이 건축가는 그 잔해에서 꿈결 같은 과거의 평면도를 이끌어 내는 동시에 완전히 새로운 창조의 비전을 설계한다. 그의 동판 작품으로 구현된 이것들은 지상에 묶인 그 어떤 건축물보다도 많은 사람을 사로잡는다. 작업실에서 매끄럽게 닦인 차가운 금속 위로 몸을 숙이고 빨간 분필로 그려둔 밑그림을 초벌한 구리판 위로 옮길 때 그의 시선은 침전물과 재료들을 정확히 꿰뚫는다. 무수한 선, 점들과 고리 모양, 반점과 떨리는 선들은 세세한 부분까지 방향을 바꿔가며 새로운 방향을 향하는 듯하면서도 서로 겹치는 경우가 드물다. 동판을 액체에 담글 때마다 어떤 부분은 산酸이 스며들지 않도록, 어떤 부분은 가장 미세한 깊이까지 침투해 그가 표현하고자 하는 것을 빠짐없이 단단히 붙들도록 세심하게 산의 양을 조절한

20) 이탈리아의 수도 로마에 있는 고대 로마시대의 하수구.

다. 커다란 종이들이 압착기를 거쳐 나오면 패인 자국들 위로 햇살이 무자비하게 쏟아진다. 그늘은 망각처럼 어둡고 부드러우며, 선들은 소실점을 향해 가고, 시야의 각은 환상적이며, 무너져 내리는 건물이 조감도 안에서도 거대하다.

피라네시의 판화는 곧 고대 생명체의 해부학적 기록으로 널리 알려지게 되지만, 대부분의 서판은 죽음 외에 그 무엇도 말하지 않는다. 그것들은 매장실 내부의 모습, 영묘의 평면도, 대리석 주춧돌 위의 석관, 화장터로 이어지는 성문 통로의 포석을 가로지르는 단면을 보여준다. 피라네시는 사자死者숭배의 사제가 된다. 사자숭배가 대륙 전역을 사로잡고 매주 새로운 제자들이 몬테 카발로 뒤편에 자리한 장인의 집으로 순례한다. 방문객이 몰려드는 화려한 도시 코르소의 옛 작업실을 버리고 조용히 일할 만한 곳을 찾아 이미 한 번 옮긴 거처였음에도. 수염도 나지 않은 애송이들이 들여보내달라고 애원하면, 그는 "피라네시는 집에 없습니다"라고 외친다. 젊은이들은 그들의 우상으로부터 눈길 한 번 받아보지 못하고 돌아선다.

단 한 번, 유난히 무더운 어느 초여름 오후에 문을 두드리는 소리가 그칠 줄 모른다. 피라네시가 여느 때처럼 험한 말을 퍼부으며 문을 열어젖히자, 우아하게 차려입은 젊은 남자가 앞에 서 있다. 조금 긴 곱슬머리를 잘 다듬어 목덜미에서 끈으로 묶었고, 얼굴선은 부드럽고, 작고 둥근 눈은 빛난다. 옛사람들처럼 공손히 몸을 숙여 인사하는 잘생긴 그의 입에서 프랑스어 억양의 말들이 흘러나온다. 청년이 이미 며칠 전부터 적절한 톤을 연습하며 혼자 중얼거려 본 말이다; "선생님, 실례합니다. 제 이름은 위베르 로베르입니다. 저는 당신처럼 폐허를 사랑합니다. 원하시는 곳으로 저를 이끌어 주십시오."

2년 후인 1760년 가을 어느 안개 낀 아침에 위베르 로베르는 포르타 안젤리카[21] 앞에서 계곡으로 이어지는, 물이 반쯤 마른 구불구불한 시냇물을 따라 걷고 있다. 사람들 말로는 골짜기 제일 깊숙한 그늘진 곳에 허물어져 가는 저택 한 채가 있다고 한다. 구름 덮인 하늘 아래에서 물기가 빠져나간 듯 모든 색이 흐릿해 보인다. 그는 습한 공기를 들이마시며 피곤함을 떨쳐내려 한다. 얼마 전부터, 전에 없이 납처럼 무거운 피곤함이 그를 힘들게 한다.

그는 젊다. 스물일곱, 프랑스 예술아카데미의 장학생이며 베르사유 궁전의 외무장관 곁에서 일하는 고위 관리의 아들이다. 그는 외교사절인 후작의 아들과 함께 바젤, 장크트 고타드, 밀라노를 거쳐 6년 전 로마에 왔다. 세월의 흔

---

21) 1563년 교황 비오 4세에 의해 지어진 문. 로마에 도착하는 순례자들의 주요 통로였다.

적을 숨기는 대신 오히려 자랑스레 드러내는 기념물과 건축물 들을 그리기 위해 이곳에 온 재능있는 예술가들 가운데 한 사람이다. 그해 봄에야 그는 나폴리를 여행했고 당시 막 발굴 작업을 시작한 폼페이의 현장을 방문했다. 포추올리와 파에스툼이라는 도시를 보았고, 티볼리에서는 퇴락한 시빌 신전 안에서 구릿빛 하늘을 향해 마른 가지를 뻗고 있는 옹이 많은 올리브나무를 그렸다. 그는 1년 전에 거의 목숨을 내줄 뻔했던 로마의 뜨거운 무더위 속에서 또다시 여름을 보내고 싶지 않았다. 여행에서 돌아온 이후로 그는 완전히 변했다. 갑자기 이상한 권태감이 몰려오며 모든 고대 유물에 대한 즐거움이 시들해지고, 동시대의 폐허에 가보고 싶은 갈망이 생겨난다. 이제 길목을 길게 돌아가면 모래 섞인 가로수길 끝의 사이프러스 나뭇가지 뒤에 저 빌라 사케티가 나타날 것이다.

그는 좁은 산길을 벗어나 집터로 다가가 뻣뻣한 담황색 풀 위에 앉아 바라본다. 그러고 나서 반쯤 무너진 건물을 그리기 시작한다. 처음 로마에서 보낸 길고 긴 겨울 저녁들에 그랬듯 빠르고 정확하게, 코르소 아카데미의 높은 화실에서 다부진 이탈리아 남자의 근육을 그리던 때처럼. 목탄을 쥔 손의 움직임에는 머뭇거림이 없고, 고개를 들어 몇 번 보지 않고도 대상을 화폭에 담는다. 황폐한 정원의 초목들이 삼층 건물을 넘어 산비탈까지 뒤덮은 모습, 전면

이 툭 튀어나오고 양 측면에 날개가 있는 파빌리온이 언덕의 지지대 위에서 허물어져 가는 모습, 건물 중심부의 후진後陣, 세 개의 테라스에 각각 설치된 분수대, 우물 하나, 물고기 연못과 도리스 양식의 벽기둥으로 둘러싸인 그늘진 님프의 성소.

로베르는 그 모든 것을 그린다. 이 황량한 풍경에 스타파주staffage[22)]의 익숙한 인물들을 끼워 넣는 것도 잊지 않는다. 머리에 물동이를 인 소녀, 젖먹이를 가슴에 안은 여인, 아이를 데리고 계단을 올라가는 또 다른 여인, 보이지 않는 자취를 따라가는 개, 우물가에 서 있는 소와 양, 물이 넘쳐흐르는 수조에 머리를 조아리고 있는 당나귀가 화폭에 들어있다.

위베르 로베르는 자신이 그린 것을 바라보고는 종이를 둘둘 말아 든 후 한때 진입로였던 수풀이 우거진 길을 지나 부서진 계단을 오른다. 벽에서 떨어진 모르타르 조각들이 발에 치인다. 건물의 잔해들이 입구를 막고 있다. 그는 창에 난 구멍을 통해 안으로 기어들어 간다. 한때 살롱이었을 듯한 서늘한 방은 그리 크지 않고 퀴퀴한 냄새가 배어있다. 바닥에는 깨진 벽돌이며 썩은 대들보가 널려있고 돔은 거의 사라진 상태다. 우물 반자 천장 한가운데에 거

22) 풍경화에 이차적으로 첨가해 그린 인물과 동물 등을 말함.

대한 상처처럼 구멍이 뚫려있고 그 사이로 밝게 빛나는 잿빛 구름층이 보인다. 천장 한구석에 버섯 진균이 까맣게 슬은 천장화가 조금 남아있다. 희미한 형체들만 남은 빛바랜 장면들 속에서 알아볼 수 있는 것이라고는 부릅뜬 경직된 눈과 창에 찔린 머리뿐이다. 로베르의 머릿속에 베르길리우스의 〈아이네아스〉를 떠오르게 하는 공포스러운 그림이다. *우두머리가 다수를 위해 희생될 것이니unum pro multis dabitur caput*.

그는 소름 끼치는 머리를 응시하며 이런 생각을 한다. 현재는 미래의 과거 이상 아무것도 아니다. 그는 널려있는 잔해들을 넘어 묘하게 경쾌한 기분으로 다시 밖으로 나온다. 그리고 다시 한번 돌아서서 집을 바라본다. 이제 집은 전혀 다른 모습으로 보인다. 뒹구는 돌 틈에서 파란 싹이 돋고, 이끼가 대리석으로 만든 신神들을 뒤덮고, 돌나물이 갈라진 틈을 비집고 나오고, 담쟁이의 질긴 뿌리는 발톱처럼 돌 속을 파고든다. 야생 포도가 아티카풍의 다락방을 화환처럼 둘러싸고 부서진 테두리장식을 덩굴로 겹겹이 감싼다. 테두리장식에 남은 흰 바탕에 검은 줄이 셋 그려진 사케티 집안의 품위 있는 문장이 건축주의 신원을 알려준다.

줄리오 사케티는 백여 년 전 추기경으로 임명되자 로마 교황청에서 멀지 않은 몬테 마리오와 바티칸 사이의 모래

분지에, 키 큰 잣나무들과 늘씬한 사이프러스가 우거진 곳에 벨베데레—지옥의 골짜기의 별장—처럼 자부심과 힘이 넘치고 높은 애프스apsis[23]를 지닌 이 빌라를 짓게 했다. 그는 부유한 사내이며 전도유망한 추기경이다. 여름별장의 침실에서 그는 성 베드로 대성전의 둥근 지붕을 볼 수 있다. 그는 교황으로 선출되기를 염원했고, 1655년의 콘클라베는 문제가 없어 보였다. 그렇지만 다른 사람이 교황이 된다.

일 년 후 그는 마지막으로 별장의 창가에 서서 마디가 튀어나온 손에 약초와 등자나무 그리고 레몬껍질이 채워진 향주머니를 코 밑에 가져다 대며 좌절된 그의 꿈을 되돌아본다. 도시에 다시 페스트가 창궐한다. 오랫동안 이렇게 심각한 적은 없었다. 거리는 향을 내뿜는 부리 가면을 쓴 존재들로 넘친다. 사람들은 몰약과 장뇌樟腦, 층층갈고리둥글레가 발산하는 향으로 무장하고 병으로부터, 병자들로부터 자신을 지키려 한다. 교황의 전염병 통제 고문인 줄리오 사케티는 가능한 한 빨리 교회의 절차 없이, 누구나 알듯 시신의 부패가 시작되어 전염성 강한 가스를 방출하기 전에 가련하게 죽은 자들을 성벽 밖에 묻는 것 외에는 달리 방도가 없다고 생각한다. 이 외진 계곡은 얕게

23) 건물이나 방에 붙은, 반원 모양의 내부 공간으로, 기독교 건축물에 많이 사용된다.

고인 물과 무른 땅에서 피어나는 연무가 유독 잘 스며드는 곳이다. 안개가 땅 위에 낮게 떠 있고, 독을 품고 파멸을 초래할 거라고 믿을 수밖에 없는 역겨운 악취가 진동한다. 줄리오 사케티는 전염병 전단傳單에 무엇이 쓰여 있는지 알고 있다. 역병에 오염된 땅은 영원히 잃어버린 땅이다. 그로부터 그는 손님들을 다시 도시 안에 있는 그의 저택에서 맞는다. 빌라 사케티는 세워진 지 불과 수십 년 만에 주인을 잃었다.

먼저 기와지붕이 무너지고, 그러고 나서 썩은 대들보가 수 톤이 넘는 돔의 무게를 견디지 못해 휘어지고, 곧 깨진 기와 사이로 물이 새어 들어와 분해되기 시작한 들보와 벽 틈을 파고든다. 젊은 건축가가 직접 자를 대고 도판에 그렸던 집의 윤곽은 점차 형태를 잃고 무너져 올이 풀리듯 풀어진다. 다듬어 쌓은 돌은 물러져 초목과 날씨에 무방비 상태가 되어 무엇이 응회암이고, 무엇이 벽돌이며, 무엇이 대리석이고 바위인지 더이상 구분할 수 없게 된다. 파빌리온의 두껍고 강한 외벽만이 한동안 더 모양을 유지하고 있으며, 여름에 세상의 종말이 온 것 같은 큰비가 오고 난 후에는 산사태가 이어진다.

한편, 유럽의 또 다른 수도 파리는 용변의 악취가 부르봉 가문보다 더 오래 지배하고 있다. 특히 하수구 치우는 사람이 오물 처리장까지 가는 수고를 줄이려 수채에 떠오른 배설물을 길가에 쏟아버리는 밤이면 악취가 시내 전역을 덮친다. 끈적한 배설물이 새벽녘에 거리를 따라 센 강으로 흘러간다. 몇 시간 후면 같은 강둑에서 물지기들이 아무것도 모른 채 그들의 물동이를 채운다.

초기의 역병이 그들을 구원할 것이다. 오래된, 좁고 꾸불꾸불한 고도시에 자리한 병원 오뗄 디유에 환자들을 위한 침대가 비치되어 있다. 네 명이 함께 쓰는 침대다. 정신병자와 노인 옆에 고아와 산모가, 방금 수술을 마친 환자가 죽은 사람 위층에, 환자가 죽어가는 사람들 사이에 누워있다. 벽은 눅눅하고 복도는 환기가 잘 되지 않으며 조그만 창으로 스며드는 햇빛은 환한 여름날에도 병실을 밝히지 못한다. 아이들에게서는 쉰내가, 여자들한테서는 쿰쿰한 단내가, 남자들한테서는 식은땀 냄새가 나고 그 모든 것 위로 병원의 부패한 가스가 떠돈다. 그것들은 쉴새 없이 부스럭거리는 이불 소리와 마찬가지로 다가오는 죽음을 알린다. 1772년 12월 30일 밤도 그렇다. 촛불을 끄다 일어난 불이 나무 대들보를 덮쳐 건물의 복잡한 통로로 옮겨붙는다. 겨울의 2주 동안 병원은 화염에 휩싸여 있다. 화재가 도시의 오래된 중세 심장부로 번지며 그곳을 파괴하는 동안, 구경꾼들은 도시 경관을 붉게 비추는 장관을 즐긴다.

남은 것은 위베르 로베르가 여러 드로잉과 그림으로 포

착한 검은 하늘 앞의 속이 텅 빈 골조다. 8년 전부터 그는 파리에 돌아와 있고 '폐허의 로베르'라는 이름으로 알려져 있다. 폐허가 사랑받고 있다. 시간이 작품을 만들 때까지 기다리지 못하는 사람은 아예 폐허를 짓거나 그리게 한다. 건축물의 붕괴는 교수형만큼이나 많은 구경꾼을 불러모은다. 로베르는 고대 사원에서 설교하는 사제와 지하세계의 강둑에서 빨래하는 여인들, 노트르담 다리와 샹주교의 붕괴를 그린다. 그는 건물이 사라지고 잔해가 남은 곳에서 마차로 파편들을 날라 긴 바지선에 싣는 모습, 일용 노동자들이 도시 재생의 전장에서 재활용이 가능한 자재를 찾아 판매함으로써 영원한 순환을 촉진하는 모습을 그린다. 그렇게 폐허는 공사장이 되고, 로베르의 그림에서는 이 둘의 구별이 무의미해진다. 외과의학부의 건물 토대조차 그의 그림에서는 발굴지와 비슷해 보인다. 그는 오페라극장의 대화재를 유월의 밤하늘을 배경으로 한 화산폭발, 불의 바다, 화염 기둥과 연기구름으로 그리고, 화재 다음 날 아침의 그을음을 뒤집어쓴 오페라극장의 외관을 비롯하여 뫼동 성의 철거, 푀양회會가 폭발시킨 교회와 바스티유 습격을 철거 전의 검은 요새로, 무언의 말을 담은 매혹적인 그림으로 그린다. 요새에 쌓인 떨어진 돌 부스러기들은 연기구름으로 둘러싸인 고대의 전리품처럼 보인다. 이 그림은 새것이 옛것을 무분별하게 허물고 있다고 말한다. 로베르는 평정을 유지하는 연대기 저술가처럼 대상 없는 파괴의 파노라마를 그린다. 그에게 당신은 어느 쪽에 서느냐고 묻는다면, 이런 대답을 들을 것이다. "예술의 편에."

그의 그림에서는 수백 년 된 묘지가 능욕당하는 일이 비일비재했으며, 무엇이 파괴되고 보존되는지 더이상 구별할 수 없었다. 캔버스가 채 마르기도 전에 그는 체포된다. 많은 다른 귀족 계급의 총아들처럼 그는 생 라자르르로 보내진다. 그 오래된, 감옥으로 변신한 나병환자병원으로. 거기서도 그는 그림을 그린다. 우유 배급, 감옥 마당에서의 공놀이, 감옥 철장 사이로 멀리 어른거리는 교외의 도시 클리시와 라 샤벨, 그리고 지평선 위로 떠 오르는 휴경 중인 몽마르트 주변의 들판들. 캔버스와 종이를 구해도 좋다는 허락이 떨어질 때까지 처음에는 오지그릇과 널빤지에 그림을 그린다. 매일 오후 그는 거대한 나무 십자가가 가까이 서 있는 안마당에서 체조를 한다. 십자가 아래에서 검은 옷을 휘감은 후작이 하늘을 향해 자비를, 그리고 '주인이 주인이고 하인이 하인'이던 옛 질서를 되돌려달라고 간청한다.

1794년 3월의 어느 저녁에 3층 복도에서 웃음소리가 터져 나온다. 종종 연회가 벌어지고, 곤들매기와 숭어가 차려지고 과일과 와인이 제공된다. 원숭이 한 마리가 방과 방 사이를 돌아다닌다. 그리고 한 수인의 다섯 살 난 아들 에밀이 모두를 웃기려고 토끼를 끈에 매어 끌고 다닌다. 간힌 두 여인은 도취되어 첼발로와 하프를 연주한다. 연주가 끝나자 로베르가 이야기를 시작한다. 젊은 시절 콜로세움을 오르다 떨어질 뻔하고 한껏 용기를 내 피라네시에게 자신을 소개했던 일들, 그에게 가르침을 받고 그와 함께 지하의 묘지들을 그렸던 것에 대해. 그러나 빌라 사케티의 공포스러운 그림에 대해서는 한마디도 말하지 않는다. 언제나처럼 그는 무릎까지 오는 몸집이 잘 드러나지 않는 보라색 연회복을 입고 있다. 훤한 이마에는 두 줄의 깊은 주름이 파여 있고, 장밋빛이 도는 매끄러운 얼굴에 곰보 자국이 몇 개 남아있다. 숱 많고 짙던 눈썹은 듬성듬성한 머리카락처럼 잿빛이 되었다. 연로하고 비만한 몸에도 불구하고 그는 감옥마당의 술래잡기에서 매번 승자가 되곤 한다. 작은 눈에 그 어느 때보다 기쁨이 가득하다. 웃을 때면 두툼한 아랫입술이 떨리며 턱에 보조개가 두 개 파인다. 그는 와인 잔을 들며 자신이 생 라자르에서 가장 덜 불행한 수인이라고 유쾌하게 말한다. 그러나 그 이유에 대해서는 침묵한다. 이곳의 다른 모든 이들처럼 단두대 아래에서 죽으리라는 저 부정할 수 없는 확신. *"저마다 자신의 하루가 있다."* 그는 자주 사용하는 베르길리우스의 말을 인용하며 불행이란 것을 한 번도 겪어보지 못한 사람처럼 보이는 전염성 있는 미소를 짓는다. 병마가 그에게서 네 명의 자식 모두를 앗아갔다. 그는 무엇에나 준비가 되어있었다. 자신의 무덤도 이미 그려놓았고, 머지않아 그의 머리를 몸뚱이에서 깨끗하게 떼어낼 도구의 기능에 익숙해지려고 장작 부스러기로 작은 기요틴을 만들어 두었다. 며칠에 한 번꼴로 감옥에 울리는 북소리가 죄수들을 법정으로 태워 갈 검은 마차가 왔음을 알린다.

몇 주 후, 찬 기운이 돌고 햇살이 맑던 1794년 5월 아침, 그는 감옥 마당에 모인 수인들 가운데에 서 있다. 그가 호명되어 마지막 시간이 왔음을 깨닫고 앞으로 나가려는데 누군가 다른 사람이 대답한다. 운명의 장난으로 같은 성을 가진 그 대신 단두대의 날을 맞게 될 사람이다. 위베르 로베르는 석방된다. 그로부터 여러 해가 지난 후 그는 파리의 위 드 뇌브 뤽상부르 가에 있는 그의 아틀리에에서 뇌출혈로 사망한다. 그는 팔레트를 손에 든 채 바닥에 쓰러져 숨을 거둔다.

로베르가 죽은 지 1년 후인 1809년 7월, 두 명의 건축가가 의사를 동반하고 로마 근처의 황량하고 숨 막히는 계곡으로 떠난다. 말들이 목적지에 도착하기도 전에 저항하기 시작하며 채찍을 맞으면서도 마차를 끌기를 거부하는 탓에, 나폴레옹의 참모장교를 포함해 로마의 모든 점령군이 진을 쳤던 몬테 마리오 산 아래 빌라 사케티 앞까지, 좁은 가로수들 사이로 마차를 끌며 걸어가는 것 외에 다른 방법이 없다. 1797년 2월에 나폴레옹의 참모가 값어치 있어 보이는 모든 예술품을 프랑스 공화국으로, 자칭 자유의 나라로, 파리로, 세계의 학교로 보내기 위해 수탈을 명하자, 부하들은 떼 지어 교황의 보물창고를 약탈하고, 라파엘로의 카펫을 자르고, 프레스코화와 그림을 톱질하고, 조각품에서 팔다리를 잘라냈다.

그들의 아버지들이 감동하기 위해 왔다면, 그들은 감동을 준 그것들을 약탈하기 위해 왔다. 교회의 모든 금속, 모든 대리석이 잘리어 팔렸고, 성자들의 무덤이 파헤쳐졌고, 금으로 된 성물과 성체 현시대聖體顯示臺와 성합聖盒이 경매에 올랐다. 고트족마저도 아끼던 높은 제단을 부수고 도시 경관에서 귀족들의 표장表章을 모두 쓸어 버렸다. 로베레 가문의 떡갈나무, 보르자 가문의 황소, 메디치 가문의 구球, 파르네세 가문의 백합, 바르베르니 가문의 꿀벌과 세상이라는 지옥의 골짜기에서 유일하게 광란을 견뎌낸 사케티 가문의 세 개의 검은 줄.

남자들이 쓰러져가는 계단을 오른다. 그들은 죽은 사람들을 위한 장소, 모두를 위한 공동묘지의 후보지를 찾고 있다. 두 건축가는 폐허를 예배당으로 만들고, 부지는 높은 담으로 가려 그늘지고 통풍이 잘되는 넓은 묘지로 조성하고자 한다. 교황이 체포되어 특별히 진귀한 약탈물처럼 프랑스로 끌려간 직후에 아우렐리아누스 방벽 안의 묘지들이 봉쇄되었기 때문이다. 로마의 보물들은 사라졌다. 아폴로, 라오콘 군상, 벨베데레의 토르소까지도, 황소들이 끄는 월계수로 꾸민 전차에 실려 아프리카 낙타와 사자 그리고 베른에서 온 곰과 함께 파리식물원을 지나고 팡테옹을 거쳐 마르스 광장으로 끌려갔다.

무거운 트라야누스 원주圓柱만이 여전히 원래 서 있던 그 자리에 서 있을 뿐, 로마는 삼 분의 일이 넘는 시민을 잃었다. 시민보다 주택의 손실이 더 크다. 성과 사원들은 허물어진 벽만 남고, 교회의 납골당에서는 익히 알려진 들큼한 부패의 냄새가 코를 찌른다. 의사들이 썩어가는 시체의 위험성에 대해 게시문을 붙이고 강의를 통해 경고하며 신속히 성문 밖에서 매장할 것을 권고한다. 이제부터 도시 안에 사자死者를 모시는 습관은 위생적인 장례 절차로 대체되어야 한다. 그러나 로마인들은 죽은 가족들을 성 밖 발레 인페르노의 맨땅에 묻으려 하지 않고 언제나 그랬듯, 영묘와 지하실이나 석관에 안치하고자 한다.

묘지는 결코 문을 열지 못할 것이다. 콜로세움에 나무딸기가 자란다. 포룸 로마눔은 발굴 작업 중이다. 분지의 빌라는 모래에 묻히고, 좁은 가로수길에서는 양들이 풀을 뜯는다. 잣나무와 사이프러스가 은은하고 독특한 향기를 퍼뜨리고, 마지막 잔여물이 가라앉을 때까지 오래도록 화가들이 방문한다.

맨해튼

푸른 옷을 입은 소년

또는 죽음의 에메랄드

* 프리드리히 빌헬름 무르나우의 첫 영화는 1919년 봄에 뮌스터 지역의 피셔링 성城과 베를린 교외에서 촬영되었다. 가장 중요한 소도구는 토마스 게인즈버러의 〈블루 보이〉를 모사한 그림이다. 원본의 얼굴은 무르나우 영화의 주인공인 토마스 반 베르트 역할을 맡은 에른스트 호프만의 얼굴로 대체되었다. 영화의 줄거리에 대해서는 여러 가지 설이 있는데, 공통적인 것은 가문의 마지막 생존자인 주인공이 선조들의 성에서 일하는 늙은 하인과 함께 가난하고 외롭게 산다는 것이다. 그는 자주 선조들의 초상화 중 하나를 바라보곤 한다. 흡사한 외모 때문만이 아니라 어떤 신비로운 동질감을 느끼기 때문이다. 그는 가족에게 불운을 가져왔다는 악명 높은 죽음의 에메랄드를 가슴에 단, 푸른 옷을 입은 젊은 사내의 환생일까? 저주로부터 벗어나기 위해 조상 중의 한 명이 에메랄드를 감춰두었다. 어느 날 밤 토마스는 '푸른 옷을 입은 소년'이 그림에서 나와 그를 은닉처로 데려가는 꿈을 꾼다. 잠에서 깨어난 후 토마스는 실제로 그곳에서 에메랄드를 찾아내고 보석을 당장 내버리라는 늙은 하인의 애원을 무시한다. 같은 시간 유랑극단이 성에 나타나 모든 것을 앗아간다. 에메랄드는 도난당하고, 성은

불타고, 초상화는 망가진다. 토마스는 병이 들지만, 아름다운 여배우의 순수한 사랑과 헌신으로 목숨을 건진다.

†이 무성영화의 개봉은 지금까지 증명되지 못했다. 당시의 어떤 비평가도 언급하지 않았던 것으로 보아, 한 번도 정식으로 상영되지 못했을 것이다. 영화는 소실되었다고 여겨진다. 베를린의 독일 영상자료원에 이 영화의 짧은 필름 조각 35개가 다섯 가지 색의 '유실영화 컬렉션'의 일부로 보관되어 있다.

감기가 든 것 같았다. 콧물이 흘러내렸다. 언제부터 코가 막혔던 거지? 전혀 기억이 나지 않았다. 그녀는 미심쩍었다. 여하튼 건강에 매우 주의를 기울이고 있었으니까. 빌어먹을 휴지는 또 어디 있는 거지? 조금 전만 해도 이 앞에 있었는데. 젠장. 여하튼 휴지 없이는 외출할 수 없었다. 아, 저기 있었네, 거울 밑에! 이제 휴지를 가방에 넣고, 모자와 선글라스를 쓰고, 아파트 문을 닫고 우체국으로 가자. 복도에서 풍기던 악취는 또 뭐더라? 아, 맞다. 연성비누, 월요일이지. 월요일에는 항상 꼭두새벽부터 퀸스 구역의 청소부들이 몰려와 사나운 원숭이 떼처럼 대리석을 문질러 닦았다. 세탁부들의 땀과 세제가 뒤섞인 저 냄새가 적어도 수요일까지는 남을 것이다. 또 이사를 가야 하나. 언제까지 이러고 살아야 할지 울고 싶은 지경이었다. 그나마 엘리베이터는 빨리 왔다. 전에는 벨보이도 더 친절했던 것 같다.

지금 당신 앞에 있는 사람이 누구인지 들어는 봤나? 하지만 그는 그녀를 알아보지 못한 체했다. 그녀에게 어떤 식으로 인사하라고 일러 준 사람이 없었단 말인가? 풋내기지만, 이미 닳고 닳았다. 동안이라고 우쭐대나? 엘리베이터 안에 그나마 다른 사람들은 없었다. 그것만 해도 어딘가. 엘리베이터는 여전히 느렸다. 17층이니 어쩌겠는가. 드디어 로비에 도착. 수위가 경비실에서 일어나 그녀를 위해 깍듯하게 문을 열어주었다. 그래야지. 세상에! 공기는 깨끗했다. 파파라치는 보이지 않았다. 아무도 그녀를 쳐다보지 않았다. 분명 새 선글라스 때문일 것이다. 어쨌든 다행이었다. 그녀는 까다로운 편이 아니어서 처음 눈에 띈 사람 중 제일 괜찮아 보이는 회색 플란넬 양복을 입은 남자를 선택했다. 특별히 세련된 남자는 아니었다. 그럼에도 잘한 선택인 것 같다. 남자는 성큼성큼 이스트사이드 방향으로 걸으며 붐비는 사람들 쪽으로 그녀를 이끌었고, 그녀에게 방향과 리듬을 제공했다. 남자는 이따금 군중 속으로 사라졌지만 그녀는 재빨리 그를 따라잡았다. 그녀는 이래 봬도 노련한 보행자니까. 그것이 그녀가 유일하게 잘하는 것이었다. 근본적으로 그것이 그녀의 유일한 기쁨이며 종교였다. 미용체조는 때로 포기할 수 있지만 산책은 절대 그럴 수 없었다. 쇼윈도를 기웃거리며 일없이 돌아다니더라도 지루한 일상으로부터 탈출해야만 했다. 매일 적어도 한 시간 산책하기, 두 시간이면 더 좋았다. 보통은 워싱턴 스퀘어파크까지 갔다 오고, 가끔 77번가까지 다녀오기도 했다. 나중에는 발길 닿는 대로 가더라도 처음에는 낯선 발뒤꿈치에 붙어가는 것이 좋았다. 여하튼 길을 잃을 일은 없었다. 섬의 한 가지 장점.

날씨가 생각보다 추웠다. 동부 연안이라고 해도 4월치고는 꽤 추웠다. 이 도시는 언제나 매섭게 춥거나 찌는 듯 더웠다. 걸핏하면 감기에 걸리기 일쑤인 이 불쾌하고 바람 잦은 날씨를 생각하면 자신이 왜 여기에서 사는지 도대체 모를 일이었다. 3월에 바로 캘리포니아로 갔어야 했다. 항상 그랬던 것처럼, 3월이 되자마자! 그곳은 할 일이 없으면 죽도록 재미 없는 곳이긴 했다. 그러나, 어쨌든 날씨는 완벽했다. 공기는 맑고 햇빛이 충분했다. 온종일 벌거벗고 돌아다닐 수 있었다. 그러니까, 이론적으로 그렇다는 얘기다. 슐리스키[24)]가 싫어하니 문제일 뿐. 그래서 그녀 혼자 모든 걸 처리해야 했다. 항공 예약과 기사를 구하는 것뿐만 아니라 집이 팔리고 메이버리 로드도 사라진 이후로는 숙소까지 직접 찾아야 했다. 그게 아니라도 신경 쓸 것투성이인데. 몇 주 째 그녀는 맘에 드는 적당한 스웨터를 찾는 중이었다. 캐시미어로 된 것이어야 했다. 그녀가 가장 좋아하

---

24) George Schlee, 그레타 가르보와 오랜 세월을 함께했던 동반자.

는 물 빠진 분홍색으로. 그녀는 컬러를, 연어색·보라색·핑크색 색조를 사랑했다. 그러나 물 빠진 분홍색만큼 좋아하는 색은 없었다. 그 외에도 그녀는 일정이 바빴다. 바보 같은 약속들. 대개는 거절하지만, 그래도 힘들었다. 세실[25)]은 시간과 장소를 제안하거나 심지어 그녀에게 이래라저래라 할 수 있다고 착각하면서 전화를 걸어왔다. 그녀가 어떻게 안단 말인가, 내일이나 사흘 뒤에 배가 고플지 목이 마를지 또는 그를 만날 기분일지를? 이렇게 몸이 안 좋은 상황은 차치하고서라도 말이다. 그녀는 항상 건강한 편이 아니었다. 늘 따뜻하게 충분히 옷을 껴입고 차가운 변기 위에는 바로 앉지 않으며 자신을 잘 챙기는 편임에도 그랬다. 바람이 조금만 불어도 그녀는 독한 감기에 걸려 드러누웠다. 지난번에는 메르세데스[26)]와 차를 마시다 감기에 걸렸다. 열린 창가에 잠시 기대고 있었을 뿐인데. 저녁이 되자 벌써 목이 간질거리기 시작했다. 언제나처럼 스웨터를 두 벌 껴입고 양모 팬티스타킹을 입은 채 잠자리에 들었지만 다음 날 몹시 아픈 상태로 잠에서 깼다. 다시 어느 정도 기운을 회복하는 데 몇 주가 걸렸다. 새 팬티가 급히 필요했다. 지난가을 런던에서 무릎까지 내려오는 하늘색 팬티를

25) Cecil Beaton, 사진작가이자 오스카 상을 수상한 무대·의상 디자이너.

26) Mercedes de Acosta, 미국의 시인·극작가·소설가. 그레타 가르보와 로맨스 관계였던 것으로 알려짐.

보지 않았던가. 세실이 릴리화이츠 매장에는 로열블루와 주홍, 카나리아 노란색만 있다고 편지를 보내왔다. 그렇다면 해러즈 백화점에 가볼 것이지. 여하튼 그가 구해주겠다고 했다. 이제 이런 것까지 직접 신경을 써야 한다니. 차라리 그를 만나는 게 나을까, 단지 팬티 때문에라도.

그건 그렇고, 저 회색 양복이 무슨 생각을 하는 거지? 그는 다짜고짜 경로를 벗어나 오른쪽으로 움직이더니 플라자 호텔의 회전문 안으로 사라졌다! 이제 막 익숙해지는 참이었는데. 말 열 마리가 끌고 간다 해도 플라자에는 발을 들이고 싶지 않았다. 그곳에는 도시에서 가장 남루한 뒷문이 있었다. 최고급입네 하는 호텔의 뒤뜰에서 그토록 심한 악취가 날 수 있다니. 쓰레기통들이나 냄새나는 세탁물들로 가득한 물통들, 그리고 음식 찌꺼기 냄새로 가득한 직원용 엘리베이터들. 그런 것들을 견뎌야 했다니! 열 시도 아직 안 되었는데 벌써 첫 번째 실망이다. 더이상 누구에게도 곁을 주어서는 안 된다.

그녀는 콧물을 떨어뜨리며 그곳에 서 있었다. 콧물이 줄줄 흘렀다. 아무도 그녀의 코를 막아주지 않았고 그녀를 돌봐주는 사람이 아무도 없었다. 그렇다면 좋다, 그냥 콧물을 삼키고, 다음 신호등 앞에서 파란불을 기다리는 무리와 함께 길을 건너고, 새로운 실험 없이 잠시 5번 애비뉴를 따라 내려가다가 메디슨 가로 넘어가자. 회색 양복은 실수였다. 놀랄 일이 아니었다. 그녀는 내내 실수를 했으니까. 한 마디로 끔찍하다. 과거에는 결코 빌어먹을 실수를 저지르지 않았다. 언제나 그녀가 무엇을 얼마나 원하는지 정확히 알고 있었다. 오래 생각하지 않고도 옳은 결정을 내릴 줄 알았다. 오래 생각하는 게 도움이 된 적이 없었다. 그렇게 머리를 굴려봤자 주름만 생겼다. 그녀는 살면서 한 번도 깊이 생각한 적이 없었다. 어차피 그녀는 머리가 텅 빈 사람이었다. 완전히 교양이 없었다. 책을 읽은 적도 없었다. 배운 건 또 뭐였던가? 다양한 고갯짓의 의미는 알았다. 고개를 앞으로 숙이면 순종한다는 뜻, 고개를 뒤로 젖히면 그 반대, 약간 앞으로 숙이면 지원, 높이 쳐들면 고요함과 불변. 아직도 그것을 기억하는 것이 놀랍다. 그녀는 아무것도 몰랐지만, 몽유병 같은 직관만은 믿었다. 어린아이일 때부터 그녀는 자신이 원하는 것을 알았다. 어쨌든 전에는 그랬지만 이제는 그 염병할 직관도 없어졌다. 그 끔찍한 수영장 장면을 찍을 때 그녀의 대단한 직관은 대체 어디 있었던 것일까? 그녀가 카메라가 돌아가는 앞에서 제 무덤을 파고 있을 때. 완전한 자살. 정상에는 공기가 희박했다. 내려다보는 순간 이미 진 것이다. 그다음에는 더러운 공포가 지배한다. 그리고 더이상 아무것도 없었다.

콧물이 나서 코가 막히는 건가 아니면 그 반대인가? 젠장, 보통 병에 걸리면 어디부터 아프지? 나중에 제인에게 전화로 물어봐야겠다. 제인은 그런 걸 다 알았다. 그런 척 하는 것일 수도 있었지만 어쨌든 그랬다. 어젯밤에는 그녀도 다를 게 없기는 했다. 좋은 친구라면 급할 때는 한밤중이라도 전화를 할 수 있는 게 아닌가! 왜 그랬는지 이제 확실했다. 감기가 오는 중이었다. 감기라도 이렇게 코가 흐른다면 전두동염이라도 걸린 게 아닐까. 저녁에 머리를 감은 것도 아닌데. 젠장 이럴 거면 머리는 왜 안 감았나? 아, 맞다, 늙은 여편네처럼 쉴새 없이 속살거리는 세실이 다시 전화를 걸어 허튼소리들을 지껄였다. 도대체 전화는 왜 받아줘서! 조금만 잘해주면 금방 대가를 치렀다. 징징거리는 늙은 호모는 메르세데스보다 더 나빴다. 험담과 사랑 타령뿐이다. 그러니 그녀가 편두통이 생길 만도 했다. 여하튼 마침 빨간불이었다. 그런데 저건 뭐지? 저 건너편에서 카메라가 그녀를 향하고 있다. 그럼 그렇지. 카메라 뒤에 선 여자는 젊고 때깔이 좋은 편이었다. 참 골고루들 하셔. 찍힌 건 아니겠지? 이럴 수가! 이제 훤한 대낮에 코 푸는 모습까지 찍히는 건가. 사진 찍던 여자는 이미 사라졌다. 거리는 사람들로 꽉 차 있었다. 분위기 끝내주네. 구세군 여사관, 핫도그 마차를 끄는 왜소한 사내, 동전과 종이 더미 뒤의 신문팔이. 그녀만 빼고 모두가 할 일이 있었다. 〈라이프〉지 커버에 실린 저 요염한 처자가 누구더라? 아, 이런! 먼로였잖아, 반쯤 감은 눈, 선명한 금발, 벗은 어깨, 고급인

형 같은 데가 있어도 자기 스타일이 없지는 않지. 그녀에게는 분명히 뭔가가 있었다. 그러니까 저 여자가 요즘 할리우드 최고의 화제란 말이군. 마침내 저 금발미녀에게 실력이 있다는 소문이 퍼졌다. 내가 이미 수년 전에 예언했지 않았나. 물건이라고. 아니 폭탄급이지. 도리언 그레이를 반하게 할 소녀 역할로 완벽했다. 그래! 바로 그거였어! 먼로는 시빌, 그리고 시빌은 도리언. 그야말로 완벽한 컴백이었을 것이다. 그리고 영화에 먼로가 실오라기 하나 걸치지 않은 나체로 나오는 장면을 넣는 것이다! 이왕이면 화끈하게 벗는 거지. 그거라면 다른 것은 필요 없었을 것이다. 딱이었을 텐데! 위대한 가르보, 젊은 먼로에게 굴욕. 연기예술의 승리! 제기랄, 그랬어야 했는데. 그녀는 광대 역할을 해보고 싶었다. 분장과 비단 바지 아래는 여성인 남자 광대역을. 그를 동경하는 소녀들은 그가 응답하지 않는 이유를 모르는 것이다. 그러나 빌리도 이해를 못 하지 않았던가. 다른 사람들처럼 그도 배신자다. 토할 것 같다. 그가 감히 그녀를 해고된 무성영화의 남자배우들과 한 무리로 취급하다니. 더는 쓸모없는, 수명이 다한 배우라는 듯! 한마디로 초라했다. 어차피 그녀가 절대적으로 믿는 감독은 한 사람뿐이었고, 그는 이미 죽었다. 그를 위해서라면 그녀는 밤의 유령 역할이라도, 아니, 침실용 탁자 전등이라도 되었을 것이다! 그가 원한다면 무엇이든 했을 텐데. 모든 것을!

그러나 그는 그것을 원하지 않았다. 그는 그녀를 마음에 들어 하기는 했다. 그 당시 배우 루드비히 베르거의 집에서. 그녀는 그가 맘에 들었다. 햇볕에 그을린 그의 모습 그대로가 좋았다. 남태평양에서 금방 돌아온 그는 여느 때처럼 수척했다. 완전히 빈털터리면서도 셰퍼드와 미라마르 호텔에서 폼나게 지냈다. 멋지게 거만하고 카리스마가 있었다. 사람들은 그의 마음을 읽지 못했다. 그의 가족이 수백 년 전에 스웨덴에서 이주해 왔던 얘기를 들려주던 모습은 어땠나. 한마디로 매혹적인 사람! 재빠른 갈색 눈, 붉은 머리, 실룩거리는 입, 노상 으르렁거리는 목소리. 딱 내 취향. 하지만 아니었다! 또 다른 끝의 시작이었을 뿐. 5주 후에 그는 죽었다. 그녀에게 정말 뭔가 의미가 있었던 다른 모든 사람처럼. 알바[27], 모예[28], 그리고 무르까지. 잘 살 수도 있었을 텐데. 여하튼 그는 거부하지는 않았다. 그가 남자들을 좋아한다는 건 문제가 되지 않았다. 반대였다. 그녀에게는 소녀 시절이 없었다. 세실이 그 말을 듣고 얼마나 비웃었는지. *왜 이래, 당신이 무슨 사내아이였다고.* 그러나 그런 다음 그는 그녀의 사진 하나를 찾아냈고 무언가를 보았다. 다가올 날들이 스며들지 않은 순간, 어스름 속 그녀

27) 가르보의 자매.

28) 핀란드 출신 영화감독 마우리츠 슈틸러.

의 유년. 그 개 같은 가난. 아버지는 방 한구석에서 신문 위로 몸을 숙이고 있고, 어머니는 다른 쪽에서 어떤 옷가지를 수선하고 있었다. 언제나 무거운 분위기. 갑자기 그녀는 세실의 손이 자신의 몸을 만져주기를 바라지 않았던가? 그리고 무엇보다, 그녀가 독일어로 *니히트 마헨*(하지 마)*!* 이라고 소리를 지를 때까지 놓지 않기를. 슐리스키는 그녀를 한 번도 만지지 않았다. 손이 그렇게 변기 뚜껑만큼이나 크면서도. 유감이다.

한때는 부티크의 쇼윈도도 품위가 있었다. 연보라색 양탄자를 파는 곳을 대체 어디서 찾을 수 있을까? 그리고 어디서 그 색칠한 가구를 보았더라? 무슨 소용인가, 그녀의 집은 어차피 그게 있어도 죽을 만큼 지겹게 보일 것이다. 센트럴 파크가 내다보이는 빌어먹을 굴. 다시 이사를 가야 하나. 외지에서 평생을 떠도는 뜨내기의 삶. 언제나 사무치는 외로움. 일찌감치 잠자리에 들었다. 연극은 드물게, 극장은 줄이 없을 때만 간다. 그녀가 할 일은 없었다. 처녀좌 사람들은 수리를 잘한다고 하던데. 그러나 그녀가 할 줄 아는 유일한 것은 이사였다. *세 라비*. 아니, 그것은 인생이 아니었다. 그것은 그녀 자신이었다. 세실이 옳기는 했다. 그녀는 자신의 가장 좋은 시절을 낭비하고 있었다. 누군가 그녀를 대신해 살아줄 수만 있다면. 그러나 누가 그럴 수 있을까? 제인의 인내심마저도 어젯밤으로 끝이었는데. 이 상황에서! 여태껏 그녀가 얼마나 자주 전화를 걸었는지 계산까지 해두었다니 대단하다! 열 번째라고? 그래도 그렇지!

커피나 한잔 마실까? 하지만 어디서? 그녀는 이미 번화가에서 너무 멀리 왔다. 아, 제길. 왜 미리 그 생각을 못 했지! 건강식품점에 가야 했다! 거기서 지난주에 주문한 쐐기풀차를 찾아왔어야 했다. 그렇게 중요한 걸 잊다니! 할 일이 없긴, 확실한 목표가 있었다. 렉싱턴 애비뉴 57번가 모퉁이에 있는 건강식품점. 어쩌면 그 매력적인 갈색 머리 아가씨가 또 있겠지. 꼭 미인이랄 수는 없어도, 믿음이 가는 어여쁜 얼굴. 다 잘 될 거야. 얼마나 멋진 생각인가. 그녀가 새 휴지도 주고 어쩌면 비타민 칵테일이라도 하나 더 챙겨줄지 몰라. 그다음에 제인에게 전화를 걸고 콜로니스로 나오라고 해서 점심을 함께할 수도 있으리라. 그녀에게 다시 한번 기회를 주는 거다. 아니면 그냥 혼자 〈쓰리 크라운스〉로 가서 스뫼르고스보르드[29]를 먹든가. 한번쯤은 지겨운 야채찜이나 그릴 치킨이 아닌 것으로 말이다. 그다음 피콕 갤러리에서 위스키를 한잔하고 켄트 골드 한 갑을 다 피우자. 신사양복점에 가서 새 바지를 맞출 수도 있을 것이다. 그래, 세실에게 전화해서 물 빠진 분홍색 스웨터를 찾아달라고 해야지. 그라면 찾아낼 테니까. 그는 그토록 원

29) smörgåsbord, 스웨덴식 뷔페 요리.

기왕성하고 그토록 지독하게 노련하고, 사물과 사람들에 무서우리만치 관심이 많았다. 그런 그가 빌어먹을 어째서 자기와 시간을 보내려고 하는지 의문이었다. 그녀 스스로 가장 잘 알고 있지 않은가, 그녀가 얼마나 믿기 힘들 만큼 지루한 사람인지를. 그녀는 그런 자신을 참아내야 했다. 짜증 난다고 그냥 수화기를 내려놓을 수 없었다. 자기 스스로와 헤어지기. 그것은 안타깝게도 불가능했다. 아, 자신으로부터 좀 쉴 수 있다면 얼마나 좋을까. 누군가 다른 사람이 되기. 그 빌어먹을 촬영 때 좋은 점은 그거였다. 대본이 있을 때는 편했다. 슐리스키는 재능이 탁월한 작가가 아니었다. 그러나 나쁜 주인이라도 없는 것보다는 나았다. 남자가 그리 적었던 것도 아니다. 여하튼 두 자릿수는 되었다. 여자들은 넣지 않았다. 그것은 별도의 문제였다. 어쩌면 세실이야말로 그녀에게 맞는 남자일지 모른다. 여하튼 그녀는 그를 좋아했다. 그가 그녀를 끌고 교회의 혼례식 제단으로 데려가 줬더라면. 그 대신 그 얼간이는 승낙을 기다렸다. 그녀가 행복을 강요받아야 하는 스타일이란 걸 이해하지 못하다니. 필요했던 건 단지 엉덩이에 발길질해주는 것이었다는 것을! 그녀가 그저 예, 라는 대답을 잊은 사람에 불과하다는 것을! 당연히 그녀는 영화를 하고 싶었다. 그러나 자고로 좋은 기회를 기다릴 줄 알아야 하는 법이다. 그 수영복 참사 이후에 그녀는 스스로를 위해 그럴 의

무가 있었다. 그저 좋은 역할이라는 게 무엇인지 쉽게 판별할 수 없을 뿐이다. 직관은 사라졌다. 그냥 증발했다. 그 배려심 많은 괴물 슐리스키는 한밤중에 자동차와 보드카 한 병을 구해줄 수는 있었지만, 이런 일들에 관해서는 전혀 도움이 되지 않았다. 당연히 그는 폭군 같았다. 그것이 바로 그의 멋진 면이었다. 그는 키가 작은 사내치고 손이 매우 컸다. 그것으로 모든 다른 사람들에게 큰소리 내지 않고 명령을 내릴 수 있었다. 그가 이따금 그녀를 어떻게 바라보았는가. 차가운 물고기의 눈으로, 그녀가 전혀 거기 없다는 듯.

벌써 자판기 레스토랑 옆에 도착했다. 그녀의 목표, 그녀의 등대, 그녀가 좋아하는 건강식품점이 있었다. 그리고 다행이도 그 젊은 아가씨가 있었다. 이미 차를 손에 들고서. 믿을 수 있는 사람이었다. 그런데 왜 저렇게 이상하게 쳐다보는 거지? "세상에, 미스 가르보, 안색이 정말 안 좋아 보이세요." 대체 어째서? "왜요? 내가 그렇게 많이 변했나요?" 얼마나 뜨악한 얼굴로 쳐다보고 있는지! "아니, 아니요. 전혀 아니에요." 이제 대수롭지 않다는 듯, 아무 일도 일어나지 않은 척하려 한다. 오, 세상에, 여기서 당장 나가야 했다. 이게 무슨 난리람. 제길. 아마도 꼴이 말이 아니었나 보다.

얼굴을 위해 그녀가 하지 않은 것이 무엇일까? 이마가

넓어 보이도록 머리카락을 뽑아 모간을 일직선으로 만들고, 치열을 교정하고, 헤어스타일과 컬러를 바꿨다. 파파라치들이 먹잇감으로 삼을 만했다. 속눈썹만 까딱하면 온 세상이 알아서 해석했다. 시빌고양이 같은 미소. 예언자 같은 눈. 여신 같은 광대뼈. 빌어먹을. 모든 숭배가 끝의 시작이었다. 여신은 무슨. 그 세월 내내 그녀는 화장한 얼간이였을 뿐이다. 그녀는 멋진 남자 역할을 할 수 있었다. 키가 크고, 어깨가 넓고, 큰 손과 발을 가진. 그러나 이 몸을 그들은 원하지 않았다. 그녀의 반라의 몸을 보았을 때 그들은 도망쳤다. 그녀의 몸은 지나치게 큰 받침대였고, 빌어먹을 낯짝을 먹여 살릴 배양액을 공급할 뿐이었다. 외모는 그녀의 진정한 적이었다. 대리석은 무슨. 그 뒤에 무엇이 숨어 있는지 알기 위해 그들이 얼마나 열심이었던지. 그 뒤에는 아무것도 없었다. 아무것도!

그녀는 알고 있었다! 그건 절대 수영복 때문이 아니었다! 그녀가 늘 생각했듯, 문제는 수영복이 아니라 저주받을 수영모자 때문이었다! 그 빌어먹을 모자 끈이 턱 밑에 고스란히 자국을 남기지 않았던가. 그 부분의 살은 이미 탄력 없이 살짝 늘어져 있었으니까. 노화는 일찍 시작되었다. 이제는 어차피 모든 것이 늦었다. 집어치워라. 뭐든 상관없다. 지금 담배 한 대 피우면 좋으련만. 죽음의 작은 줄기를 내놔라. 아버지가 늘 말했다, 내일은 나아질 거다. 그리고 그냥 죽어버렸다.

지난 십 년은 힘들었다. 다가오는 십 년은 잔인하기만 할 것이다. 모든 것에 넌더리가 났다. 넌더리 나는 것조차도 넌더리가 났다. 다른 사람들은 남편, 아이들 혹은 추억들이 있었다. 그녀는 아무것도 없었다. 저주스러운 명성과 그녀를 4월의 월요일에 도심의 어느 사무실로도, 컬버 시티의 먼지 쌓인 어느 스튜디오로도, 어디로도 일하러 가지 않아도 되도록 응징하는 저 고약한 돈 말고는. 진실은 그녀의 삶이 끝났다는 것이었다. 과거를 간직한 여자는 무슨. 미래가 없는 여자, 그게 그녀였다. 불쌍한 가르보! 더이상 견인마가 아니라, 날이면 날마다 맨해튼을 떠돌며 4월이면 벌써 쓰레기 악취를 풍기는 이 도시의 하수구 사이를 누비는 주인 잃은 개. 하지만 대체 어디로 가야 한단 말인가? 그녀는 온 세상에 알려진 얼굴이었다. 낚시꾼 모자를 뒤집어쓰든 바닥까지 끌리는 바다표범 모피 외투로 몸을 휘감든, 사람들은 금세 그녀를 알아봤다. 파파라치들은 어디에나 있었다. 어느 순간 사람은 얻을 것보다 잃을 것이 많아진다. 그녀는 고되게 일했었다. 항상 시간이 없었다. 이제는 있다. 다만 그 시간으로 무엇을 해야 할지 모르겠을 뿐. 익사하고 싶은 마음이 달아날 만큼 이스트 리버는 지저분했다. 여자들이 미쳤다. 그녀는 아쉽게도 아니었다. 그녀는 골병만 들었다. 어쩌면 이미 오래전에 미쳤는데 모를 뿐인

지도 모른다. 아니면 심지어 이미 죽었을지도? 누가 알까, 어쩌면 이미 수년 전에 죽었을지. 그녀에게 젊은 시절이 있기는 했나? 기억할 수 없었다. 새삼스러운 일도 아니었다. 그녀는 결코 뭔가를 기억한 적이 없었다. 이미 모든 것을 보았고 경험했다는 느낌만이 있을 뿐. 산처럼 쌓인 우편물, 윙윙거리는 조명등, 플래시 불빛, 그 모든 난리법석.

로스엔젤레스는 악몽 그 자체였다. 세상에서 그곳보다 더 지루한 곳은 없었다. 보행자도로가 없는 빌어먹을 도시. 세상에. 얼마나 자주 산타바바라로 다섯 시간씩 차를 몰고 갔는지. 단지 산책을 할 목적으로 갔으나 거기서도 차 한 잔 마실 곳이 없다는 것을 깨달을 뿐이었다. 그들은 어디나 잠복해있었다. 단지 조용히 있고 싶을 뿐이었다. 하지만 어째서 아무도 그녀를 챙겨주지 않을까? 대체 어째서 그녀는 남편도 자식도 없을까? 그녀가 사랑했던 사람들은 모두 죽었다. 그리고 그녀가 아직도 훌륭하게 생각하는 사람들은 늙었다. 그녀처럼 늙었다. 무르처럼 했어야 했다. 모든 것을 팔아치우고 영원히 사라지기. 트럭의 역주행, 비탈진 계곡. 다른 사람들은 모두 멀쩡했다. 운전사도, 운전석에 앉았던 그 작은 필리핀 사람도. 셰퍼드는 그냥 달아났다. 무르의 잘생긴 뒤통수는 완전히 짓뭉개졌다. 회색 양복을 입고, 귀티나고 거만한 얼굴을 베를린의 시시처럼 야하게 칠한 채 장례식장에 누워있을 때, 그 빛나는 모습은 더

이상 보이지 않았다. 조문객은 사내들 몇 명뿐이었다. 마지막까지 신의를 지킨 사람들. 시간을 다시 되돌릴 수만 있다면 그녀는 무엇이든 내줄 것이다. 기회를 놓치지 말고, 결혼을 하든 그냥 영화를 찍든! 그러고 싶었는데!

세실과 함께하는 것은 유쾌한 일이긴 했다. 게이들은 한마디로 더 나은 연인들이었다. 그가 어떻게 그녀의 머리카락을 쥐어 아프도록 당겼던지. 심지어 이따금 그는 그녀에게 필요한 것이 무엇인지 알고 있었다. 거의 성사될 뻔했었는데. 그녀는 모든 터무니없는 것들을 연기했었을 것이다. 온갖 고생을 했고 상박근까지도 단련했다. 그렇지만 그녀가 이제 시작이라고 믿었을 때는 항상 뭔가 다른 것이 끼어들었다. 마치 저주의 마법에라도 걸린 듯! 그녀가 엘레오노라 두세[30]처럼 되리라 끊임없이 주장했던 슐리스키. 그녀도 11년 동안 은둔했다가 무대로 복귀하지 않았던가. 이전 그 어느 때보다 전성기를 누렸다. 올해가 몇 년이었지? 1952년이지, 빌어먹을. 그러니까 온 세상이 수영장 안의 그녀를 보고 비웃었던 때로부터 11년이 지났다. 그리고 지금, 그녀는 지금 무엇인가? 제대로 된 옷 하나 없는 여자. 실업자가 된 여배우. 살아있는 화석. 물 빠진 분홍색 캐

30) 이탈리아의 배우. 어려서부터 이탈리아 및 구미 각국을 순회공연하고 파리에서 세계적 명성을 얻었다.

시미어 스웨터와 삶의 의미를 찾아 환한 대낮에 미드타운을 헤매는 유령! 그녀가 시도해보지 않은 것이 무엇인가! 점성술, 접신론, 심지어 서부 할리우드를 통틀어 단 한 사람뿐인 스웨덴의 분석가 그래스베리 박사에게 심리분석까지 받았다. 그가 몇 주 후에 그녀에게 말했듯, 그녀는 나르시시즘적 장애를 가지고 있었다. 아주 대단한 성과네! 상담실 밖으로 나왔을 때, 고속도로에는 실물보다 큰 그녀의 포스터가 걸려있었다. 이러는데 어떻게 장애를 갖지 않을 수 있나? 그녀는 다시 심리분석가에게 가지 않았다. 어차피 그녀는 누군가로 하여금 그녀의 영혼을 발라내게 할 마음도 없었다. 세실은 그녀에게도 영혼이란 게 있기는 한가 의심했다. 아마도 그가 옳았을 것이다. 아마도 그녀는 정말 그저 나쁜 사람일 것이다. 그래, 그랬다. 예의범절이 바르지 못한 나쁜 사람. 앞으로도 바뀌지 않을 것이다. 그녀가 그의 아내 역할을 할 수 있으리라고 그가 정말 믿은 적이 있었을까. 여하튼 역할을 제안하긴 했다. 마지막 역할. 이제는 모든 것이 이미 늦었다.

사람은 모든 걸 버리고 떠날 수 있다. 자신의 부모, 자신의 언어, 자신의 국적. 그러나 유년의 기후는 아니다. 그럼에도 4월에 피는 장미, 달콤한 오렌지꽃 향기. 메이버리 로드의 습하고 안개 낀 날들, 유일하게 산책을 할 수 있는 장소인 해변의 아침. 결국 모든 도주의 시도는 날씨 때문에 실패했다. 그리고 그녀가 어디에 정착했던가? 포름알데히드, 땀과 쓰레기 악취가 풍기는 이 도시였다. 그녀가 처음 이곳으로 왔을 때, 그녀는 아직 풋풋한 청년이었다. 여름이었고, 밖으로 나갈 수도 없이 숨 막히게 더웠다. 그녀는 죽는 거구나 생각했다. 밤이면 마당에서 들려오는 쓰레기 압축하는 소리에 잠들지 못했다. 그냥 자리에 누워 저 지옥의 기계가 내는 혐오스러운 쩍쩍 소리에, 소방차의 사이렌과 자동차의 경적 소리에, 그 신경을 파괴하는 소음들에 귀를 기울였다. 마음 같아서는 욕조에서 익사하고 싶었으나 욕조가 없는 방이었다. 그리고 지금은? 이제 도시의 그 굴이 그녀가 가진 유일한 집이다. 그녀는 죽지 않았다. 여하튼 죽은 사람은 콧물을 흘리지 않는다는 것 정도는 그녀도 아니까. 아니, 그녀는 살아있었다. 아직 살아있다. 그러니 그게 문제였다. 그러니까 캘리포니아로 가는 거다. 아님 혹시 유럽으로? 절대 여기에 머물 수는 없었다. 다시 작은 것부터 시작해볼 수 있겠지. 하나씩 차례로. 먼저 집으로 가서, 찻물을 끓이고, 제인에게 전화하고, 머리를 감자. 그다음에는 캘리포니아로. 팜스프링스에도 잠깐 들러서. 여름이 오면 유럽으로. 듣자 하니 니스는 아름다운 섬이라던데.

레스보스

사포의 연가戀歌

* 사포의 시가들은 기원전 600년경 고대 그리스 시대에 에게해의 동쪽에 위치한 레스보스섬에서 지어졌다.

† 사포의 시가들은 레스보스에서 그녀가 죽은 직후에 재연再演이 가능한 방식으로 기록되었을 것으로 짐작되지만, 반주의 기보법記譜法은 전혀 남아 있지 않다. 기원전 3세기와 2세기의 알렉산드리아 학자들이 다양한 아테네판본들과 시가 선집에 흩어져 있던 그녀의 작업을 평전 형태로 출간하기 훨씬 이전에 이미 유실된 것으로 보인다. 1세기에 가다라의 필로데모스가 쓴 주석을 보면, 그 시대의 헤타이라[31)]들이 연회나 사랑의 유희 중에 사포의 노래를 부르곤 했던 것으로 여겨진다.

노골적인 경시와 의도적인 파괴라는 조합이 상승효과를 불러일으켜, 아마도 그녀의 작품들은 비잔틴 시대 어느 무렵 사라졌을 것으로 추정된다. 12세기 전반까지만 해도 철학자 미카엘 이탈리코스는 사포를 언급함으로써 그가 그녀의 작품을 익히 알고 있었음

---

31) 그리스 귀족 계층의 연회에서 지적인 대화와 유희를 제공하기 위해 교육받아 교양을 갖춘 매춘부.

을 시사한다. 그와 달리 학자 요하네스 체체스는 같은 시대에 그녀의 시들이 사라졌다고 말한다. 어떤 사람들은 그녀의 시가 1073년 교황 그레고리오 7세 치하에서 불태워졌거나, 1204년 제4차 십자군 원정 때 일어난 콘스탄티노플 방화로 인해 손실되었다고 한다. 그녀의 텍스트가 4세기에 이미 파괴되었으리라 추측하는 사람들도 있고, 후기 문법학자들이 그녀의 시를 인용한 사례가 없는 것을 근거로, 그 시점을 더 앞당겨 보는 사람들도 있다.
누락된 부분이 많기는 해도 광범위한 파피루스의 해독을 통해 최근 몇 년 동안 괄목할 만한 양의 시가들이 추가로 발견되었다.

네부카드 네자르 2세가 예루살렘을 약탈하고, 솔론이 아테네를 통치할 무렵, 페니키아 선원들이 처음으로 아프리카 해안을 일주하고, 아낙시만드로스가 만물의 기원이 규정할 수 없는 질료로 구성되었으며 영혼의 본성은 공기와 같다고 추정하던 시절, 사포는 이렇게 쓴다.

그는 마치 신과 같아 보이네
너와 마주 앉아 달콤한
네 말에 귀 기울이는
그 남자는

너의 사랑스런 웃음에

내 가슴 수줍게 떨리고
잠시나마, 너를 바라보면
나는 할 말을 잃네.

내 혀는 굳어 단단한 매듭이 되고
찰나에 피부 속을 떠도는 작은 불,
눈은 아무것도 볼 수 없고,
귀는 윙윙거리네.

땀이 쏟아지고, 온몸이 떨려와
나는 풀보다 더 푸르고
나 스스로 내가
죽은 사람처럼 보이네.

그럼에도 견딜 수 있는 것은….

부처와 공자는 아직 태어나기 전이고, 민주주의라는 개념과 '철학'이란 단어는 아직 고안되지 않았다. 그러나 아프로디테의 하인인 에로스는 이미 세상을 완고하게 지배하고 있다. 에로스는 가장 오래되고 강력한 신일 뿐 아니라, 어느 날 갑자기 찾아온 불분명한 증상을 가진 질병이기도 하다. 한 사람에게 밀어닥치는 자연의 횡포, 바다를 채찍질하고 참나무 뿌리까지 뽑아내는 폭풍, 거칠고 길들일 수 없는 짐승, 한 인간을 기습하여 제어하기 어려운 욕망을 부채질하고 감당하기 힘든 고통을 유발하는 달콤하고 씁쓸한, 기력을 소모시키는 열정.

사포의 시가보다 더 오래된 문학작품 중에서 오늘날까지 전해지는 것은 소수에 그친다. 대지처럼 무거운 길가메시 서사시, 초기 리그베다의 가벼운 찬미가들, 호메로스의 끝없는 서사시들, 그리고 한없이 곁가지를 치는 헤시오도스의 신화들에는 이런 구절이 나온다. 뮤즈는 모든 것을 알고 있다. 그들은 *존재했던 것을, 존재하는 것을, 존재하게 될 것들을 알고 있다.* 그들의 아버지는 제우스, 어머니는 므네모시네이다. 그녀는 거인이며, 기억의 여신이다.

우리는 아무것도 알지 못한다. 안다고 해도 많은 것은 아니다. 호메로스가 실제로 존재했었는지, 우리가 편의상 '위僞-롱기누스Pseudo-Longin'라는 이름을 붙인 저자가 실제로 누군지 알지 못한다. 일부만 전해오는 그의 저작《숭고에 관하여》에서 그는 에로스의 힘에 관한 사포의 구절을 인용함으로써 후세대에 그녀의 시를 전해준 사람이 되었다.

우리는 사포가 에게해의 동쪽 섬, 레스보스에서 태어났음을 알고 있다. 이 섬은 소아시아 대륙에 가까워, 맑은 날에는 당시 막강한 부국이었으며 지금은 터키의 영토인 리디아까지, 그리고 오늘날의 유럽까지 헤엄쳐 건너갈 수 있으리라고 생각되는 곳이었다.

가라앉은 히타이트 왕국 어딘가에서, 그 특이한 이름의 기원을 찾을 수 있을 것이다. '경외로운', '깨끗한', '순수한 원천'이라는 뜻을 담고 있고, 출처에 따라 고대 그리스어의 사파이어와 라피스 라줄리의 변형이라고 보기도 하는 이름.

그녀는 기원전 617년, 어쩌면 그보다 13년 전이나 5년 뒤에, 에레소스에서 태어났다고 한다. 출생지는 미탈리니였다는 설도 있다. 아버지의 이름은 스카만드로스 또는 스카만드로니무스였다고 하지만 시몬이나 오이메노스, 에우리기오스, 에크리토스, 세모스, 카몬이었을 가능성도 있다. 또는 널리 회자되지만 별로 신비성이 없는 10세기의 비잔틴 백과사전 《수다》에 기록된 것처럼 에트라코스였을 수도 있다.

우리는 그녀에게 카락코스와 라리코스라는 두 오빠가 있었다는 것, 어쩌면 에우리기오스라는 이름의 세 번째 형제도 있었으리라는 것을 알고 있다. 그리고 가장 어린 라리코스가 미틸리니의 프리타네이온에서 명문가 자제들에게만 허용되는 직업인 음료담당관으로 일했다는 사실도.

우리는 그녀의 어머니가 클레이스라고 불렸으며 사포에

게 같은 이름의 딸이 있었다는 것을 안다. 한 시에서 그녀가 클레이스라고 지칭했던 사랑받는 소녀는 노예였을 가능성도 있다.

사포는 그 어디서도 남편을 언급하지 않는다.《수다》에 기록된 안드로스 섬의 케르킬라스라는 이름은 아테네 희극작가의 음담패설 그 이상도 그 이하도 아니었을 것이다. 누군가 하필 그녀에게 "남자 섬의 고추 아저씨"라는 남편이 있었다는 말을 지어내 놀려 먹은 것이다. 오비디우스가《여자 주인공들의 편지》에서 윤색하기도 한, 파온이라는 뱃사공을 향한 그녀의 불행하고, 그렇다, 자기파괴적인 사랑의 전설도 이 시대에서 유래했을 것이다.

우리는 기원전 3세기의 연대기 비문을 통해 그녀가 언젠가—정확한 시점은 파로스섬의 대리석 비문에 들어있지 않다—배를 타고 시라쿠사로 도피했었음을 알고 있다. 다른 출처를 보면 클레아낙티덴 가문이 섬을 지배하던 기원전 596년경으로 추측된다.

칠팔 년 후, 폭군 피타쿠스가 레스보스를 지배하던 시절, 그녀는 추방지에서 돌아와 미틸리니에서 모임을 만들었던 듯하다. 그것이 아프로디테를 숭배하는 컬트적인 만남, 즉 서로 성적으로 호감을 느끼는 상대와의 향연에 가까웠던 것인지, 또는 명문가의 딸들을 위한 예비 신부교실 같은 곳이었는지 우리로서는 알 수 없다.

고대 초기의 어떤 여성에 대해서도 그토록 많은 것들이, 또 그토록 모순적인 것들이 언급된 적이 없었다. 전설이 다양한 만큼 출처는 빈약하고, 이 둘을 구별하려는 모든 시도는 소용없는 짓에 가깝다.

각 시대는 그 시대만의 사포를 창조했고, 어떤 시대는 그 이야기의 모순에서 벗어나기 위해 새로운 이야기를 지어내기도 했다. 그렇게 그녀는—아프로디테 혹은 뮤즈들을 모시는—여사제가 되기도 했다. 때로는 헤타이라, 때로는 색광, 때로는 사랑에 미친 여장부, 때로는 인자한 여교사, 때로는 우아한 숙녀; 뻔뻔하고 타락한, 정숙하고 순결한.

그녀와 동향 사람이고 동시대인이었던 알카이오스에 의하면 그녀는 *기품있고 제비꽃처럼 매력적이고 꿀처럼 달콤한 미소*를 지었으며, 소크라테스는 *아름답다*고, 플라톤은 *현명하다*고, 카다라의 필로데모스는 *열 번째 뮤즈*로, 스트라본은 *놀라운 존재*로 그녀를 묘사했다. 호라츠는 *남성적*이라고 했지만 그렇게 생각한 자세한 이유는 알 수 없다.

2세기 후반이나 3세기 초반의 파피루스에는 사포가 *못생기고, 상당히 작고, 피부가 검었으며 경시할 만한 여성애자*였다는 주장이 펼쳐진다.

우리는 사라진 고대 그리스 방언 중 가장 오래되고 까다로우며 첫음절에 마찰음이 나타나지 않는다는 아이올리아어로 쓰인 사포의 운문이 실제로 어떻게 들렸는지 알지 못한다. 그녀의 시가 결혼피로연이나 연회 또는 여성들의 모임에서 현악기의 반주에 맞춰 낭송될 때 포르밍크스[32]의 부드러운 울림이나 축제 분위기에 어울리는 키타라, 웅장한 바르비토스, 고대 그리스 하프 마가디스의 고음이나 하프와 유사한 펙티스와 무거운 첼리스[33] 소리와 어떤 화음을 만들어냈을지 알지 못한다.

우리는 다만 '서정시Lyrik'라는 단어가 위의 악기들 중 하나인 '리라'에서 파생되었으며, 사포가 죽은 지 삼백 년이 지난 후에야 알렉산드리아의 지식인들에게 깊은 인상을 남겼다는 것을 알 뿐이다. 그들이 그녀에게 여덟 혹은 아홉 권의 전집을 헌정한 사람들이었다. 파피루스 두루마리에 쓰인 수천 줄의 시들, 운율에 따라 배열된 수백여 편의 시들 중에서 우리가 온전히 소유하고 있는 것은 단 한 편뿐이다. 그것도 아우구스투스 시절에 로마에 살았던, 할리카르나소스의 연설가 디오니시오스가 그의 저작 《구문에 관하여De compositione verborum》에서 감탄을 자아내는 문장의

32) 키타라와 거문고가 반씩 섞인 듯한 사현금의 고대 악기.

33) 거북이 등껍질로 만든 리라.

예로서 그녀의 시 전문을 인용한 덕분이다. 여하튼 연결된 4연을 위-롱기누스라 불린 학자가 지니고 있었다. 다른 시의 5연은 세 개의 파피루스 파편들을 모아 재구성할 수 있었다. 또 다른 시의 4연은 기원전 2세기에 아무렇게나 갈겨쓴 것으로, 1937년에 한 이집트 남학생이 손바닥만 한 토기에서 발견했다. 다섯 혹은 여섯 번째 시의 파편들은 가장자리가 너덜너덜해진 중세 초기의 양피지에 남아 있다. 그리고 일곱 번째와 여덟 번째 시의 대부분은 이집트의 미라를 보존하거나 책을 포장하는 데 사용되었던 낡은 파피루스 조각들에서 발견되었다. 이 두 시 중 한 편에 대한 전문가 집단의 해석은 여전히 두 갈래로 나뉜다.

문법학자 아테나이오스와 아폴로니오스 디스콜로스, 솔로이의 철학자 크리시포스, 사전편찬자 율리우스 폴룩스 등이 특정 문체와 특정 어휘 또는 그녀의 이름을 딴 운율법을 보여주기 위해 인용했던 한 줌의 단어들과 시행의 일부만이 큰판형본으로 된 중세 서기관들의 고문서를 통해 전해졌다. 서로 연관성 없는 몇 개의 연들, 한두 줄 분량임에도 빈틈이 많은 시구들, 맥락을 벗어난 단어들, 단일 음절 및 알파벳들, 단어의 시작 또는 끝, 의미는 고사하고 문장이 되기도 힘든 한 줄의 시.

…

…

… 그리고 나는 가네…

…

… 이내…

…

… 왜냐하면…

… 어울림…

… 합창을…

… 높이 울려 퍼지는

…

… 모두에게…

…

이 노래들은 소리가 사라진 채 문자가 되었고, 페니키아어에서 차용된 그리스어 문자로 정착했다. 학생의 손으로, 진흙 도기에 뚜렷하지 않은 대문자로 쓰인 것도 있고, 속돌이나 분필로 쓴 자잘한 소문자들이 하얀 어린 양이나 사산된 염소의 피부에서 발견되기도 했다. 파피루스와 양피지, 언젠가는—모든 사체가 부패하면 그렇듯—악취를 풍기기 시작하는 유기물질에 그녀의 시들이 새겨졌다.

… 그리고 아니…

… 그리움…

… 홀연히…

… 꽃이파리…

… 그리움…

… 기뻐라…

이 조각난 시는 빈 양식처럼 채워지기를 갈망한다. 해석과 상상을 통해 또는 옥시링쿠스의 쓰레기더미에서 발견된 일그러진 파피루스 조각들의 추가 해독을 통해. 이집트 파윰 오아시스에서 몰락한 도시의 마른 모래로 이루어진 수 미터의 지층은 돌처럼 단단하고 벌레 먹은, 돌돌 말린 채 찢기고 구겨진 이 시의 파편들을 천년 가까이 품고 있었다.

시의 파편들이 끝없는 낭만주의의 약속임을, 아직도 여전히 영향력 있는 현대의 이상理想임을 우리는 알고 있다. 그리고 시 예술은 지금까지도 어떤 문학 장르보다 더 함축적인 공허, 의미를 증폭시키는 여백을 갖고 있다. 구두점들은 단어들과 함께 유령의 팔다리처럼 생겨나 잃어버린 완벽함을 주장한다. 원형을 온전히 갖추고 있었다면, 사포의 시들은 우리에게 한때 눈이 시리도록 화려하게 채색된 고대의 동상들처럼 낯설었을 것이다.

전해져 오는 시와 그 단편斷片 들을 짧고 연관성 없이, 조각난 그대로 모두 합하면 600행이 넘지 않는다. 수치상 사포의 작품 중의 7퍼센트가량이 전승되었다. 수치상 여성의 약 7퍼센트가 여성에게만 또는 주로 여성에게 매력을 느낀다지만, 이 둘 사이의 연관성 여부를 증명할 길은 없다.

기호의 역사는 미지의 것과 규정되지 않은 것, 부재하는 것과 잃어버린 것, 공허와 무의 몇몇 대표적인 사례를 알고 있다. 옛 바빌로니아 사람들이 작성했던 수확목록의 영零, 대수방정식의 알파벳 X, 갑작스레 연설이 중단될 때의 —.

… … …

양치기욕망 땀

… … …

… 장미…

…

우리는 아포시오페시스, 즉 하고 싶은 말을 하기 전에 말을 끊는 그 기법이 수사학적 제스처라는 것을 안다. 위-롱기누스 역시 숭고함에 대한 그의 저작에서 분명히 이에 대해 다뤘지만, 사서와 제본사 들의 부주의로 사라졌다. 말을 멈추는 사람, 말을 더듬고 머뭇거리기 시작하거나 심지어 침묵하는 사람은 압도적으로 밀려드는 감정 앞에서 반드시 말의 패배를 체험하게 된다. 생략부호는 모든 텍스트에, 언어로 표현할 수 없는 것이나 기존의 단어에 투항하지 않는 감정들에, 규정되지 않은 거대한 감정의 왕국을 열어준다.

… 내 사랑…

에밀리 디킨슨이 그녀의 친구이자 훗날 올케가 된 수잔 길버트에게 쓴 편지들이 출판되었을 때 번민으로 가득한 부분들이 삭제되었음을 우리는 알고 있다. 길버트의 딸이자 출판을 맡았던 그녀의 조카는 그 사실을 밝히지 않았다. 예를 들면 1852년 6월 11일의 글에 이런 구절이 있다. *네가 여기 있다면— 아, 네가 여기에 있기만 하다면, 나의 수지, 우리는 어떤 말도 필요하지 않을 거야, 우리의 눈이 우리를 대신해 속삭일 것이고, 네 손이 내 손을 꼭 쥐면 우리는 더 어떤 말도 필요하지 않겠지.*

말이 필요 없는, 맹목적인 이해는 가늠할 수 없는 감정을 풍성한 단어들로 표현한 서약과 마찬가지로 연애시의 확고한 특징이다.

사포의 남아있는 글에서 단어들은, 더이상은 불가능할

정도로, 너무도 오해의 여지가 없이 명료하다. 사려 깊은 동시에 열정적인 그녀의 시어들은 번역을 통해 매번 새롭게 태어나고, 26세기가 지난 지금도 여전히 막강함을 발휘하며 천상의 힘, 에로스를 이야기한다. 욕망의 대상을 향한 한 인간의 갑작스럽고 초현실적이면서도 잔인한 변신은 그 자신을 무방비 상태로 만들고 부모와 배우자뿐만 아니라 아이들까지도 유기한다.

> 에로스가 다시 나를 흔드네, 팔다리에서 힘이 풀리게 하는,
> 달콤쌉싸래한, 정복할 수 없는 파충류.

우리는 고대 그리스인들이 대상이 동성인지 이성인지에 따라 욕망을 구분하는 상상에 익숙지 않았음을 알고 있다. 그보다 그들에게는 성행위의 당사자가 맡은 성 역할이 사회적 역할과 부합하는지가 중요했다. 성인 남자는 적극적이며, 반대로 소년·노예·여성 들은 수동적으로 대응한다는 식으로. 이 지배와 복종의 행위에서는 성별의 분리보다는 침입하고 점유하는 자와 침입을 허용하고 점유 당하는 자의 분리가 일어났을 뿐이다.

우리는 사포가 교사였다고 생각한다. 그 주장의 첫 번째 출처는 기원후 2세기의 파피루스 조각이었는데, 그녀가 죽고 나서 700년이 흐른 다음에 작성된 이 문서에는 그녀가

이오니아와 리디아의 최고 명문가의 딸들을 가르쳤다고 기록되어 있다.

사포의 남아 있는 서정시에서는 교훈적인 맥락이라고는 찾아볼 수 없다. 대신 조각시들에서는 여자들이 오가고, 자주 이별을 노래한다.

그녀의 시는 마치 그리스의 소년애 관행에 대한 여성적 대응물을 환기하는 과도기적 장소처럼도 보인다. 사포가 교사였다는 주장은 그녀의 시에 부인할 수 없이 나타나는 여성들 간의 에로티시즘을 결혼이라는 대사大事를 위한 예비 수업의 정점으로 해석할 수 있는 명분을 제공했다.

우리는 1819년에 스코틀랜드의 어느 소녀 기숙학교의 두 여교사—한 학생의 주장대로라면, 두 사람은 부적절하고 범죄적인 일을 저질렀다—에 대한 재판에서, 여성들 사이의 성행위가 과연 가능한 것인지 입증하기 위해 루키아노스의《헤타이라들의 대화》를 인용했다는 것을 알고 있다. 책에서 헤타이라 클로나리온은 *레스보스의 한 부유한 여성*과의 성적인 경험에 대해 키타라 연주가인 레아이나에게 물으며, 무엇보다 그녀에게 그녀와 무엇을 *어떤 방법으로* 했는지에 대해 털어놓으라고 캐묻는다. 그러나 레아이나는 이렇게 응수한다. *나한테 세부적인 것은 묻지 말아요! 그것은 입 밖으로 낼 수 없는 것입니다. 아프로디테에게 맹세컨대, 나는 당신에게 그것에 대해 일절 얘기하지*

않겠어요.

여기서 그 장은 끝나고, 질문에 대한 답은 없고, 여자들이 서로 무엇을 하는지는 언급되지 않거나 불문에 부쳐진다. 두 여교사는 여하튼 비난으로부터 벗어난다. 재판관이 그들에게 비난받을 범죄가 가능할 수조차 없다고 판결을 내렸기 때문이다. 도구가 없는 곳에 행위도 없고, 무기가 없는 곳에 범죄도 없다.

오랜 시간, 여성들 사이의 성행위는 여성과 남성의 행위를 모방했을 경우에만 섹스로 인정되고 처벌받을 수 있었다. 음경은 성행위를 의미했고, 그것이 없는 곳은 어떤 표시로도 강조되지 않은 빈 곳, 맹점, 하나의 틈, 하나의 구멍 이상의 무엇도 아니었다. 여성의 성기는 채워져야 할 것으로 간주될 뿐이었다.

오랫동안 이 빈 곳을 메워온 것은 1세기부터 19세기까지 남성들의 저작 속에 나타나는 유령같은 존재, 남성처럼 행동하는 여성, 비정상적으로 비대한 클리토리스나 음경과 비슷한 보조도구를 이용해 다른 여성들과 성행위를 갖는다는 '트리버드'다.

우리가 아는 한, 어떤 여성도 스스로를 트리버드라고 부른 경우는 없었다.

우리는 단어들의 의미가 기호처럼 바뀌는 것을 알고 있다. 오랫동안 점 세 개의 말줄임표(…)는 잃어버린 것과 미지의 것을, 언제부터인가 말해지지 않은 것과 말할 수 없는 것을, 사라짐과 끝 저편의 열린 가능성까지를 표시하게 되었다. 그렇게 점 세 개는 그것이 암시하는 것들에 대한 우리의 생각을 끝까지 밀어붙여 보기를 독려하고, 생략된 것들을 상상하고, 말할 수 없는 것과 묵살된 것들, 불쾌하고 외설적인 것들, 지탄의 대상과 사변적인 것들, 누락된 것들의 특별한 변주라는 근본적인 것을 표시하게 되었다.

우리는 또한 고대의 생략 기호가 별표(*)였다는 것을 알고 있다. 이 작은 별표는 중세에 와서야 비로소 난외의 주, 방주傍註를 해당 부분의 텍스트와 연결하는 역할을 맡게 되었다. 세비아의 이시도르는 7세기에 출간된 《어원백과》에서 이렇게 쓴다. *별표는 텍스트의 공백을 표시하는 기호로서, 누락시키고자 하는 것이 있는 부분에 삽입되어 공백을 밝게 비춰준다.* 오늘날 별표는 때때로 되도록 많은 사람과 그들의 성 정체성을 포괄하기 위해 쓰인다. 누락으로부터 통합을, 부재로부터 현존을, 그리고 공백으로부터 의미의 풍성함을 도출하기 위해.

그리고 우리는 "레스보스의 여자들처럼 하다"라는 뜻의 동사 'lesbiazein'이 고대에는 "누군가를 성폭행하다" 또는 "타락시키다"라는 뜻으로 쓰였음을 알고 있다. 그리고 레스보스섬의 여자들이 발명해냈을 거라고 추측되는 성교의 방식인 펠라티오를 뜻하는 말이었음을. 로테르담의 에라스무스까지도 그의 고대 속담과 격언 모음집에서 이 그리스어 단어를 라틴어로 "흡입하다"라는 뜻의 'fellare'로 번역한다. 그리고 다음과 같은 짤막한 언급으로 기록을 마무리한다. *이 개념은 여전히 존재한다. 실행은, 내 생각으로는 사멸되었다.*

그로부터 얼마 지나지 않은 16세기 말에, 브랑톰 영주인 피에르 드 부르데유는 그의 포르노그래피적인 소설《프랑스 궁전 스캔들》에서 이렇게 언급한다. *사람들이 말하기를, 이 일에서 레스보스의 사포가 아주 좋은 교사였다고 한다. 심지어는 그녀가 그것을 발명했고, 이후로 레즈비언들이 그녀를 따라 하며 오늘에까지 이르렀다고 말하기도 한다.* 그때부터 그 공백은 지리적인 것뿐 아니라 언어적인 고향을 갖게 되었다. 레즈비언의 사랑amour lesbienne이 근대까지도 연하의 남자에 대한 여성의 헛된 사랑을 표현하는 말이었음에도 불구하고.

우리는 젊은 여성시인 나탈리 클리퍼드 바니와 르네 비비앙이 1904년 늦여름에 그들의 오랜 꿈을 실행에 옮겨 함께 레스보스 섬을 여행했을 때 실망했었음을 알고 있다.

그들이 마침내 미틸리니의 항구에 도착했을 때, 축음기에서 샹송이 큰 소리로 흘러나왔다. 그리고 섬에 사는 여성들의 외모와 그들이 쓰는 투박한 말투까지 시인들의 고매한 상상 속에 등장했던 시의 배경과는 부합하지 않았다. 그럼에도 불구하고 그들은 올리브나무 숲에 나란히 서 있는 집 두 채를 빌렸고, 달빛과 햇빛 속에서 긴 산책을 했으며, 수년 전에 식은 자신들의 사랑을 회복해 섬에 레즈비언만의 시와 사랑의 학교를 세울 것을 계획했다.

이 계획은 제3의 여성—비비앙과 사귀던 질투심 많고 소유욕이 강한 남작부인—으로 인해 막을 내렸다. 전보를 쳐서 겨우 그녀가 섬으로 오는 것은 막을 수 있었다.

우리는 레스보스 섬의 두 여성 주민과 한 남성 주민이 2008년에, 여성 동성애자가 자신을 스스로 레즈비언이라고 부른다거나, 그런 사람들을 레즈비언이라고 부르는 것 자체를 금지하자는 주장을 펼쳤으나 무산되었음을 알고 있다. *우리는 이상한 사람들이 우리 고향 이름을 자의적으로 사용하는 것에 반대한다.*

담당 판사는 고소를 기각했고 세 명의 레스보스 시민이 재판비용을 부담할 것을 명했다.

누가 아직도 처음 세 행은 동일한 구조의 11음절격으로, 마지막 네 번째 행은 닥틸루스와 트로케우스가 결합한 형태의 아도니우스 율격律格으로 구성된 저 사포의 연聯을 알고 있는가? 시행의 첫머리 음절은 여린박이 없어 딱딱하게 들리고 마지막 운각은 여성스러워, 이 율격 특유의 장엄함은 마지막에는 평화로움을 넘어 경쾌함마저 불러일으킨다.

오랫동안 신학자·법률가·의학자 들의 논문에서, 트리버드·사포주의·레즈비어니즘 같은 개념들은 어딘가 유사어로 사용되었다. 자연을 위배하는 성행위나 부끄러움을 모르는 풍속이 아니면, 괴물에 가까운 비정상 혹은 정신적 질병을 의미하기도 했다.

어째서 한동안 '레즈비언적 사랑'이라는 표현이 살아있었는지 우리는 잘 모른다. 다만 이 단어가, 그와 연결된 규칙이 이미 앞선 모든 것들과 더불어 퇴색해가리라는 것을 알고 있을 뿐.

L은 혀끝에서 나는 소리이고, E는 가장 직접적으로 외부로 향하는 모음이며, S는 치싯거리는 경고음이며, B는 닫혀 있던 입술에서 터져 나오는 폭발음….

독일어 사전에서 'lesbisch'(레즈비언의)는 'lesbar'(읽을 수 있는) 바로 다음에 나온다.

베렌호프

폰 베어 가문의 성

* 독일 북부 그라이프스발트에서 멀지 않은 포메라니아의 부스도르프 지역은 14세기 이래 상당 부분이 옛 폰 베어 가문 귀츠코브 계열의 소유였다. 이들은 문장紋章의 형태로 인해 '백조의 목을 닮은 사람들'로도 불렸다.

이 지역은 1804년에 당시 슈트랄준트를 다스리던 스웨덴-포메라니아 정부의 인가를 받아 '베렌호프'로 지명이 변경되었고, 기병대위 요한 카를 울리히 폰 베어의 농장과 부속 재산은 그의 손자 카를 펠릭스 게오르크에게 단독 상속된 이후 줄곧 장자우선상속법을 적용받았다.

상속자는 오래된 농장 소유주의 저택 뒤편에 싱켈의 문하생인 프리드리히 히치히의 설계로 후기 고전주의 양식의 3층 저택을 새로 지어 1838년에 완공했다. 그 건물은 1877년 프로이센 백작으로 승격된 카를 펠릭스 볼데마르에 의해 1896년에 확장되었고 2층에 두 개의 베란다가 증축되었다.

1936년부터 1939년까지, 마지막 백작의 미망인이자 제국 군수이며 황실 의원이었던 메흐틸드 폰 베어 백작부인은 1933년에 타계한 남편 카를 프리드리히 펠릭스 폰 베어의 저택을 고백교회[34)]의

강의실로 사용하도록 허가했다. 신학자 디트리히 본 회퍼가 수차례 이곳에서 강연했다고 한다.

†1945년 5월 8일에 이 저택은 화염에 휩싸였다. 불탄 벽들을 주민들이 새로 짓는 농민주택의 건축재료로 재사용했다.

1840년부터 1860년까지 페터 요제프 르네에 의해 조성되었던 9헥타르 규모의 공원은 현재 보호기념물로 지정되었다.

열린 창문이 기억난다. 밤이고, 공기는 쌀쌀하다. 여름밤의 열린 창문. 달 없는 하늘. 가로등의 희미한 불빛뿐. 흙냄새가 난다. 어쩌면 비가 내렸을 것이다. 더는 모르겠다.

엄마 말로는 7월 31일이었다. 케르스틴 아주머니의 생일이 7월 31일이니 확실하다는 것이다. 그날 저녁, 맞은편 옛 농장일꾼들의 집 중 한 곳에서 축하 파티가 열렸다. 비가 오지 않았던 건 확실하다고 엄마는 덧붙인다. 화창한 날이었다. 온종일 해가 비쳤다. 7월이었으니까.

일기예보를 찾아보니 뜨거운 날이었고, 유난히 건조한 더운 여름이었다.

1984년 여름. 그것이 나의 최초의 기억이었음을 나는 알고 있고, 믿고 있고, 주장한다. 케르스틴 아주머니에게 전

---

34) 1934년 히틀러에 반대하여 설립된 독일 프로테스탄트 교회.

화해볼 수도 있겠다. 아주머니는 아직 살아계신다. 내 어머니와 나의 두 아버지처럼. 한 아버지는 나를 낳았고, 한 아버지는 그 여름날 밤 내 다리에 얼음찜질을 해주고 붕대를 감아주었다고 한다.

나는 수풀이 무성한 언덕의 묘지에서 놀고 있다. 나는 묘비와 석주 뒤에 숨어, 하얗고 푸르게 빛나는 자잘한 꽃잎들이 달린 식물들 사이에 웅크리고 있다. 구부정하게 걸어 키가 작아진 노파가 시든 꽃과 마른 화환들을 퇴비 위로 던진다. 그녀는 녹슨 수도꼭지 아래에 함석 물뿌리개를 세워놓고 회양목 울타리 너머로 사라진다.

나는 머리를 숙이고, 매끈매끈한 돌 표면을 손가락으로 만져보며 글자가 새겨진 거친 홈을 느껴본다. 그리고 일어날 법하지 않은 것을 기다린다. 나는 발견되기를 기다린다. 나는 그것을 원한다. 나는 그것이 두렵다.

나의 유년 시절 우리 가족은 줄곧 시골에 살았다. 화려했던 과거의 흔적이 여간해서 눈에 띄지 않는, 농사가 주업인 마을이었다. 우리는 당시 그 동네의 단 하나뿐인 버스 정류장에서 불과 몇 걸음 떨어진 곳에 살고 있었다. 돌로 만든 높은 성가대석이 있는 탑 없는 교회 옆 낡은 사택의 위층이었다. 우리 집 마당은 선사시대의 묘지와 맞닿아 있었다.

둘 사이에 퇴비 더미로 가르는 울타리조차 없었다. 기억이 닿는 한 나는 언제나 혼자였다. 묘지에 혼자, 높고 붉은 담벼락으로 둘러싸인 과수원에 혼자, 엄마 말로는 그날 내가 자꾸만 올라가 뛰어내렸다던 그 돌무더기 위에 혼자.

하지만 아무도 오지 않았고, 언제나처럼 기적은 일어나지 않았다. 대신에 나는 묘지 앞의 조그만 화단에서 꽃을 몇 송이 꺾고, 땅바닥에서 팬지꽃 이파리를 뜯어내고, 땅속에 묻혀 있는 뾰족한 플라스틱 꽃병에서 튤립을 한 송이씩 꺼냈다.

나는 뭔가를 어슴푸레 예감했지만, 아무것도 알지 못했다. 여하튼 그곳의 꽃들은 부재하는 사람들, 땅 밑의 나무로 짜인 상자 안에 들어 썩어가는 사람들을 위한 것이었다. 꽃들을 집으로 가져왔을 때, 엄마는 야단을 치기만 했고 아무것도 설명해주지 않았다.

그때만 해도 나는 죽음을 알지 못했다. 사람이 죽는다는 것, 나 역시도 어느 날 죽는다는 것은 내 상상력을 벗어난 주제였다. 얼마 후에 내 사촌이 이 비밀을 처음 알려 주었을 때 나는 그 말을 믿지 않았다. 나는 그가 자주 그렇듯 어디서 뭔가를 주워듣고 오해한 거라고 굳게 믿었다. 그는 히죽히죽 웃으며 자기 말이 확실하다고 했다.

나는 어지러움을 느꼈다. 우리가 사는 신축주택들 사이

를 달려 부엌으로 가서 엄마에게 물었다. 그것이 사실이냐고, 사람이 정말 죽느냐고, 우리 모두 어느 날 죽는 거냐고, 그러니까 나도 그렇냐고. 엄마는 고개를 끄덕이며 그래, 라고 말하고는 어깨를 으쓱했다. 나는 쓰레기통을 바라보며 무슨 이유에선가 죽은 사람이 그 통으로 들어가는 거라고 상상했다. 그렇게 쪼그라들어 쓰레기 수거차에 실려 간다고. 누구도 더 말하지 않았지만 나는 귀를 막고 현관으로 달려갔다. 노란 불빛이 무늬가 새겨진 창유리를 뚫고 계단참의 먼지 낀 녹엽 식물을 비췄다.

나는 정원의 사과나무들 사이에서 놀고 있다. 미나리아재비를 가득 따고 민들레즙으로 손톱에 물을 들인다. 퇴비더미 앞에서 나는 가시 돋친 공을 발견한다. 숨 쉬고 있다. 살아있다.

엄마가 우유가 담긴 조그만 그릇을 그 공 앞에 놓자, 그것은 놀라운 동물로 변한다. 우리는 그 앞에 쪼그려 앉는다. 단추 같은 까만 눈이 나를 바라본다. 엄마의 손길이 내 머리에서 느껴진다. 뾰족한 코가 우유를 찾는다. 작은 분홍색 혀를 날름 내민다. 킁킁거리고 쩝쩝댄다. 공의 가시가 흔들린다.

나는 살아있는 것이 좋았다. 나는 아무것도 기대하지 않았다. 엄마는 아이를 기대했다. 그러나 불룩 나온 배라든가 그 둥근 배를 쓰다듬는 남자의 손 같은 것은 기억할 수 없다. 날짜로 보면 엄마는 임산부였을 것이다. 사진을 보니 엄마는 임산부였다. 시원했을 리 없는 7월의 그 밤으로부터 한 달 뒤에 내 남동생이 태어날 예정이었다. 할머니는 병원에서 걸려온 전화를 받은 다음 감청색 잠옷을 입은 채 침실 문가에 서서 처음으로 그 아이의 이름을 말했다.

나는 조부모의 침대에 앉아 내게는 아무 의미도 없는 그 이름을 들었다. 그리고 다시 립스틱들, 할머니가 침대 위 작은 통에 보관해둔 작고 반짝이는 원통형 수집품들 쪽으로 몸을 돌렸다.

침실 창문은 열려 있다. 하지만 현관문은 닫혀 있고, 자물쇠로 단단히 잠겨있다. 열쇠는 열쇠 걸이에도 부엌 식탁 위에도 보이지 않는다. 나는 잠에서 깨어 침대의 난간을 넘어 빠져나왔다, 나는 침실 문을 열고 나와 온 집안을 뒤지고 다녔다. 모든 방이 어두웠고 다른 창문들은 다 잠겨 있었다. 거실의 반달 모양 채광창, 부엌의 천창, 아빠의 작업장으로 쓰인 검은 구멍 같던 창문 없는 창고.

방은 그게 다였다. 욕실은 한 층 아래 1층에 있었다. 욕실은 다락에 사는 비올라 이모도 함께 썼다. 우리는 화장실, 목욕물 데우는 난로, 발이 넷 달린 욕조와 인피靭皮[35]로 만든 매트를 같이 썼다. 비올라 이모는 북쪽 공원 끝의 옛날 외양간이었던 곳에 있는 학교급식장에서 일했다. 노란 벽돌로 된 건물의 앞면 좌우 양측 문 위에 말머리 석상이 있었다. 예전에 말들이 건초를 먹던 곳에서 이제 우리가 매일 점심을 먹었다. 우리는 길게 줄을 섰다. 유치원생들, 학생들, 교사들, 그리고 동네 사람들 절반 이상. 비올라 이모는 머리를 노란색으로 물들이고 보라색 눈화장을 하고 다녔다. 남편은 트럭 운전사라서 토요일 저녁에 집에 돌아와 일요일이면 다시 떠났다. 얼굴이 없는 커다란 몸. 학교는 가로로 창문이 늘어선 두 채의 신축건물로 공원 뒤쪽에 있었다. 거기서 우리 부모는 학생들을 가르쳤고 케르스틴 이모도 그랬다. 공원은 컸고 이제는 존재하지 않는 성의 장원莊園이었다. 케르스틴 이모도 비올라 이모도 둘 다 진짜 이모는 아니다. 그냥 그렇게 부를 뿐이었다.

그 성은 진짜 성은 아니고 옛 귀족의 저택이었다, 장원의 중앙에 길쭉한 3층 건물이 들어서 있고, 그 옆에 마구간, 양 우리, 외양간, 하인들의 살림집 및 헛간 두 채가 있었다. 마을 큰길가에 있는 공원 입구에서 공원 내부의 북쪽 끝으로 길게 보리수 길이 이어졌는데, 그곳에는 아무나

35) 식물체 내 줄기 형성층 바깥쪽에 있는 조직.

들어갈 수 없었다. 내가 다니던 유치원 자리에 옛날에는 널찍한 진입로가 있었을 것이다. 보행자우선구역 역할을 겸한 정문 앞의 녹음으로 덮인 원형 화단, 그 너머 여덟 개의 기둥으로 받쳐진 발코니, 창문 위의 삼각형 박공, 야생 포도로 뒤덮인 파사드.

교회는 동네 한가운데 있었지만 모두 그냥 지나쳤다. 아무도 붉은 벽돌 담장 안을 들여다보지 않았고, 아무도 무덤들과 십자가들을 쳐다보지 않았다. 허리가 굽은 노인 몇몇만이 삐걱거리는 문을 열고 묘지로 들어갔다. 우리는 교회 바로 옆에 살았다. 그러나 그것은 아무 의미가 없었다. 대리석과 야면석을 다듬어 만든 거대한 건물도, 대각선으로 마주 보이는 목사관도, 평지에 세워진 나무종루도, 일요일의 종소리도, 교회 마당에 비스듬히 서 있는 녹슨 십자가도, 연철로 된 성문 뒤 비바람에 황폐해진 백작 가문의 무덤도, 고사리 덤불 속의 십자가도, 아무도 앉지 않는 망가진 벤치 위쪽에 있는 천사의 부조도, 엄마가 한번 읽어주었지만 이해할 수 없었던 *"사랑은 영원히 끝나지 않으리니"*라는 석판 위의 문구도. 그것은 모두 영원히 잊힐 것처럼 보이는 과거의 잔여물들이었다.

마을에 이름을 준 것은 오래된 귀족 가문이었다. 귀츠코브 백작과 포메라니아의 공작 들은 옛 봉토수여장에 적혀있듯, *용감하고, 사랑받는 그리고 충성스러운 기사*들이었다.

그것들은 동화 속의 말들이다. 세로줄로 빽빽하게 쓰인 가문의 일대기. 폰 베어 가문의 사람들, 그들은 도제들이고 궁정집사였고, 시종장이고 백작이었으며, 수도원장이었고 교수, 군수나 시의회 의원, 후견인이었고 사령관, 농장주나 기병대위, 젊은 비서관 또는 시종, 군인, 원수, 참모, 대위, 중위들이었다. 폴란드 전쟁에서, 지방 민병대에서, 스웨덴의 근위기병대에서, 덴마크 또는 프랑스의 군사들이 점령했던 이곳에서. 콘벤투알회 수녀와 수녀원장, 여자 선장, 심지어 여성 시인까지. 그러나 무엇보다 그들은 이 지역의, 그들 봉토의 모든 자산을 소유한 사람들이었다. 아득한 옛날부터 장자를 우선시하고 딸들은 아무것도 아닌 듯 취급하는 가문의 계보를 따라, 장자 집안에 아들이 없는 경우에는 가문 내 다른 아들이 기사의 영지를 물려받았다. 그들은 매각하거나 교환하고 보유하거나 취득하며 재산을 소유했고, 이자를 징수하거나 지분을 담보로 행사했다. 때로 그들은 봉토수여장에 서명을 하고, 두꺼운 종이에 인장을 찍었다. 황소의 피처럼 붉고 끈적이는 물질에 박힌 두 마리의 백조 사이에서 춤추는 곰의 문양.

내 어머니의 조상들은 농부, 목재상, 운수업자, 도축업자들이었고, 산지기 한 명, 전철수轉轍手 한 명, 선원 한 명이 있었다. 내 친아버지의 조상들은 방앗간 주인과 재단사, 달구지를 만드는 목수와 대목 들이었고, 보병 한 명, 의사 몇 명, 침구 재단사 한 명, 어부 한 명, 철도원 한 명, 화학자 한 명, 건축가 한 명, 공장주 한 명, 전쟁 후에는 공동묘지 관리인이 된 군수 제조업자 한 명이 있었다.

우리가 그 동네에서 산 기간은 1년에 불과하지만, 그것은 내가 기억하는 내 삶의 첫해다. 엄마는 우리 집 마당과 이어진 건 묘지가 아니라 공원이었다고 말하고 여전히 무너진 담벼락의 잔재가 서 있다고 덧붙인다.

어떤 사람은 전쟁이 끝난 후 성이 폭파되었다고 했고, 다른 사람들은 전쟁이 끝나기도 전에 유물들까지 다 불타 없어졌다고 했다. 로비의 화려한 샹들리에, 두 개의 살롱으로 이어지는 문들의 납유리, 어두운 색조의 가구들, 책들, 은식기와 도자기들, 금테 거울, 옛날 지도들과 근엄한 눈매를 지닌 군주들의 초상화들.

우리는 옛것, 물려받은 물건들이 없다. 오래된 거라곤 우리가 사는 집뿐이다. 매일 밤 다락에서 담비 소리가 들린다. 내 부모는 백조 호수 뒤편의 조립식 아파트에 입주하기를 기다린다. 방 셋, 중앙난방이고 항상 온수가 나오는 욕실. 부모는 대기자 명단에 올라있다. 시간이 촉박하다. 아이가 곧 태어날 것이므로.

오래된 집들은 밤새 무너질 수도 있을 만큼 허술한 경우가 드물지 않았다. 지난해 가을 구동독에 있는 콘줌 슈퍼마켓이 그랬다. 지붕이 그냥 주저앉아버려서 다음 날 아침 사람들이 있는 힘을 다해 겨우 문을 열었다. 나는 그 앞에 포도송이처럼 모여들었던 사람들을 기억한다. 판매원들과 손님들, 꽃무늬 앞치마를 두르고 축 늘어진 그물 장바구니를 든 여자들, 무너진 건물에서 통조림 깡통들을 끌어내던 남자들. 그들은 먼지 앉은 물건들을 손수레로 옮겨와 우리 집 왼쪽의 툭 튀어나온 어둡고 눅눅한 공간에 쌓았다. 비상 판매가 시작되었다. 온종일 불이 환했고 옆에 있는 우리집에까지 계산대의 짤랑거리는 소리가 들렸다.

나는 자잘한 오렌지색 꽃무늬가 있는 소매 없는 마 원피스를 입고 있었다. 허리춤에 고무밴드가 들어있었다. 나는 열린 창문과 미지근한 공기를 기억한다. 서늘하지 않았고 서늘할 수도 없었던, 시원한 바람 한 줄기 불어오지 않는 7월이었다. 케르스틴 이모의 생일이었고, 비올라 이모는 왜 왔는지, 나를 돌보러 왔던 것인지 알 수 없다. 나는 세 살 반,

네 살이 거의 다 되었다. 네 개의 뻗은 손가락, 손 하나를 거의 채우는 나이.

쌓여있던 벽돌, 그날 내가 자꾸만 올라갔다 뛰어내리곤 했다는 마당의 돌무더기는 기억나지 않는다. 나는 그저 열린 창문만 보고 있다. 창턱이 가슴팍에 닿는다. 그 위로 올라가고 싶지만 너무 높아 그럴 수 없다. 나는 몇 발자국 뒤로 물러나며 생각한다. 유디트, 너는 바보가 아니야. 그리고 말한다. 유디트, 너는 바보가 아니야. 나는 이 문장을 계속 반복한다. 처음엔 조용히, 나만 들리도록, 그러고는 크게. 그 말은 나를 부엌으로 이끈다. 나는 부엌 의자를 타일 바닥 위에서 질질 끌고 방까지 간다. 끼익 소리가 크게 난다. 나는 부엌 문턱을 넘어 거실의 오렌지색 양탄자 위로, 거실 문턱을 넘어 침실로, 커다란 부모님 침대를 지나 열려 있는 창가까지 간다. 나는 동화 속의 아이 헤벨만을 생각한다. 하지만 내 잠옷은 돛이 아니고 내 격자 울타리 침대에는 바퀴가 없다. 침대는 밤새도록 난로 옆에 놓여 있다. 나는 나무 막대기들 사이로 본다. 나는 창턱 가까이에서 있다. 나는 헤벨만이다. 그러나 엄마의 목소리로 내게 묻는 달은, 이제 그만하면 된 거 아니냐며 구름 뒤로 사라졌다. 구름 테두리가 빛난다. 아무도 나를 막을 수 없다. 나는 실내화를 신고 의자 위로 올라선다. 실내화는 남색 코르덴으로 만든 것이다. 나는 창턱에 올라가 쪼그리고 앉는다. 신발 끝은 허공에 떠 있다. 나는 기다리지 않는다. 나는 아무것도 기다리지 않는다. 가로등도 쳐다보지 않고. 사과나무 가지도 돌아보지 않고. 아래로만. 보도. 내 아래 비탈.

엄마는 아이 없이 병원에서 집으로 온다. 버스 정류장뿐 아니라 기차역도 있는 새로운 마을로 오는 기차를 탄다. 그녀는 지붕 밑의 황새가 새끼에게 모이를 먹이고 있는 교회를 지나, 콘줌 슈퍼마켓을 지나, 작은 콘크리트 광장 옆에 자전거 주차대가 마련되어 있는 신축건물로 온다. 소매 없는 작업복을 걸친 동네 여자들이 이미 그곳에 진을 치고 서 있다. 그들은 그녀 쪽을 바라보며 소곤거린다. 신축건물에 새로 이사 온 베렌호프의 여교사. 그들은 그녀에게 가까이 오라는 손짓을 하더니 아이를 사산했느냐고 묻는다. 그들은 표준독일어와 저지대 독일어로 질문한다. 죽은 거야?

한 늙은 여자가 나를 발견한다. 그녀는 지팡이를 짚고 나를 굽어보며 말한다. 얘야, 너 무슨 바보짓을 하는 게냐?

엄마는 아이 없이 집으로 온다. 아니 내가 있는 집으로는 오지 않는다. 내가 할머니와 할아버지 집에 일주일 동안 있을 때, 엄마는 옆 동네의 새집으로 이사한다. 7킬로미터나 떨어진 끝없이 먼 곳으로. 킬로미터는 '몇 년'처럼 내가 상상할 수 없는 큰 단위다. 나는 세 살 반이고 내 남동생이 나의 네 살 생일 직전에 세상의 빛 혹은 그라이프스발트 산부인과의 형광등 불빛을 볼 거라는 사실을 알고 있다. 그리고 곧 동생의 노란 피부에 자외선이 쏟아질 것이다. 집에는 욕실이 있지만 중앙난방은 아니다. 지하실에 전세입자가 남긴 석탄이 있다. 그것으로 아직 충분하다.

탯줄은 뱀처럼 아기의 목을 휘감고 아기가 이 세상에 입장하는 걸 지연시켰다. 그렇게 힘들게 하고, 온전하게 세상에 나오는 것이 기적에 가깝도록 위협했다. 아이의 손과 입술은 이미 파랗게 질려 있었다.

나는 죽는 것이 무슨 느낌인지 궁금하다. 나는 새로 들어간 유치원에서 키가 크고 곱슬머리를 한 선생님에게 묻는다.

그녀는 고개를 젓는다. 모르겠는데, 그녀가 말한다. 죽어보지 않아서 말이야.

나는 죽은 사람이 땅속에서 어떻게 되냐고 묻는다. 죽으면 썩지. 나는 그 말을 이해하지 못한다.

쪼그라든 사과처럼 언젠가 벌레가 먹고 구더기가 생겨서 파먹히는 거야, 그녀가 설명한다.

나는 우리 집 부엌의 쓰레기통이 떠오른다. 그때 그녀가 덧붙여 말한다. 그러나 전혀 느낄 수 없겠지. 죽었으니까.

나쁜 것은 데운 우유 위의 막, 마을 연못의 살얼음판, 마당의 까맣게 빛나는 민달팽이 열두 마리다. 죽음은 꽃무늬 앞치마를 두른 노파다. 운명의 여신은 두건을 두르고 지팡이를 짚고 걸으며 저지대 독일어로 말한다. 그들은 사산한 아이에 대해 캐묻고, 왜 바보 같은 짓을 하느냐고 나무라며, 너무 일찍 세상을 떠난 남편들의 무덤을 갈퀴로 긁는다.

폰 베어 가문의 사람들은 한때 용감하고 사랑받았으며 충직한 기사들이었다. 어떤 사람들은 그들의 성이 불탔다고 말한다. 어떤 사람들은 폭파되었다고 말한다. 러시아군들이 쳐들어오고 늙은 백작 부인이 도망쳤을 때 마을 사람들이 그곳을 약탈하고 불을 질렀다고, 사연을 알 만한 어느 노파가 말한다. 가져갈 수 있는 것은 다 가져갔지. 로비의 화려한 샹들리에, 두 개의 살롱으로 이어지는 문들의 납유리, 어두운 색조의 가구들, 책들, 은식기와 도자기들, 금테 거울, 옛날 지도들과 근엄한 눈매를 지닌 군주들의 초상화들, 백작 가문의 문장이 새겨진 은제 담뱃갑. 잿빛 방패 위에 똑바로 서 있는 흑곰이 인사라도 하듯 앞발을 들어 올리고 있고, 투구에 새겨진 두 마리의 백조가 목을 굽혀 서로를 마주 본다.

나는 실내화를 신은 채로 쐐기풀 덤불에 떨어진다. 잡아당겨지듯 다리가 아프다. 마비된 느낌. 따끔따끔한 쐐기풀. 가로등 불빛 속에서 고개 숙인 늙은 여자의 실루엣. 아스팔트가 반짝거린다. 비가 왔었다.

얼마 전 나는 사람이 사는 곳이면 어디나 쐐기풀이 자란다고 읽었다. 담벼락이든 토사든. 가시 돋친 다른 식물들처럼 쐐기풀은 옛날부터 악령을 물리치는 것으로 여겨진다. 플리니우스는 쐐기풀의 뿌리가 사흘 동안 계속된 열을 내려줬다고 기록한다. 쐐기풀을 캘 때 환자의 이름을 부르며, 누구의 자식인지 덧붙여 말해주면 된다고 했다. 나는 내가 누구의 자식인지 몰랐다.

눈을 찌르는 침실의 불빛, 래커칠한 표면 아래 나뭇결이 살아있는 옷장. 나는 등을 대고 누워 무당벌레처럼 다리를 하늘로 뻗고 있다. 실물보다 커 보이는 부모님이 옆에 서 있다. 그들은 붕대가 칭칭 감긴 내 다리만 쳐다보고 있다. 다리가 아프고, 발에는 감각이 없다. 그들의 얼굴은 눈코입이 사라진 하얀 얼룩 같다.

부러진 곳은 아무 데도 없었다. 엑스레이 사진이 의심할 바 없이 증명해줬다. 아무도 기적이라고 말하지 않았다. 엄마도 군청 소재 도시에서 온 의사도. 간호사가 탈구된 발목을 우나붕대[36]로 감았다. 도장이 찍힌 예방접종수첩의 첫 페이지에 테이프 세 개가 붙어있었다. 그 위에 인쇄한 것 같은 글씨로 내 이름과 기차가 다니는 동네의 새 주소가 적혀있었다. 엄마의 보기 좋은 교사 글씨체였다.

부러진 곳은 없었지만 몇 주 동안 나는 제대로 걸을 수 없었다. 나는 절룩거렸고 팔을 뻗으면 엄마가 나를 안아 올렸다. 나는 다리를 벌려 엄마의 허리에 매달렸다. 엄마의 뱃속에는 태어나지 않은 아이가 있었다.

훗날 부모님은 내가 뛰어내린 것이 얼마나 짜증스러운 일이었는지 자주 말하곤 했다. 다행이라든가 기적이라든가 하는 말은 없었다. 그 시절, 그 땅에 기적이란 없었으니까.

나는 신도, 천사도 몰랐다. 어느 노파의 믿을 수 없이 작은 침대 머리맡에 걸려 있던 조그만 액자 속에서 그것을 처음 보았을 때, 나는 이미 학교에 다니고 있었다. 그 그림은 농장일꾼들 집의 방들처럼 어둡지만, 달빛이 환한 밤에 울긋불긋한 옷을 입은, 뺨에서 윤이 나는, 빛나는 눈을 가진 금발 머리 아이들이 황새의 날개가 달린 머리 긴 남자를 따라 나무 현수교를 건너는 세상처럼 아득히 먼 선사시

36) 독일 피부과 전문의 파울 게르손 우나의 이름을 딴 붕대.

대의 유물이었다.

저녁을 먹을 때 나는 엄마를 한참 바라보았다. 엄마는 정말 내 엄마일까? 항상 강조하듯이 몇 날 며칠 아파하며 나를 낳았다고 그냥 우기는 것은 아닐까? 그냥 나를 어디선가 주워왔거나 아니, 심지어는 동요 '꼬마 한스'에서처럼 내 친엄마로부터 뺏어왔을 가능성도 있지 않나? 내 친엄마가 상심하며 어디선가 나를 기다리고 있을지도 모른다.

나는 엄마가 나를 위해 빵에 버터를 바르고 작게 잘라 내 빵 접시에 놓아주는 것을 유심히 관찰했다. 나는 그녀의 갈색 눈, 뭔가를 감추고 있는 그녀의 입을 바라보았다. 욕실에 있는 두 개의 거울을 이쪽저쪽 바라보며 내 모습 속에서 엄마와 닮은 점을 찾았다.

그것은 수수께끼였다. 그러나 나는 질문이나 질문의 의도조차 이해하지 못했다. 질문은 열린 창문이었다. 대답도 열린 창문이었다. 4미터 높이에서 뛰어내리기.

몇 년 후 나는 조부모님 집에서 아파 누워있다. 방학이다. 손님방은 난방이 되지 않는다. 나는 열이 나고 몸살을 앓는다. 조부모님이 의사를 불러온다. 키 큰 남자가 창백한 손을 내 목 위에 얹고 나를 한참 동안 차분히 훑어본다. 목소리가 부드럽다. 누가 안구를 밀어 넣은 듯 눈이 움푹 꺼져 있다. 그래서 더 절박하게 쳐다보는 듯한 눈이 안경알을 통해 희한하게 더 확대되어 보인다. 내게 뭔가를 말하려는 눈빛이다. 손은 지갑에서 사진을 한 장 꺼낸다. 흰 스타킹을 신은 종아리가 팽팽하고 손에는 커다란 우산을 든 아이. 나는 아무것도 모르면서 고개를 끄덕인다. 수수께끼인 것은 알겠으나 질문도 질문의 의도도 이해하지 못한다. 사진 속의 아이는 나다. 의사는 나의 아버지이기도 하고 아니기도 하다.

그로부터 30년이 넘은 어느 추운 봄날, 나는 수리한 교회 사택의 파사드에 줄자를 대며 놀라워한다. 1센티미터도 어긋남이 없는 4미터. 위층의 창은 옛날보다 폭이 넓다. 대각선으로 마주 보이는 옛날 목사 사택은 매물로 나와 있다. 그 집의 베란다에서 확 트인 들판이 보인다. 평평한 땅, 풀밭, 모래와 점토가 섞인 부식토 전답. 한 남자가 와서 뿌연 창유리 너머를 가리킨다. 그는 질산칼륨이라고 말한다. 그것은 마치 사형선고처럼 들린다. 이제야 나는 벽에서 하얗게 굳은 거품을 발견한다. 마치 전염병 같다.

나는 처음으로 교회 내부로 들어간다. 성가대석 북쪽 벽에 지옥의 입이 그려져 있다. 개구리들, 뱀과 인간들이 쏟아진다. 저주받은 영혼들이 불길 속으로 빨려 들어간다. 그리고 그 앞에 돼지의 얼굴을 한 사탄이 왕홀과 번개를 휘두르며 왕좌에 앉아 있다.

창에서 뛰어내린 것이 나의 최초의 기억인가? 나는 엄마에게 고슴도치에 관해 묻는다. 고슴도치는 그보다 한 해 앞선 가을에 나타났다고 엄마가 말한다. 고슴도치를 기억한다는 것은, 그 7월의 밤이 아니라 이 기묘한 동물이 내 최초의 기억일 수 있다는 뜻이다.

돌로 만들어진 곰들은 여전히 공원 입구의 회칠한 기둥에 버티고 있다. 앞발로 비바람에 상한 방패를 들고 있다. 마지막 백작의 문장. 보리수 길이 공원으로 이어진다. 둥근 자갈로 포장된 도로는 지반이 거의 꺼져 있다. 우거진 철쭉과 밤나무와 목련, 잎이 빨간 너도밤나무 두 그루, 심지어 루브라 참나무와 튤립나무까지 있다. 바닥에는 은방울수선화, 설강화와 아네모네가 활짝 피어 하얀 양탄자가 깔린 것 같다.

운동장 주변에서 허리 높이의 이끼 낀 돌담을 발견한다. 성의 잔해일 것이다. 지하실의 반원형 천장만 남았을 때에야 비소로 성으로 불리게 된, 저택의 잔해. 공원의 남쪽 두 개의 인공 섬 앞에 그림처럼 백조 한 쌍이 떠 있다.

바빌로니아

마니의 일곱 권의 책

* 마니는 216년에 티그리스강 유역 셀레우키아-크테시폰 인근 바빌로니아에서 태어났다. 부모는 페르시아인이었으며, 유프라테스강 하류의 유대교 재세례파 분파에 속했던 아버지 슬하에서 성장했다. 그는 어린 시절부터 계시를 받았다. 24세에 엘카사이파를 떠나 설교를 시작하면서 추종자와 적대자 들이 생겼다. 바빌로니아 전역과 메디아, 간자크, 페르시아, 인도와 파르티아 제국은 물론 로마왕국 주변에서 선교했다.

마니는 사산제국의 통치자인 샤푸르 1세와 그의 아들 호르미즈드 1세의 지원을 받았으나, 두 사람의 후계자인 바흐람 1세는 조로아스터교 사제의 요구에 따라 276년 또는 277년에 마니를 투옥했다. 투옥된 지 26일째 되던 날 그는 숨을 거뒀다. 그의 시신은 훼손되고 머리는 잘려 군디샤프르의 성문에 방치된 채 썩어갔다.

마니교는 메소포타미아를 넘어 지중해 전역, 스페인과 북아프리카 및 소아시아와 중앙아시아를 넘어 실크로드를 따라 인도와 중국에까지 전파되었다. 그 과정에서 마니의 혼합종교적인 가르침은 페르시아에서는 조로아스터교에, 서양에서는 영지주의적 기독교에, 그리고 동양에서는 불교에 접목되었다. 고대 후기에 이르러 마니교는 세 개 대륙에 걸쳐 신도를 가진 세계 종교가 되었다.

†마니교의 몰락에 대해서는 자료가 거의 남아있지 않고, 고대와 중세에 존재했던 거의 모든 문서가 파괴되었으며, 전 지역에서 신앙생활이 억압되고 신자들은 박해를 당했다. 832년부터 서로마제국에서 마니교 신자는 사형에 처해졌다. 중국에서는 843년에야 금지되었으나 동투르키스탄의 일부 지역에서는 13세기까지, 남중국에서는 심지어 16세기까지 명맥을 이어갔다. 동아람어로 저술된 마니의 전작이 그리스어, 라틴어, 콥트어, 아랍어, 파르티아어, 팔라비어, 소그드어, 위구르어와 중국어 같은 선교국의 언어들로 번역되었음에도 남아있는 텍스트는 거의 없다. 전승된 것은《생명복음서》의 시작 부분,《서한집》의 잔재,《거인의 서》의 단편들, 그리고 중세 페르시아어로 작성된 선교서《샤푸라간》의 일부뿐이다. 오랜 세월 동안 마니의 가르침은 그의 추종자들과 후대 아랍의 백과사전편찬자들에 의해 재구성되었다.

1902년에 이르러 보존상태가 불량한 마니교 원전의 일부가 중앙아시아 신장 위구르 자치구의 투르판에서 발굴되었다. 1929년에 이집트의 파이윰에서 발견된, 콥트어로 된 마니교 서적의 상당 부분이 베를린 컬렉션에 포함되었다. 마니의 편지들이 포함된 책을 비롯한 필사본들 중 평가가 제대로 이루어지지 않은 부분들이 2차대전 이후 소비에트 연방으로 옮겨지던 중 소실되었다.

그리고 거룩한 것들이 진실로 거룩한 자들에게만 계시

되는 곳이 있다면, 다름 아닌 여기다. 저 높이 한낮의 태양이 이글거리는 사막, 물살이 센 유프라테스강의 구불구불한 지류를 따라 들쭉날쭉 늘어선 대추야자나무 아래, 늦은 봄 북쪽 고원에서 녹은 눈이 강둑과 제방을 넘어 점점 정교해지는 관개 수로에 방대한 양의 물을 공급하면, 멀리 비가 오지 않는 저지대에서도 물을 끌어들여 저수지를 채우고 휴한지를 적시고 수차를 돌리고 씨앗을 움트게 해 일 년에 두 번 수확을 보장함으로써 나라의 부와 명성을 책임지는 곳. 산더미처럼 쌓인 곡물과 석류, 무화과와 대추야자 등이 수백 척의 뗏목에 실려 내려가고, 늪지대 삼각주의 물이 쌍둥이 강과 만나 부푼 바다를 향해 흘러가는 곳.

여기는 문화의 발상지이며 충적지이다. 한때 무거운 두개골과 자유로워진 두 손을 가진 선조들이 이곳으로 와서, 넓은 턱과 킁킁거리는 콧구멍, 원숭이처럼 눈썹뼈가 튀어나온 사촌을 계속 북쪽으로 몰아내 그를 동굴 속으로 기어들어가게 만들고—석기와 살을 발라 먹고 남은 뼈로 무장한 채—누구도 애도하지 않는 죽음을 맞이하게 했다. 그리고 무질서하게 떠돌던 종족들 사이에 보이지 않는 질서가 생겨나면서 무리는 부족이 되었다. 그들은 가늘게 꼰 끈에 꿰인 진주처럼 구불구불한 개울을 따라 늘어선 정착지를 가지게 되었다. 모든 곳이 각자의 제국이 되고, 일과 임금, 수확과 수익을 공유하기 시작한 평민 공동체가 생겨나고, 돌·나무·광석이 부족해 진흙으로 된 세계를 만들었다. 회반죽을 바른 갈대 오두막과 평민을 위한 소박한 움막, 수염이 곱슬곱슬한 우두머리들을 위한 성곽, 사방에서 바람이 부는 성채와 먼지투성이의 지구라트[37], 미노타우로스와 날개 달린 사자들이 지키는 푸른 벽돌이 깔린 번화가, 긴 가운을 걸치고 팔찌을 낀 사제들의 부조들, 젖은 모래에 찍힌 새발자국처럼 섬세한 표식이 촘촘하게 쓰인 점토판.

아담의 부족들이 여전히 들양의 털에서 부드러운 양모를 더듬어 찾고, 줄기에서 외알밀의 대를 꺾고, 여러 색으로 칠한 도자기 그릇에 밀 껍질을 모으고, 새 씨앗을 뿌리며 굽은 괭이로 땅을 개간했다. 모든 것이 정착되고 비축되어 사유재산이 생겨나고, 소들을 울타리 안에 가두고, 야생마를 길들이고, 처음으로 땅을 측량하고, 이듬해의 작황을 고려해 수확을 분배했다. 씨족이 생기자 씨족경제가 잇따랐다. 꿀이 흐른다. 영혼이 환생한다. 석기시대가 저물어가고 있다. 청동이 어슴프레 빛나고, 철이 빛나고, 시대는 금빛으로 이어서 잿빛으로 물든다. 그리고 부족들이 더 오래 정착할수록, 그들의 탐색, 진실과 의미를 향한 절박함, 내면의 불안은 더욱더 멈출 줄 모른다. 매일 저녁 같은 곳

37) 고대 메소포타미아의 각지에서 발견되는 건축물로 일종의 신전.

에서 해를 삼키면서도 늘 새로워 보이는 수평선처럼. 그들은 어둠을 응시하고 땅에 눈길을 주지 않는다. 눈꺼풀 뒤쪽에 일렁이는 환영과 접근하는 모든 것을 집어삼키는 빛나는 점과 구멍이 숭숭 뚫린 밑바닥 없는 어둠뿐. 세상은 낮과 밤이고, 열기와 냉기이고, 허기와 갈증과 포만이고, 힘차게 도는 녹로이고, 나무 수레바퀴이며 소가 밭을 갈듯 점토판에 글을 새기는 갈대줄기의 뾰족한 끝이다.

태초에 노동이 있었다. 확실한 것은 그 정도이다. 거대한 페르페툼 모빌레[38]가 가동되면 강물이 불어나 바다에 이르고 하늘로 올라가 거대한 순환, 계절의 변화를 일으킨다. 역사가 시작된 이래 나란히 등장한 개념 쌍의 귀환을 불러온다. 하늘과 땅, 엄마와 아빠, 형제와 자매, 한 쌍의 신, 서로 원수지간인 두 괴물. 창조 이전의 황량한 공허는 저주처럼 인류를 억압하는 단조로운 대립의 법칙보다 풍성해 보인다. 세상이 창조된 이후 인류는 채집과 사냥, 농사와 유목, 불 피우기와 우물에 가는 일 중 하나를 선택해야 한다. 그 깊은 곳, 존재의 밑바닥에, 아직 인식되지 못한 것이 무엇인지 누구도 말할 수 없을 것이다. 태초의 격심한 혼돈, 지루한 공허, 양쪽 모두이든 아니든, 창조는 계획 없이 일어난 건지 아니면 확실한 목표를 두고 달성된 것인

38) 가상의 영구 운동.

지, 신들의 세대갈등의 산물인지 세대 간 전쟁의 결과물인지를.

여기서 시작되는 우주론들은 셀 수 없이 많고 모순적이다. 그것을 하나로 만드는 것은 이 세계의 불완전성에 대한 관념이다. 신들과 이 세상에 던져진 인간들, 영원하고 흠결 없는 영혼과 썩기 마련인 데다 이미 부패한 육신 사이의 고통스럽게 깊은 심연, 그 간극은 부인할 바 없이 크다. 질문은 오래되었으나 그 이전 어느 때보다 절실하다. 인간은 무엇이며, 어디서 오는지, 어디로 가는지, 언제 그리고 왜 이 세상이 죄를 짊어지게 된 것인지.

왜냐하면 끝날 줄 모르는 가뭄이 세상에 죄가 있음을 증명하니까. 씨앗을 한 번만 뿌려도 이삼십 번을 수확하고 봄비가 내릴 때마다 초원이 꽃의 바다로 변신하던 시절은 지났다. 지칠 줄 모르는 홍수가 더 많은 모래더미를 남쪽의 하천 유역으로 흘려보내고 바닷물이 빠져나가며 쩍쩍 갈라진 갯벌만 남기는 동안, 넘친 물은 들판에 고여 수확을 망친다. 때로 비가 오고, 때로 비가 오지 않는다. 수표가 평소보다 팔뚝 하나 길이만큼 더 올라가 홍수가 나고 저지대가 물에 잠기면, 둑이 터져 수확을 망치면, 큰 강들은 기아와 고통, 그리고 저 거대한 홍수에 대한 기억만을 남길 뿐이다. 그 휩쓸려오는 거대한 파도를 타고 선택된 소수를 태운 나무배[39]는 새로운 영겁永劫을 향해, 한 신이 다른 신을 모두 정복하고 왕처럼 법을 선포한 시대로 표류했다. 조건 없는 동맹은 없고, 계약 없이는 신뢰도 없다.

그러나 저 신의 기분은 강물길만큼이나 자주 변하고 꿈틀거리는 어린 양의 간과 빛나는 별을 보며 미래를 점치는 예언자의 계시처럼 모순적이다. 여기, 바람 부는 초원과 풍요로운 계곡 들로 이루어진 이 광활한 땅에, 그림들이 한때 글씨가 된 곳에, 해독하고 의미를 부여해야 할 계시들이 넘쳐난다. 그것은 운명의 소식, 이제 입을 열기 시작한, 무한하게 이어지는 초원의 하늘, 그 하늘의 전언이다. 그것을 정신이라 이름하라, 그것을 바람 또는 숨결이라 이름하라! 천사가 말하면, 귀 기울여야 한다. 그리고 사원을 찾아갔던 소년 시절의 예수보다 어린 한 아이가 유프라테스강 하류의 어느 종려나무숲에서 그 목소리가 자신에게 말하려는 바를 듣고 있다. "너는 빛의 사도, 마지막 예언자, 세트, 노아, 에노스, 에녹, 샘, 아브라함, 조로아스터, 붓다, 예수, 바울, 엘카사이의 후계자이며 그 모두의 가르침을 완성할 자이니." 그것은 과시에 가까운 계시이다. 이 천사는 과장이 심하다. 그리고 아이는 무엇을 하는가? 겁을 먹고 증거를 요구한다. 그때 천사는 천사라면 마땅히 해야 할 일을 한다. 천사는 소년을 위로하고, 계시와 기적을 보내며,

39) 노아의 방주.

야자수가 사람처럼 말하게 하고, 채소들이 갓난아이처럼 울게 하며 지금껏 감춰졌던 세상의 비밀 중의 하나를 그에게 밝혀준다. 세상이라는 드라마는 빛과 어둠의 싸움이며 현존은 두 시간 사이의 과도기에 지나지 않는다.

이 의미를 이해할 사람이 과연 있을까? 소년 마니는 그럴 수 있을 것이다. 그는 자신에게 지정된 저 자리를 받아들여 영광의 마지막 예언자가 되기를, 위대한 선지자들의 행렬 맨 끝에 서기를 원한다. 그러나 누구도 한낱 아이의 말을 믿으려 한 유례가 없으므로, 기다릴 필요가 있다. 아직 그의 때가 오지 않은 선택받은 자는 무엇을 하는가? 그는 준비한다. 그는 선임들의 전승을 공부한다. 위대한 사람들, 고행자, 선지자, 반신半神이 된 사람 들은 모두 많은 것을 달성했으나 그럼에도 실패한 모양이었다. 신이 어린 그에게 그들의 과업을 완성하라고 명하는 것을 보면.

고행을 통해 자신을 단련하는 것, 세속적인 것을 버리고 악마에 맞서는 것은 누구나 할 수 있다. 신의 말을 알아듣고 전달한 사람은 많다. 그러나 천사의 말도 바람에 날아간다. 시간이 그것을 흩어 놓는다면, 장차 누가 그것들을 수집하여 그들의 지혜를 알릴 것인가? 담화는 잡담이 되고 비전은 헛된 환상이 된다. 진실이 되려면 기록되어야 한다고, 천사는 말한다. 진실이 유지되려면 기록되어야 한다고, 마니는 생각한다. 오로지 문자만이 제대로 보존되고 지속성이 있으며, 그것을 담고 있는 물질—한 조각의 검은 현무암 덩어리, 구워진 점토판 한 조각, 납작하게 누른 파피루스 또는 야자수의 빳빳한 이파리들—만큼의 무게를 갖는다.

여러 해가 흘러간다. 깨달음은 도가 되고, 장막은 걷히고, 내용은 형식이, 수작업은 예술이, 언어는 문서가 되기를 촉구한다. 예상보다 뚜렷한 형식이 마니의 의식 속에 자리를 튼다. 컴퍼스로 그린 듯한 동그란 원처럼, 그의 가르침은 처음과 끝이 조화를 이루고, 순환적 사고와 선형적 사고가 한 몸을 이룬다.

마니의 시간이 왔을 때는 이미 가을이 깊다. 유프라테스강은 언제나처럼 겨울잠에 들었다. 모래가 많은 하상河床을 흐르는 힘없는 실개천이 되어, 그 물이 공중정원의 일곱 테라스를 지나 지칠 줄 모르고 회전하는 나선양수기에 물을 공급하는 물줄기였다는 사실을 잊게 한다.

그리고 마니는 북쪽으로 길을 떠난다. 티그리스강 왼쪽의 그가 태어난 도시로. 날개 달린 석상이 지키는 성문을 지나 떼 지어 오는 사람들의 행렬 속에 섞여 목소리를 높여 말한다. 예언자들이 예로부터 해온 말들이다. "너희는 세상의 소금이다. 너희는 세상의 빛이다. 나를 따르는 자는 어둠 속을 떠돌지 않고, 삶의 빛을 얻으리라."

사람들이 멈춰 선다. 이유는 말하기 힘들다. 그들을 멈추게 한 것은 폭염일까 아니면 기이하게 비틀린 마니의 형체일까. 마음을 끌면서도 밀쳐내고 싶고, 곁을 스치기만 해도 구부정한 몸과 한쪽으로 기운 다리가 시선을 뗄 수 없게 한다. 어쩌면 그것은 빛에서 모든 그늘을 지우고 모든 것을 흑백으로 나누려는 그의 전언일 것이다. 영혼은 선하고 외로우며, 물질은 사악하고 타락한 것, 그리고 인간은 구원과 정화를 갈구하는 그 둘 모두를 가진 이음줄이다. 그의 가르침은 뚜렷한 대조로 맑음과 순결을 보장하며, 세상을 있는 그대로 어둡게 보여주는 동시에 아득하지만 확실한 미래를 밝혀준다. 이 미래는 이미 잃어버린, 완벽했던 과거의 복원품이 되고자 할 뿐이다. 그것은 기쁜 일이 풍부한 나라에 도착한 기쁜 소식, 복음이 드물지 않은 시대의 복음, 수많은 질문에 대한 답이다. 정오의 휴식이 가까워지는 시간에 마니는 사람들의 얼굴에서 많은 질문을 읽을 수 있다. 그리고 이 나라에서는 처음부터 자신 있게 말할 수 있는 사람의 말만 경청한다는 것을 알기에, 그는 어떻게 모든 것이 시작되었는지 설명하기 시작한다. 태초에 세상이 창조되기 이전에는 모든 것이 좋았다. 부드럽고 감미로운 바람이 불고, 빛이 영롱하게 빛나고, 어디든 고요와 기분 좋은 무욕이 깃들어 있었다. 그리고 그 왕국을 다스리는 신은 영원하고 선한 신이었다. 위대하신 아버지, 빛의 주인. 영겁의 시간 동안 이 낙원은 고요함이 지배했고 누구도 남쪽에 자리한, 시끄럽고 작은 어둠의 나라, 그 안에서 각 지방의 영주들이 쉴 새 없이 전쟁을 벌이던 나라에 개의치 않았다. 그보다 두 권력이 나란히 존재했다. 빛은 저 홀로 빛났고, 어둠은 스스로를 못 이겨 날뛰며, 각자가 서로의 목표를 성취했다. 어느 날—정확히 언제인지는 누구도 말할 수 없으리라—어둠이 빛을 공격하여 영혼과 물질, 이질적인 것과 이질적인 것이 뒤엉겨 싸운다. 그리고 두 번째 시기, 과도기에 이르러 모든 사람이 갇혀 있는, 세계라는 거대한 희곡, 바로 현재, 여기와 지금의 막을 열었다.

마니는 물결치듯 부드러운 동아람어로 말하지만, 그의 말들은 단호하고 반박의 여지가 없다. 그가 다시 말한다. 이 세상의 모든 것은 악을 동반한 선, 어둠을 동반한 빛, 물질을 동반한 영혼, 삶과 죽음처럼 명백히 다른 영역에 속하는 두 본성의 혼합이다. 그렇기에 이 세상을 집처럼 느끼지 않아야 하며, 집조차 짓지 말아야 하며, 아이도 낳지 말고 고기도 먹지 말 것이며, 육신의 즐거움에 빠져서도 안 된다. 최소한의 물질만 소유하도록, 모든 것은 최소한으로 유지되어야 한다. 땅을 경작하고, 채소를 자르고, 열매를 따는 것들은, 그렇다, 풀 한 포기를 밟는 것조차도 그 안에 담긴 빛을 아프게 한다.

그는 숨을 고르며 자신의 말이 퍼뜨린 파문을 지켜본다. 훌륭한 연설가는 언제 침묵해야 할지 아는 사람이다.

그러니 그는 곧 퇴장한다. 예언자들이 거주하는 사막이나 다름없는 저 토굴로 돌아가 왼쪽 다리로 가부좌를 틀고, 어릴 때부터 말을 듣지 않아 질질 끌고 다녔던 오른쪽 다리를 버팀목처럼 세워 앉는다. 그러고 나서 필사본 한 권을 다리 위에 올리고 끈을 풀어 펼친 다음, 하얀 여백에 한 줄의 보조선도 없이 갈대 펜으로 그가 발명한 흠 없는 글씨체로 몇 줄 써 내려간다. 섬세하고 작은 글씨들은 수천 년 후에도 살아남아, 육안으로는 거의 알아볼 수 없지만 확대경 아래에서는 또렷하고 정확하게 보인다.

마니는 파피루스 위로 붓을 옮겨 우글거리는 어둠의 존재들과 천지창조의 순간을 그린다. 빛의 주인이 죽은 마귀의 살갗을 벗겨내 그것으로 둥근 하늘에 지붕을 덮는 모습을, 그들의 부서진 뼈들로 산을 만들고 그들의 말라붙은 살로 땅을, 그리고 전장에 흩어진 불꽃으로 해와 달을 만드는 모습을, 이 우주를 움직이고 그 안의 모든 천체에 각자의 궤도를 부여하는 신의 사절을 그린다. 다음 장에는 혼돈으로 가득한 진실의 파노라마를 그려 볼 생각이다. 스러져가는 빛의 잔여물로 신의 사자를 닮은 최초의 인간 부부를 만든 것은 어둠의 지배자였다. 그리고 그들에게 결합하고 번식해야 한다는, 불행을 초래할 충동을 부여한 것도 그였다. 최초의 인간 부부는 서로 밀착했다. 두 명의 벌거벗은 창백한 형체들은 아이를 낳고 또 낳고, 그렇게 빛은 점점 더 작은 조각으로 나뉘고 흩어져 천국으로 돌아갈 날은 점점 더 멀어진다.

마니는 금박을 잘게 잘라 파피루스에 붙이고 밝게 빛날 때까지 새로운 안료를 덧바른다. 아침이 된다. 저녁이 된다. 몇 날 몇 주가 흘러간다. 마니는 그리기를 멈추지 않는다. 지칠 줄 모르고 점차 세계의 빛을 정련하는 거대한 우주의 수레바퀴를, 성실하게 기울고 이지러지는 달—빛나는 라피스라줄리색 밤하늘의 황금빛 도자기 그릇—안에 빛을 담아 세속의 때를 씻어내고, 은하수를 지나 밝게 빛나는 궤도를 따라 집으로 돌아가기 전에, 윤회의 굴레로부터 벗어나 영원히 해방되도록 허용된 빛의 영혼을 그린다.

마지막으로 그는 다람쥐 털로 만든 붓을 쥐고 전령의 가운에 다시 한번 주름을 그려 넣는다. 성모 마리아의 눈썹, 원시인의 금빛으로 빛나는 갑옷의 윤곽을, 염소를 닮은 사탄의 추한 얼굴을. 어둠의 주인의 수염과 비늘 덮인 발의 발톱까지도 그는 자신의 다양한 모습을 갖춘 창조물들을 차별 없이 사랑하는 예술가의 세심함으로 그린다. 심지어 악은 결코 선한 적이 없었다는 것마저, 선과 가깝지도 않고, 그의 후손인 타락한 천사가 아니며, 배신한 거인도 아닌, 그의 악을 어떤 것으로도 설명할 길이 없다는 사실마저 잊어버린다.

마니의 가르침은 흑백이지만, 그의 책들은 눈을 뗄 수

없도록 화려하다. 그런 책을 소유한 사람은 사원도 교회도 필요 없다. 그것들 자체로 명상이며 지혜와 기도의 장소이다. 화려한 법전들은 갈라지지 않은 두꺼운 가죽으로 제본되고 얇게 간 거북이 등껍질과 상아로 만든 섬세한 장식으로 덮여있다. 표지에 금박을 입히고 보석으로 장식한 편리한 사륙판과 주머 안에 감출 수 있는 부적 같은 초소형 축소판이 있다. 백묵으로 하얗게 칠한 파피루스, 밝은 비단, 부드러운 가죽이나 희미하게 빛나는 양피지 위에서 석류와 유연油煙으로 만든 잉크가 까맣고 고르게 빛난다. 제목은 글씨를 읽을 수 없을 만큼 장식이 많았다. 화려한 장미무늬로 둘러싸이고 진홍색 점들로 테를 두른 구원과 파괴의 색, 대화재의 색. 1,468년 동안 타오른 불은 주홍색으로 빛난다. 우주를 태우고 마지막 빛의 입자를 해방시키고 전 세계의 구조를 집어삼킬 때까지 멈추지 않고 타오를 불이다. 미래의 장려壯麗한 이미지는 밝게 빛나고, 불투명한 흰색과 금박으로 이루어진 빛의 천국, 그 안에서 선악이 다시 분리되고, 어둠의 파편들이 가라앉고, 정복되고, 침몰하고, 산 채로 매장되고, 빛의 조각들이 모두 떠올라, 달에서 정화되고, 별의 회전 안에서 정화된다. 믿으려 하면 믿을 것이다. 많은 사람이 그러기를 원했다.

조로아스터에게는 무수한 제자들이 있었다. 붓다에게는 다섯 명의 도반이, 예수에게는 열두 명의 제자가 있었지만,

마니에게는 자신의 가르침을 여러 언어로 세상에 전하는 일곱 권의 책이 있었다. 바벨탑 건립으로 분리된 것을 통합하고, 그를 따르는 사람들과 그를 저주하는 사람들 사이의 전례 없이 심한 분열을 막기 위한 책이었다. 그들은 그를 마나, 선의 그릇 혹은 악의 그릇이라 부르고, 만나, 하늘의 빵 또는 무지몽매한 자의 아편이라 부르고, 마니Mani, 날아다니는 구세주 혹은 마네스, 다리를 절름거리는 괴물, 깨달은 자, 세상을 구원하고자 떠도는 자, 혹은 마니Manie, 미치광이, 세계를 망치기 위해 떠도는 자라 불렀다. 그리고 순교의 시간이 다가오자, 마니는 자신을 따르는 사람들에게 말한다. "내 책을 살피라! 그리고 내가 이따금 말했던 지혜들을 기록하라, 사라지지 않도록."

그것들은 활활 불타오른다. 불 속에서 순금이 흘러나와 그것들을 먹어치운다. 그러나 마니교도들의 성스러운 기록을 먹어치우는 것은 대화재나 활활 타오르는 우주가 아니라, 반대파들의 화형장이다. 어떤 반론도 허용되지 않고 모든 의구심은 처벌받는다. 신을 믿는 사람이 있는 곳에 무신론자가 있고, 독실한 신자가 있는 곳에 이단자가 있고, 진실한 가르침이 있는 곳에 신앙이 빠르게 불타오른다. 그들은 마니가 빛과 어둠을 구분하듯 옳고 그름을 엄격하게 구분한다. 그러나 불은 진실과 거짓을 구분하지 않는다.

거기서 마니교도의 거룩한 경전과 함께 타고 있는 것은

무엇인가? 세계에 종말이 올 것이라는 생각, 무수한 마법의 책들, 악마의 서약들과 무수한 현존에 대한 모순의 철학, 수천 권의 탈무드 경전들, 오비디우스의 전집, 성 삼위일체와 영혼의 유한성에 관한 저작들, 삼라만상의 무한성과 우주의 진정한 외연, 지구의 형체와 천체구조 안에서의 지구의 위치다. 심문은 여러 날 계속되고, 화형장에 쌓인 것들은 수백 년 동안 타오른다. 불은 전지자의 가슴을 덥히고, 알렉산드리아·콘스탄티노플·로마의 욕장들을 데운다. 눈이 이성을 더는 기만할 수 없을 때까지, 그리고 자연이 책들을 일깨워줄 때까지. 그 빛이 오류로 가득한 주변의 모든 어둠을 능가한다는 진실은 얼마나 무시무시한가?

행성의 궤도를 유지하는 태양, 별을 찢어 삼키는 블랙홀, 누구도 받지 못할 빛을 먼 미래로 내보내는 성운星雲. 우주를 설명하는 숫자와 공식이 아무리 많다 한들, 어떤 지식이 그 본질을 꿰뚫겠는가. 시간의 법칙이 적용되는 한—누가 그것을 의심할 것인가?—모든 설명은 매혹과 반발, 시작과 끝, 생성과 소멸, 우연과 필연의 잘 알려진 이야기 이상은 아니다. 우주는 성장하고, 팽창하고, 은하계를 몰아내고, 우주를 설명하려는 이론에서 거의 도망치는 것처럼 보인다. 그리고 이 도주에 관한 생각들, 불완전한 허공에서 우주가 무한히 성장한다는 생각은 우주의 수축—모든 힘과 질량, 모든 시간과 공간이 녹아 한데 뭉쳐지고, 한 지점이 되었다가 그다음에는 덩어리 채로 생매장되는, 모든 것이 시작된 낡고 아픈 지점으로 줄어드는—보다 더 심한 공포를 불러일으키는 듯하다. 폭발, 스스로 팽창하는 공간, 팽창하고 냉각되며 원자가 발생하고 빛과 물질이 분리되어 가시적인 세계를 창조하는 뜨겁고 압축된 상태, 그토록 비현실적인 태양들, 분자의 구름들, 먼지, 우주에서 살아 꿈틀거리는 모든 것. 시작에 관한 질문은 끝에 관한 질문이다. 모든 것이 지속적으로 팽창하든, 언젠가 상황이 역전되어 수축을 반복하든, 탄생도 소멸도 모르는 순환에 갇히게 된다. 우리가 아는 것은 무엇인가! 확실한 것은 이 정도뿐이다. 어쩌면 일시적일지라도 세상의 종말은 올 것이며 생각할 수 있는 가장 무시무시한 것이리라는 것. 태양은 거대한 비율로 팽창하여 수성과 금성을 집어삼킬 것이며, 지구의 하늘에는 태양 외에는 아무것도 남지 않을 것이다. 그 무시무시한 열기가 바닷물을 모두 증발시키고, 암석을 녹이고, 지각을 파헤치고, 지구 가장 내부의 것들을 밖으로 끌어낼 것이다. 냉기가 몰아쳐 세상의 종말이 올 때까지.

그럼에도 태양은 여전히 인류 자체만큼이나 오래되었으며 두 대립개념밖에 모르는 수천 년 된 땅 위에, 장엄하고 짙은 푸른 하늘에, 커다란 공처럼 떠 있다. 모래나 돌로 이루어진 살인적인 사막과, 매년 여름마다 백 일 동안 범람하여 충적지를 거대한 호수로 변모시키며 땅을 비옥하게 만드는 검고 기름진 흙을 남겼던 나일강의 생명수. 그러나 홍수가 거대한 제방 앞에서 막히고, 점점 사막으로 변해가는 들판에 사시사철 물을 공급하고, 모래가 많은 땅에서조차도 두 번의 수확을 얻기 위해 수천 개의 제방과 댐이 있는 미로에, 둑으로 평평해진 운하에 물을 밀어 넣게 되면서, 나일강의 범람은 사라진다. 그리고 오랜 옛날부터 골격이 튼튼한 황소와 나무 쟁기로 땅을 일궈온, 이민족의 지배 아래에서 문화를 잃은 민족들은 사막으로 변하거나 사람이 떠나 토사더미로 변한 거주지에서 퇴비를 찾아오라고 자식들을 보낼 수밖에 다른 도리가 없다. 바람에 건조해진 고대 도시의 흙담이 무너지며 생긴, 저 질소를 함유한 비료를.

1929년의 유독 더운 날, 세 명의 젊은이가 메디네트 마디에서 얼마 떨어지지 않은, 모래가 수북한 반쯤 가라앉은 폐허를 거닐다 썩은 나무 상자를 발견한다. 상자는 햇빛이 닿자마자 부서지고 그 안에서 곰팡이가 슨 파피루스 몇 뭉치가 나타난다. 종이는 오랜 세월을 거치며 벌레와 개미떼들을 이겨냈으나 물기를 너무나 많이 빨아들인 탓에 작은 소금결정들이 종이를 파먹었다. 얼마 지나지 않아 한 고물상에서 문서를 손에 넣은 사내들이 가장자리가 검고 덩어리가 된 책 토막들에 돈을 지불하기를 망설일 만큼. 마지막으로 부패한 꾸러미를 감정한 복원가 또한 그 오래된 비밀을 밝혀낼 수 있을지 의구심을 품었다.

수 개월간의 작업을 거친 후에야 복원가는 재채기에도 먼지로 변할 정도의, 피부처럼 얇고 부서지기 쉬운 몇 장의 종이들을 건조판과 미세한 핀셋을 이용해 분리해낸다. 그것을 우연 혹은 신의 섭리라 부르라! 베를린에서 필적감정가들이 비단처럼 은은한 빛을 내는 성전일 것으로 추정되는 문서를 유리판에 고정하고 돋보기를 앞뒤로 비춰보고 있을 무렵, 물리학자 프리츠 츠비키는 로스엔젤레스에서 멀지 않은 산등성이에 있는 한 천문대에서 200인치 지름의 반사망원경을 머리털자리 방향으로 돌린다. 그리고 그는 별도의 은하로 추정되는 흐릿한 성운의 움직임을 관찰하고 이를 자신의 계산과 비교하며 무언가를 깨닫는다.

눈에 보이는 물질만으로는 이 은하단을 하나로 묶기는 부족하다. 우주에는 중력에 의해서만 인식될 수 있는 보이지 않는 물질이 있을 것이다. 그것은 나머지 물질들보다 조금 앞서 뭉치기 시작했고, 다른 것들이 따라갈 수밖에 없는 중력의 자취를 남겼다. 신비한 힘, 츠비키가 그 미지의 성질로 인해 '암흑물질'이라 칭한 새로운 천상의 힘이다.

한편 베를린의 고문서 전문가들은 유리 밑에 안전하게 놓인 파피루스 조각을 분류하여 능숙하게 저술내용을 해독하기 시작했다. 단편들은 마니교의 몰락을 예언하는 것으로, 신자들에게 가해지던 만행을 그렸다. 그러나 이런 것도 알려 준다.

> 수천 권의 책이 구조될 것이다. 그것들은 의로운 사람들과 신자들의 손에 들어갈 것이다. *살아있는 복음서*와 *인생의 보물*, *프레그마타이아*와 *신비의 서*, *거인의 서*와 서신들, *시편과 기도문*, 그의 *그림책*과 계시들, 그의 우화들과 그의 비의—그중 어느 것 하나 사라지지 않을 것이다. 얼마나 많이 사라질 것인가, 얼마나 많이 몰락할 것인가? 수천 권의 책이 사라졌고, 다시 수천 권이 그들의 손에 들어왔고, 마침내 그들은 그것들을 또다시 발견했다. 그들은 책에 입을 맞추며 말한다 "오 위대한 자의 지혜여! 오 빛의 사도의 무기여! 그대는 길을 잃고 어디로 갔는가? 그대는 어디서 오는가? 어디서 그들이 당신을 찾아냈는가? 나는 환호하노라, 이 책이 그들의 손에 들어갔음을." 당신은 볼 것이다, 그들이 큰 소리로 그 책들을 낭독하는 모습을, 그 모든 책의 제목들, 그의 주의 이름과 책이 쓰여지도록 모든 것을 바친 이들의 이름을, 그리고 그것을 기록한 사람들의 이름, 그리고 구두점을 찍은 사람들의 이름까지 공포되는 것을.

리크 계곡

그라이프스발트 항구

* 카스파르 다비트 프리드리히는 1810년에서 1820년 사이에 그가 태어난 도시인 그라이프스발트의 항구를 그렸다. 그곳은 갤리어스galleass, 브리간틴brigantine 같은 범선과 요트 들의 돛으로 가득했다. 당시 리크 강은 지금보다 폭이 넓었으나 수로에 자주 충적물이 쌓여 강이 마를 위험이 있었다. 한자동맹의 일원이었던 이 오래된 도시는 배가 드나드는 리크 강을 통해 발트해까지 대다수 무역 거점들과 연결되었다.

† 1909년 이래 함부르크 미술관이 소장했던 높이 94센티미터, 폭 74센티미터 크기의 유화는 1931년 〈카스파르 다비트 프리드리히로부터 모리츠 폰 슈빈트까지, 독일 낭만주의 화가 작품전〉에 포함되어 뮌헨 글라스팔라스트의 전시장에 전시되었다. 같은 해 6월 6일에 발생한 화재로 3,000여 점 이상의 소장품이 소실되었으며, 위 전시에 출품된 모든 작품이 이에 포함되었다.

힘든 것은 근원을 찾는 것이 아니라, 그것을 인지하는 것이다. 나는 별 도움이 안 되는 지도를 한 손에 들고 어느 초원에 서 있다. 내 앞에 흐르는 시내는 물이 깊지 않고, 너비는 50센티미터가 채 못 된다. 물의 표면은 구멍이 숭숭 뚫린 양탄자처럼 황록색 부평초로 덮여있다. 냇가에 줄지어 늘어선 사초는 건초처럼 노랗고 파리하다. 땅속에서 물이 솟아오르는 듯 보이는 지점에는 이끼가 무성하다. 나는 뭘 기대한 걸까? 물이 솟는 샘? 안내 표지판? 나는 다시 지도를 보며 초록색으로 표시된 숲 지대 밑의 달걀 껍질색 노지露地 안에서 시작하는 느슨한 파란 선을 찾는다. 이 조그만 지역이 그나마 마을의 모양새라도 갖춘 건 몇 채 안 되는 주택들 덕이다. 그 덕에 택시 기사에게 목적지를 댈 수 있었다. 마을 뒤로 펼쳐진 숲속에서 진짜 발원지를 찾을 가능성도 있다. 당연히 기사는 내가 여기서 뭘 할 건지 궁금했을 것이다. 그것도 부활절을 앞둔 토요일에. 그러나 이 지역에서 호기심만으로 말을 거는 사람은 없다. 여기 사람들은 입이 무겁고, 말로 표현하기 힘든 근심에 묻힌 듯 덤덤하다. 그리고 이곳의 자연처럼 말이 없어도 잘 지낸다.

어쩌면 이 미미한 실개천이 정말 내가 찾는 것인지도 모르겠다. 옛날에는 '힐다'로 불렸던 리크 강은 그라이프스발트 항구에서 바다로 수 킬로미터를 더 가서 보덴의 만, 덴마크 비에크까지 도도하게 흘러간다. 왼쪽에는 갈라지고 은회색으로 변한 나무 울타리 기둥이, 두 줄의 녹슨 철조망 뒤에는 두더지들이 열심히 파놓은 작은 굴들이 가득한 초원이 보인다. 그리고 내가 예상한 대로 거기서부터 강은 남서쪽으로 흘러가기 시작한다.

도처에 구름이 무겁고 낮게 드리워져 있다. 저 멀리 한 뼘쯤 드러난 맑은 하늘에 부드럽고 옅은 분홍빛이 비친다. 목장에 서 있는 어깨가 떡 벌어진 몇 그루의 참나무들은 오래전에 목초지가 개간되기 전부터 있어 온 유물이다. 빗물과 눈 녹은 물이 호수처럼 그득한 분지에 나뭇가지들이 비친다. 창백하고 푸른 웅덩이에 골풀 같은 담황색 풀이 길게 솟아있다. 알락할미새가 물 사이를 뛰어다니다가 무릎을 구부리며 절하듯 꼬리 깃털을 들어 올리고 기운차게 날아오른다.

사흘 전쯤 내린 3월의 눈이 녹지 않고 남아, 잔디밭의 그늘진 구석과 쑥 들어간 트랙터 바퀴 자국 속, 발효 중인 사일리지가 들어있는 하얀 곤포 뒤에서 반짝거린다. 녹슨 물통이 둔덕에 쓰러져 있다. 그 위로 서양산사나무들이 메마른 가지를 뻗어간다. 나무껍질은 유황색의 지의류로 뒤덮여 있다. 어디선가 목두루미의 의기양양하면서도 화가 난 듯한, 트럼펫 연주 같은 울음이 들려온다. 바다로부터 칼로 베듯 쇄쇄 소리를 내며 불어오는 바람이 잿빛 나방처럼 보이는 참나무 이파리를 쓸어간다. 경작지의 검붉은 진흙 덩어리가 젖은 속살을 드러내고 있다. 고랑의 유채꽃들은 농약의 독성을 이기지 못해 미처 싹을 틔우기도 전에 이파리 끝이 누렇게 탈색되었다. 갑작스럽게 내린 저녁 어스름처럼 힘없는 빛이다.

바람이 들지 않아 이끼로 덮인 분지에서 사슴 한 무리가 풀을 뜯고 있다. 내가 가까이 다가가자 엉덩이의 흰 털을 보이며 숲으로 질주한다. 빙퇴석 가장자리에 서 있는 망루 위에서 플렉탄[40)] 조각이 바람에 나부낀다. 근처의 나무딸기, 딱총나무, 자두나무 울타리 앞에 이끼로 덮인 콘크리트 조각이 쌓여있다. 울타리의 구멍에서 튀어나온 싸구려 철근이 무방비 상태로 노출되어 있다. 구멍이 숭숭 뚫린 통나무 위에 검은 해조류 같은 이끼가 무성하다. 그 너머 덤불숲에 둘러싸인 끈적한 녹색 연못은 빙퇴석 안에서 조용히 휴식을 취하고 있다. 두꺼비와 개구리, 무당개구리들이 숨어서 번식의 신호를 기다리는 장소다. 생장을 멈춘 풀은 겨울 동안 빛이 바래 밀랍처럼 누렇게 시들어 있다. 시금치처럼 푸른 미나리아재비 홀로 검고 축축한 땅을 뚫고 나온다.

나는 다시 실개천으로 돌아가 물이 땅 밑 콘크리트 관 속으로 사라지는 곳까지 걸어간다. 지평선에서 풍력기의 프로펠러가 반짝이며 돌아간다. 살아있는 기계들. 나는 어릴 때 봤던 펌프잭을 생각한다. 땅속으로의 그 섬뜩하고 냉정한 타격. 마지막 빙하기가 이곳 리크 골짜기의 저지대를 빙퇴석으로 둘러싸인 완만한 혀 모양의 분지로 만들었

40) 점박이 위장복.

다. 들판과 주변의 표석漂石들은 빙하수와 모래바람을 맞아 둥글게 닳아 있다. 더 깊은 지층 안에는 광유와 소금이 저장되어 있다.

남서쪽으로 몇백 미터 더 가면 잿빛 나무껍질을 두른 자작나무들이 계속해서 강의 흐름을 알려준다. 나는 점점 넓어지는 하구에 다다를 때까지 들판을 가로질러 걷는다. 경작지와 실개천 사이의 구불구불한 밭둑길은 폭이 이 미터가 채 못 된다. 바닥의 풀이 여기저기 찢겨 있다. 이탄을 함유한 흙이 습기를 머금고 희미하게 빛난다. 멧돼지들이 땅을 파헤쳐 놓은 자국도 보인다. 종다리 한 마리가 지저귀며 공중으로 높이 날아오른다. 노랫소리는 아직 올 것 같지 않은 봄을 숨가쁘게 알리고 있다. 처음으로 물소리도 들린다. 물은 나지막이 쿨럭이며 숲 언저리로 흘러가 개암나무 덤불 속으로 사라진다. 나는 아늑한 고요 속에 발을 딛는다. 불어닥치는 동풍을 피해, 이곳의 땅은 아직 지난해의 잿빛 낙엽 더미를 품고 있다. 잿빛 나무에서 흙내가 난다. 아일랜드 이끼만이 파슬리처럼 푸르다. 노른자색 몽우리가 맺힌 겨울바람꽃이 잎을 펼치며 고개를 든다. 숲이 차츰 밝아지기 시작할 즈음 나는 섶나무와 솔방울, 검푸르게 빛나는 야생동물의 분뇨 사이에서 수사슴의 뿔을 발견한다. 짙은 갈색의 뿔은 무겁다. 나는 가죽처럼 단단하면서도 적당히 까끌한 표면을 만져본다. 울퉁불퉁하지만 뿔 끝은 반질반질하다. 두개골의 골막에 붙어있던 불룩한 고리에 아직 털이 달라붙어 있는 것으로 보아 뿌리에서 떨어진 지 얼마 안 된 것으로 보인다. 눈처럼 하얀 딱지가 앉은 절단면이 산호석처럼 날카롭다. 뿔을 떨어내려면 무척 힘이 들었을 것이다.

숲을 벗어나자, 겨울 보리가 파랗게 자란 들판 위로 까마귀들이 날고 있다. 새들은 쉰 목소리로 울며 날아오르고 내려앉기를 반복한다. 풍경이 달라져 조용하고 정돈된 분위기가 맴돈다. 쭉 뻗은 진흙 길이 가지만 남은 버드나무가 늘어선 도랑을 따라 다음 정착지까지 이어진다. 도랑에는 요즘은 사라진 증류주 병이 잠겨있다. 길 왼편의 시든 덤불에 불그스름한 나무딸기 가지가 튀어나와 있고, 앙상한 울타리에 새 둥지가 걸려 있다. 진흙땅에 새겨진 트랙터의 바퀴 자국이 빗물과 눈 녹은 물에 질퍽해지며 내 발자국을 따라왔다. 물웅덩이들이 주변의 색을 빨아들였다. 젖은 진흙과 탁한 늪의 단조로움. 유일하게 봄의 초록에 휩싸인 호랑버들 가지만이 어린 은빛 꽃차례와 함께 차가운 공기 속에서 떨고 있다. 보송보송한 털이 누눅한 홀씨 주머니를 이제 막 뚫고 나온 것이다.

마을 입구를 알리는 표지판이 나타나기 직전에 물은 두 갈래로 갈라진다. 나는 그중 무뚝뚝한 밭둑에 깊숙이 숨겨진, 가장 눈에 띄지 않는 길을 따라간다. 버드나무로 둘러싸인 개울길이다. 나무들이 밧줄로 묶어둔 물건처럼 강비탈에 서 있다. 수관은 끝이 일자로 다듬어져 있고, 가지들은 불구가 되어 속이 비어가고, 갈라진 나무둥치에서 썩은 부스러기가 떨어진다.

길은 곧 지도에서 찾아본 강의 이름을 딴 수로와 교차한다. 물길은 휘지 않고 느슨히 동쪽으로 흘러가며 버드나무 울타리로 둘러싸인 두 개의 목장 사이에 자연스러운 경계선을 만들어준다. 비에 쓰러진 사초가 질척한 강변에 서로 엉켜있다. 제도판에 그려진 듯 반듯한 물줄기가 북쪽과 남쪽으로 분기되며 점점 늘어나도록 설계된 배수로들로 소리 없이 흘러간다. 그리고 경직되어 보이는 너른 평지가 나타났다. 이토록 외진 곳인데도 노는 땅 없이 경작지와 아직 축사에 모여 있는 소들을 위한 목초지들이 빼곡하다. 바람만이 거세게 몰아치며 입김을 둘로 가르고 난폭하게 내 발걸음을 막는다. 하늘에는 근육질의 구름이 뭉게뭉게 떠 있다. 어딘가 먼 곳에서 차 소리가 희미하게 들려온다.

한참 후에 층층나무와 야생자두나무로 이루어진 둔덕이 거친 북동풍을 막아주는 평야에 다다른다. 검은지빠귀 크기의 회갈색 새떼가 들판에 잠깐씩 내려앉아 쉬다가 작은 기척에도 다시 흩어지기를 반복한다. 지중해에서 겨울을 보낸, 옛날에는 식용으로 먹기도 했던 회색머리지빠귀들이었다. 모르는 사이 실개천이 불어나 표면에 비늘 무늬를 그리며 기계식 수문의 지하 감옥을 통과한다.

마침내 도랑을 건너 도로에 닿자 매끈한 주석같은 회색의 아스팔트가 이물스럽다. 자동차들이 휙휙 지나간다. 북쪽의 포플러 울타리 사이로 잿빛 축사와 곪은 녹색의 사일로[41]와 피라미드처럼 쌓인 은회색 곤포 사일리지가 어른거린다. 어디선가 농기계가 천둥 같은 소리를 내며 돌아가고 있다. 누렇게 시든 풀이 덮인 진창에 눈송이가 하나씩 비틀거리며 조용히 내려앉는다.

이윽고 나는 첫 번째 구간의 목적지로 정한 장소에 도착한다. 복원된 농장 한 채와 한 줄로 늘어선 일꾼들의 벽돌색 집들 외에 아무것도 없는 그 작은 동네의 이름은 '뷔스트 엘데나'이다. 퇴락한 소방서와 무너져내린 마구간들 외의 건물에는 모두 사람들이 살고 있다. 얇은 커튼이 드리워진 창문, 진입로에 세워진 자동차들, 닭장의 울타리 안을 바삐 돌아다니는 닭들. 무심함이 동네 전체를 에워싸고 있다. 엘데나는 그라이프스발트의 핵심이자 리크 강 어귀에 위치한, 30년 전쟁 이후 폐허가 된 그 유명한 수도원을 가리키지만, 흔적은 찾을 수 없고 이름만 남아있을 뿐이다.

휴대폰의 신호가 다시 잡힌다. 콜택시가 큰길 가에 도착했을 때는 제법 굵은 눈송이가 날리기 시작한다.

---

41) 가축 사료인 사일리지를 만들어 저장해 두는 용기.

3주 후에 세상은 *더이상 아님*, *이미 그러함*, 그리고 *아직 아님*으로 나뉜다. 4월 말이다. 도처에 봄이 한창이다. 기차에서 내다보니 초록이 움트는 생울타리와 야생자두나무의 새하얀 꽃 이파리들이 보인다. 그러나 여기 북동쪽 외곽의 땅은 여전히 냉기를 뿜으며 새싹이 솟아나는 걸 막고 있다. 해가 떠도 햇살은 아직 창백하다. 늘 그렇듯 개나리꽃이 가장 먼저 네 갈래의 꽃받침을 펴보였으나 아직은 샛노란 불꽃을 틔우기 전이다. 쑥쑥 자라는 포플러나무 울타리 너머로 마을에 우윳빛 안개가 퍼지는가 싶더니 이내 연한 녹색의 목초지 풍경 속으로 사라진다. 경직이 풀리고 얼음이 녹자 땅은 수줍을 만큼 고요하며 악의가 없다. 무른버들과 자작나무는 아직 헐벗은 채 서 있지만, 가지 끝을 감싼 연두색 새순들이 멀리서도 보인다. 가시나무 울타리에도 이파리가 달리기 시작한다. 가지자두의 이파리가 노란 장미 송이처럼 켜켜이 피어나고 있다. 자두나무 가지에는 지난여름에 열렸던 열매들도 드문드문 매달려 있다. 야생자두나무 아래 그늘 속에는 담쟁이가 웅크리고 있고 뽀얀 솜털로 덮인 연한 쐐기풀도 서 있다. 어린 밤나무가 반질거리는 새싹에서 이제 막 움튼 주름진 이파리들을 내민다. 썩은 이파리로 둘러싸인 부러진 갈대들이 녹갈색 강바닥에 발을 묻고 조용히 휴식을 취하고 있다. 가을바람에 겹겹이 쓰러진 갈대가 강둑의 초록 풀 위에서 노랗게 빛난다.

부드러운 새털구름이 베일처럼 드리운 하늘에 비행기가 십자 무늬를 그리며 지나간다. 잿빛 숲과 녹색 숲이 만나는 동쪽에 지평선이 보인다. 남쪽에는 한 그루씩 흩어져서 있는 나무들과 빙퇴석 지대의 작은 연못이 있다. 북쪽에서는 희뿌연 먼지 안개가 밭을 가는 트랙터를 뒤따라간다. 가까운 경작지에서 곡물들이 파릇하게 움트고 있다. 거름 냄새가 코를 찌른다.

논두렁에 애기똥풀과 민들레, 그리고 심장 모양의 밀랍 같은 이파리를 가진 동의나물꽃이 노랗고 싱싱하게 피어난다. 나무껍질 색의 쐐기풀나비가 앞서 날아간다. 어리뒤영벌 한 마리가 붕붕거리며 먹이를 찾는다. 작은잎광대수염이 꼿꼿한 줄기를 높이 뻗어 올린다. 자주색 입술 모양의 꽃잎이 수꽃술의 꽃실을 감싸고 피어오른다.

왼편의 높이를 가늠할 수 없는 언덕 위에 작은 숲이 비바람에 단련된 소나무들과 이끼로 덮인 표석을 요새처럼 둘러싸고 있다. 그 앞에 갈색 곰보버섯 비슷한 쇠뜨기들이 왕관 모양의 줄기를 뻗으며 움트고 있다. 이 어린 쇠뜨기는 오래전에 사라진 지구의 과거에서 살아남은, 모든 농부의 적이다. 그리고 작디작은 연보라색 양지꽃들이 길 중앙을 화려하게 뒤덮고 있다. 좁은 길은 보이지 않는 경사를 따라 한가로이 흘러가는 개천의 굽이를 닮아간다. 물은 결국 저수조에 고인다. 탁한 녹색 구정물은 반쯤 썩은 갈대와 오리풀로 뒤덮인 바니시 아래, 닫힌 나무 수문 앞에 고요히 머물고 있다. 수영이나 진입을 금지하는 팻말이 눈에 띈다. 좁은 철교가 강처럼 넓고 깨끗한 개천 위를 지나 맞은 편 둔덕으로 이어졌다. 멀리 너른 들판과 연두색 반점이 박힌 경사면 뒤에 또다시 숲이 보였다.

싱그러운 녹색 풀밭에 두꺼비가 앉아있다. 풀줄기 위에 오른쪽 앞발의 작디작은 엄지가 놓여있다. 반쯤 감긴, 무거운 눈꺼풀 아래 구릿빛 눈동자가 어딘지 모를 곳을 응시하고 있다. 주름진 마노 같은 갈색 몸만이 고동친다. 두꺼비의 몸은 물집과 모래알로 뒤덮여 있다.

어디선가 난데없이 사람들이 나타난다. 사내아이 하나가 4륜 오토바이를 타고 요란하게 숲속의 공터를 지나간다. 스패니얼 한 마리가 짖으며 그를 따라간다. 어른들이 어린아이를 데리고 인사도 없이 폐쇄된 공장 뒤편으로 사라진다. 나는 선 채로 그 혼잡한 풍경의 위치를 지도 위에서 찾아본다. 공기가 상쾌하고 맑아 한순간 나는 심지어 봄의 맛을 음미하고 있다는 상상까지 한다. 지도에는 강언덕의 좁은 길도, 산림 지대로 이어지는 입구도 표시되어 있지 않다. 표시된 길은 모두 숲 안쪽에서 시작된다.

나는 물을 따라 숲길을 계속 걷고 싶지만, 물굽이 뒤에 검고 습한 늪이 부글거리고 있다. 물기 많은 땅이 질척거리며 내딛는 걸음걸음을 밀어낸다. 질퍽질퍽하고 풀 한 포기 없는 땅속으로 발이 점점 깊이 빠진다. 골짜기 깊숙한 곳에서 시커먼 물구덩이들이 희미하게 빛난다. 나는 더이상 갈 곳이 없으며 걸음을 돌려야 한다는 걸 깨닫는다. 나는 연두색 물감을 떨어뜨린 듯한 강가의 활엽수림 사이를 휘적휘적 걸어 눈앞을 가로막는 어린 나뭇가지들을 밀쳐내며 남쪽으로 상당히 떨어진 길목까지 돌아 나온다. 낙엽에 덮인 땅이 단단해진다. 색바랜 이파리들이 양탄자처럼 깔린 차가운 숲속에서 흰 눈송이 같은 아네모네가 빛을 탐하며 솟아오른다. 우듬지에서는 딱따구리가 나무를 쪼고 있다. 개암나무의 가느다란 가지와 어린 너도밤나무, 홀쭉한 자작나무 위로 한풀 꺾인 부드러운 빛이 쏟아진다. 비늘이 촘촘히 돋은 솔방울과 누렇게 변한 가시이파리들이 뒤덮여 있는 가문비나무 그늘을 지나 떡갈나무와 너도밤나무 아래로 오자 다시 볕이 난다.

도처에 동물의 흔적이 보인다. 멧돼지들이 파놓은 붉고 푸석한 부식토, 나무뿌리 아래에 있는 여우 또는 오소리굴의 캄캄한 입구, 껍질이 벗겨진 그루터기에 딱정벌레 애벌레가 남긴 상형문자 같은 표지들, 피리새의 낭랑한 울음소리까지. 여러 번 나는 그 명랑한 단음절의 노래에 답한다. 그리고 내가 부드러운 풀밭으로 이어지는 야트막한 구릉에 서 있는 소나무 그늘에 눕자 어디선가 새가 날아와 내 머리 위쪽 나뭇가지에 앉는다. 가슴이 주홍빛으로 빛난다.

그렇게 나와 노래를 주고받던 새가 갑자기 나로서는 흉내 낼 수 없는 다섯 구의 노래를 힘차게 부른다. 눈을 감으니 붉게 타오르는 눈꺼풀 안에서 여전히 가지들의 잔상이 보인다. 멀리서 맹금의 날카로운 비명이 들려온다.

다시 걷기 시작했을 때 해는 중천에 떠 있고, 먼지가 자욱한 숲속 빈터에 햇빛이 거침없이 쏟아진다. 뜨거운 모래 맛이 나는 여름 더위를, 바다의 속삭임을 예감하게 하는 빛이다. 이따금 피리새의 경쾌한 지저귐이 반복된다. 나는 늙은 나무와 어린 나무 들이 뒤섞여 있는 보호림 안을 유랑한다. 솔개들의 그림자가 빛바랜 모랫바닥에 둥근 그늘을 드리우고, 꿀 향기가 나는 서어나무 이파리들의 터진 껍질들이 반짝거린다.

다시 탁 트인 하늘이 보이는 곳에 이르자 불과 몇 미터 떨어진 호밀밭의 어린 호밀들 사이에서 들토끼 한 마리가 빠져나와 농장 안길을 휙 돌아 경작지로 사라진다. 동쪽에서 떼까마귀 무리가 목쉰 소리로 울며 축 늘어진 전선들 위로 날아간다. 한 마리 학이 날개를 쭉 펴고 그 너머, 인근 주택지의 합각머리 지붕들보다 높은 둥지로 날아간다. 빛이 들지 않는 숲 어귀에 또 다른 실개천이 있고, 지푸라기 섞인 진흙이 잿빛 띠처럼 말라가고 있다. 물이 강둑을 넘을 때 기름진 잎이 달린 노랑꽃창포와 마른 진흙 위에서 화석처럼 보이는 옅은 보라색의 연체동물들이 무수히 딸려왔을 것이다.

리크 강의 실개천은 계속 북쪽으로 이어진다. 나는 지름길로 가기 위해 전기 울타리 밑을 빠져나와 들판을 가로질러 곧장 목초지로 건너간다. 그러나 이내 걸음을 내디딜 때마다 젖은 것들이 발에 차이고, 밟는 지점마다 바닥이 꺼져 내렸다. 북쪽으로 조금 더 가면 리크 강은 마침내 수량이 풍부한 리에네 강과 합류한다. 둥그스름한 제방으로 둘러싸인 강은 한 동네를 향해 흐른다. 멀리서도 이미 조립식 건축물이 보인다. 내가 마침내 물가에 도달했을 때 부화 준비를 마친 머리가 검은 첫 번째 갈매기가 소리 없이 하늘에 나타난다. 잠시 공기에서 짠맛이 난다. 동네의 길은 평평한 다리 너머로 이어진다. 사이렌이 울린다. 숲으로 이루어진 지평선 위의 새파란 하늘이 하얀색 증기로 가득해진다.

3주 후에 같은 다리를 건너갈 때 보니 무릎까지 자란 풀들이 실개천 둔덕을 에워싸고 있다. 하늘은 납빛이다. 무거워 보이는 불룩한 구름이 잔뜩 끼어 땅에도 그늘이 드리워져 있다. 내가 등지고 있는 지평선의 서쪽 솔기 위에만 상아색 빛이 한 줄기 희미하게 빛난다.

나는 강을 따라 동쪽으로 시든 갈대 다발이 뒤엉켜있는 곳을 지나쳐간다. 암 조랑말이 푸른 목장에서 새끼들과 함께 풀을 뜯고 있다. 쇠흰턱딱새들이 웃자란 쐐기풀 너머 새순이 돋아나는 나무 울타리에 앉아 재잘거린다. 한 농장에서 요란한 체인톱 소리가 들려온다. 높아졌다 가라앉는 톱질소리가 연보랏빛 향기풀이 피어있는 작은 제방까지 나를 배웅하다 남쪽 강언덕의 흰버들 속에서 들려오는, 종소리처럼 선명한 뻐꾸기 울음과 뒤섞인다. 내가 메아리 같은 울음에 대답하자, 뻐꾸기는 고양이처럼 쉿 소리를 내며 나무에서 나무로 라이벌을 찾아 헤맨다. 층층이부채꽃들이 새파란 촛대 같은 꽃이파리들을 멋지게 피워올린다. 연한 고사리 잎 같은 톱풀 옆에 피어난 작은 청보라색 산꼬리풀꽃은 부서질 듯 연약해 보인다. 실처럼 가느다란 왕질경이들 사이에서 물수리가 먹다 남긴 것으로 보이는 농어의 꼬리 부분이 푸른 비늘을 반짝이며 썩어가고 있다. 그새 훌쩍 자란 황새 냉이들이 건초 재배지에 하얀 선을 그어놓은 듯 늘어서 있다. 가시검은딱새들이 카라멜 색의 가슴을 내밀고 짹짹 울며 줄기에서 줄기로 질주하듯 날아다닌다. 흔들리는 갈대에서 흘러나오는 개개비의 맹렬한 외침이 귀를 파고들고, 곧이어 가까운 숲에서 유럽찌꼬리의 성량 풍부한 피리소리가 이어진다.

나는 그를 찾아보려고 애쓰지만 허사다. 대신 멀리 동쪽에서 물 밖으로 나와 널빤지같이 커다란 날개를 펼치고 날아오르는 검고 흰 새 한 마리를 발견한다. 크기만으로도 낯설고, 거의 이 세상의 존재가 아닌 것처럼 보인다. 나는 그대로 서서 망원경을 손에 든다. 물수리인가? 아니, 훤한 들판 깊은 곳으로 내려앉아 사냥의 다음 단계를 위해 대기 자세를 취하고 있는 흰꼬리수리일 것이다. 가까운 미나리아재비 들판 뒤에서 유채꽃이 노란색 표지판처럼 빛난다. 그 뒤로 다시 풍력발전기의 회색 프로펠러가 기지개를 켠다. 한 기를 제외하고 나머지는 모두 멈춰있다. 동쪽에서 분무용 차량이 보리밭에 물을 뿌리고 있다.

겨우 개천 하나를 사이에 두고 있음에도, 그 모든 것이 먼 곳의 일처럼만 보인다. 사람들은 팔짱을 끼고 커다란 물탱크가 달린 트랙터 옆에 서 있다. 세인트버나드 한 마리가 그들의 다리를 스치며 물에 잠긴 붉은 호스를 살펴보고, 흰색과 파란색 칠이 된 양수장치로 달려가 건너편을 보고 짖는다. 물을 가져가나? 아니면 뭔가를 리크 강으로 유입시키려나? 척박한 목초지를 경작지로 바꾸기 위해 수십 년 전부터 새로 만들어진 도랑들이 물을 일제히 리크 강으로 흘려보낸다. 실제로 나는 곧 강의 지류를 만난다. 갈라진 개천의 흔적은 거기서 숲 언저리의 가시덤불 근처로 사라진다. 소관목 안에서 검은 진흙이 거품을 내며 보글거린다. 지친 불빛이 수관을 뚫고 지나간다. 새 소리조차 들리지 않는 완벽한 정적이다. 어둠은 오래 가지 않는다. 고압선이 지나가도록 벌목하여 길을 냈기 때문이다. 커다란 타원형 잎과 대나무 비슷한 줄기를 휘두르는 호장근이 수 미터 높이로 번식하고 있다. 나는 계속 걸어 첫 번째 갈림길에서 숲을 벗어난다.

숲 가장자리에 산사나무 꽃잎들이 싱싱한 거품처럼 피어오르고 벌들이 윙윙거리며 주변을 맴돈다. 그리고 하얗게 토끼풀이 피어나는 풀밭 한가운데에 박주가리, 투구 모양의 꽃차례와 이파리에 넓은 녹갈색 점이 있는 습지 난초가 서 있다. 강가의 잡목들과 멀리 보이는 그라이프스발트 대성당의 경사면 사이로 성 야코비 성당의 붉은 첨탑이 얼핏 보인다.

도랑을 따라 여간해서 눈에 띄지 않을 좁은 길이 이어진다. 이제 양편이 모두 둑으로 막혀있다. 짚으로 덮인 울타리 뒤편에는 우아하고 깨끗한 자작나무들이 우뚝 솟아있고, 새로 나온 이파리들이 작은 삼각기처럼 반짝인다. 그 앞에서 보푸라기 같은 갈대 이삭이 몸을 흔든다. 노랑멧새의 단조로운 노랫가락 사이로 푸른머리되새가 끼어든다. 반대편 둔덕에 또 하나의 작은 양수장치가 나타난다. 정면의 그래피티가 시선을 확 끈다. 한 여자가 그 앞에서 낚싯대를 던진다. 여자 옆에 커다란 갈색 개 두 마리가 쉬고 있다. 곧이어 길 한 가운데 파놓은 두더지 굴의 말라붙은 흙 위에 넓적한 청동색 뼈가 솟아있다. 소의 대퇴골로 보인다. 빽빽한 샐비어 사이에서 솔 모양의 황록색 꽃이 이글거린다. 부러진 잔가지와 갈대로 둘러싸여 리크 강은 더이상 보이지 않는다. 갈대가 바스락거린다. 북방청띠실잠자리가 나뭇가지 사이로 붕붕거리며 날아다니다 포아풀 줄기에 앉는다. 꼬리의 말발굽 무늬가 무지개색으로 빛난다.

곧 정체를 알 수 없는 소리가 들려온다. 잠시 후 메아리 없는 금속성의 소리가 반복된다. 한쪽 둔덕 뒤에 갓 깎은 골프장의 잔디밭이 펼쳐져 있다. 골프장의 인공 언덕이 철둑까지 이어진다. 내 옆의 촘촘한 생울타리관목에서 나이팅게일보다 힘차고 똑같이 탁월한 노래솜씨를 가진 울새가 노래를 부르기 시작하고, 차양이 달린 현란한 모자를 쓴 사람들이 하얀 공을 공중으로 쳐올린다.

생울타리가 비집고 들어선 곳에 서양머위 양탄자가 넓게 깔려 있다. 달팽이들이 대황잎만 한 이파리들에 구멍을 숭숭 뚫어놓았다. 습지의 작은 버드나무 숲에 사람들의 발길이 자주 닿은 길이 나 있었다. 길은 자동차 전용도로 교각 아래로, 다시 보행자 전용교로 이어진다. 나는 난간을 꼭 붙들고 3~4미터 정도 너비의 고요한 갈색 강을 바라본다. 시의 경계인 이곳에서부터 실제로 '리크'라는 이름으로 불린다. 물 가장자리에 수련 잎이 떠다닌다.

갑자기 하늘이 맑아지면서 따가운 햇빛이 목덜미에 닿는다. 나는 남쪽 강가의 작은 둑 위를 지나는 모래가 많은 들길로 간다. 미나리아재비 들판 뒤에서 시립묘지의 묘역이 시작된다. 강 반대편에는 단독주택들이 늘어서 있다. 조성된지 얼마 되지 않았는지 지도에 나와 있지 않은 곳이다. 여뀌가 휘감겨있는 서양산사나무 가지들 속에서 적갈색의 얼룩이 희미하게 빛난다. 홍방울새다. 한 뼘쯤 떨어진 곳에 좀 더 크고 색이 밋밋한 암컷이 있다. 내가 자세히 들여다볼 틈도 없이 두 마리 모두 저만치 낮은 곳으로 사라진다. 머지않아 리크 강은 다시 갈대 사이로 숨고, 푸른 철교만이 멀리 강이 이어지고 있음을 알려준다.

길은 나를 계속해서 남쪽으로, 철조망으로 둘러싸인 방화防火용 연못과 분홍빛 꽃이 피어나는 사과나무들 근처로 안내한다. 버드나무 그루터기에 황갈색의 검뎅이백색먼지가 자라고 있다. 폴리우레탄 폼처럼 생겼다. 시내로 향하는 깨진 아스팔트 도로 주변에 키 큰 포플러들이 줄지어 서 있다. 목장의 울타리 안에서 말들이 풀을 뜯고, 얼마 지나지 않아 작은 도랑 너머에 연립주택들이 보인다. 정원들에는 플라스틱 미끄럼틀과 트램폴린이 있다. 거리 반대편의 철망 뒤에서 거대한 창고가 허물어져 간다. 곧 나는 좁은 파스텔 색조의 고택들이 있는 거리에 다다르고 어느 농가를 지나 슈퍼마켓의 주차장 너머로 간다. 높은 울타리 너머 석공업체의 앞뜰에서 두 마리의 로트바일러가 으르렁거린다. 주둥이에 고무로 된 장난감 링이 물려 있다. 입가에서 침이 떨어진다. 리크 강은 멀리 떨어져 있다. 동물원 녹지시설 안으로 들어간 다음에야 비로소 갈대 줄기로 둘러싸인 강바닥이 폐철도 뒤로 이어지는 모습이 눈에 들어온다. 나는 산책로를 따라 내려가, 내가 태어난 오래된 병원 건물을 지나간다. 슈트랄준더 거리의 교각 뒤에서 강은 폭이 넓어져 사다리꼴의 항구로 흘러 들어간다. 너비 약 7~80미터 그리고 길이는 수백 미터에 이르는 그라이프스발트 항구로. 견고하게 쌓아 올린 북쪽 강언덕에 두 대의 선박 레스토랑이, 남쪽에는 돛을 높이 세운 돛단배 몇 척이 정박해있다. 그 뒤로 조립식 아파트가 건물 앞에 긴 그림자를 드리우고 있다.

나는 남쪽 둔덕에 앉는다. 맞은편에는 야트막한 건물들과 나무로 지은 헛간들, 요트를 만드는 소형 조선소와 내가 청소년 시절 한 해 봄 동안 조종법을 배웠던 보트클럽이 늘어서 있다. 그 뒤 어딘가, 리크 강과 바베로브 사이의 장미 계곡에 염천이 있었을 것이다. 염천은 강과 더불어 이곳의 숲을 말리고 늪지에 장터가 서게 된 계기가 되었다. 염수에 죽은 도미가 떠다닌다. 잔물결이 이는 물 위로 유럽칼새가 빠르고 낮게 비행하며 새된 소리로 울어댄다. 제비 세 마리가 범선의 난간에 앉아있다. 저무는 햇빛에 목이 여우처럼 붉게 빛난다.

스위스 온세르노네 계곡

숲속의 백과사전

* 베른의 스위스 연방 경제부 사무보조원이던 아르만트 슐테스는 50세에 티치노에서 완전히 새로운 삶을 시작할 것을 결심했다. 젊은 시절 제네바와 취리히에 지점을 둔 여성기성복회사 메종 슐테스를 운영했던 그는 1951년 직장을 그만두고, 1940년대에 이미 18헥타르에 이르는 토지를 마련해두었던 온세르노네 계곡으로 이사했다. 그동안 서서히 숲속의 백과사전으로 일궈왔던 작은 밤나무 숲이 이제 그의 삶의 중심이 되었다. 숲에는 인류의 지식을 주제별로 선별해 요약해 놓은 천여 개의 함석게시판을 걸었다. 다수의 언어로 작성된 게시판의 내용에는 특정 지식 분야에 대한 초록·목록·도표와 참고문헌은 물론 여가활동을 제안하며 연락을 바란다는 말도 종종 적혀 있었지만, 실제로 그는 사람들과의 교류를 완강히 거부했고 죽을 때까지 은둔자로 살았다. 그는 1972년 9월 28일 밤에 자신의 정원에서 탈진과 오한으로 쓰러져 사망했다.

† 1973년 7월 그의 상속자들은 책과 서류, 가재도구들로 가득찬 집을 정리하고 대부분을 소각하거나 쓰레기로 내놓았다. 이틀에 걸쳐 유품을 정리하는 동안 약 칠십여 권의 저작이, 아마도 성性을 주제로 한 콜라쥬 기법으로 제작된 책들이 불에 탄 것으로 보인다.

정원 부지는 완전히 해체되었다. 몇 개의 함석게시판과 아홉 권의 저작만이 살아남았다. 그중 세 권은 로잔의 아르 브뤼 콜렉션이 소장하고, 나머지는 개인 소유물이 되었다. 지금은 집의 이름만 남아 한때의 소유자를 기억하게 한다. 카사 아르만트.

마이크 시험, 아, 아, 하나, 둘, 셋, 넷, 다섯. 여러분은 지금 라디오 몬테카를로를 듣고 계십니다. 아, 아, 여섯, 일곱, 여덟, 아홉. 좋습니다. 저녁 프로그램을 시작하겠습니다. 우리가 도착한 곳은 온세르노네 계곡입니다. 맞지요? 이 마을은 로카르노에서 두 시간 떨어진 곳에 있습니다. 기차를 타면 아우레시오 역에서 내릴 겁니다. 집은 약간 외딴 곳에 있습니다. 좁다란 길을 따라 내려갑니다. 5월에 온다면 날씨가 좋을 테지요. 집은 쉽게 찾을 수 있고, 집 앞의 함석판에는 문을 두드리라고 적혀 있을 것입니다. 초인종이 고장 났으니까요. 대문의 고르곤이 우선 눈에 들어오고, 이어서 정원과 그 모든 함석판이 눈에 띌 것입니다. 당신은 그것들을 읽고, 이해합니다. 부지는 크고, 아름답지요. 가파르고, 바위가 많고, 밤나무가 빽빽이 자라는 숲입니다. 남쪽은 절벽이고요. 아래쪽 울타리에서 이소르노 강이 졸졸 흐르는 소리가 들려옵니다. 그 사이로 칸톤 주의 오래된 도로들이 뻗어있습니다. 지금은 낯선 사람들이 찾아와 마음껏 돌아다니는 산책로이기도 합니다. 도메인 1입니다. 더 나아가 발레 마기아로 가는 고개에서 남쪽으로 알페 캄포에 도메인 2가 있고, 도메인 3은 조토 크라톨로에 있습니다.

여기로 오는 사람들은 함석판을 읽지만 제대로 읽지 않는다. 그들은 전혀 읽을 줄을 모른다. 왜냐하면 그들은 정신적 자극과 감정적 흥분을 주는 것만 읽기 때문이다. 그러나 사람은 무릇 정리하기 위해 읽어야 한다. 그리고 정리하기 전에 어떤 것이든 우선 한번 베껴 적어야 한다. 오직 그렇게 해야만 질서가 잡힌다. 나의 기준은 같은 것을 한 범주에 넣는 것이다. 예를 들자면, '신비'의 범주에는 테레즈 드 리지외[42]의 숭배효과와 테레제 노이만이 흘린 피눈물과 성흔이 나란히 자리하고, 바로 옆에 세상에서 가장 거대한 선박 재난이 배치되는 식이다. 노벨상은 백과사전에, 린네는 동식물에, 나비는 철학에, 거름은 식단표에, 수맥탐사와 방사선 에너지는 당첨확률에, 달착륙은 비행 UFO에, UFO와 이슬람교 탁발승은 초심리학과 인류의 수수께끼에 넣는다. 흑점도표는 바베큐장소에, 티벳의 비밀은 정신분석 나무 바로 뒤에, 그리고 개미의 생태계를 다룬 함석판은 개미탑 바로 위에 놓는 식으로 말이다. 글과 체험은 연결되어야 한다. 숲의 백과사전. 인류의 지식

42) '예수의 작은 꽃'이라고 불린 성인.

이 여기에 수집되어 나무에 걸려있다. 물론 완성된 건 아니다. 절대 완성될 수 없는 것이다. 이 모든 게시판을 쓰는 것이 얼마나 수고로웠는지! 사람은 언제나 유익한 일을 하며 살아야 한다. 길을 나서면 뭔가를 수집한다. 사과 한 알, 밤 한 톨, 통조림 캔 하나라도 줍는다. 모두 필요한 데가 있다. 아무것도 버려서는 안 된다. 작은 종이 한 장이라도. 몽당 연필로도 정교하게 작업할 수 있다. 함석깡통을 잘 두드려 펴면 표지판으로 쓸 수 있다. 할 일은 항상 있다. 잡초 뽑기, 녹슨 표지판 수리하기, 밤껍질 까기. 밤은 흡수력이 좋아 첨가물에 따라 맛이 달라진다. 설탕물에 절이면 단맛이 배가 된다. 육수에 넣으면 짭짤해진다. 영양가가 높다. 사람은 영양가 섭취에 유의해야 한다. 특히 치아가 없어지면 더욱. 나는 더이상 아몬드를 먹을 수 없다. 나는 요리를 잘한다. 점심으로는 우유 반 리터와 빵 하나면 충분하다. 사람에게 필요한 게 무엇인가. 정말로 필요한 것은 아무것도 없다. 기껏해야 여자 하나쯤. 호기심 있고, 학습력이 있고, 젊고, 아직 아무것도 모르는 여자. 모든 것을 새로 가르칠 수 있는 여자. 결혼하거나 입양할만 한 18세에서 25세의 젊은 아가씨. 고아로 자랐거나 젊은 유산상속녀가 이상적이겠다.

당신은 가끔 와서 불러도 대답을 하지 않는 아이들처럼 뭔가를 망가뜨리지는 않으리라. 아이들은 어느 나라 말을 하느냐는 질문에조차도 대답하지 않는다. 나는 독일어, 프랑스어, 이탈리아어, 네덜란드어와 영어를 할 줄 안다. 여기로 오는 사람들은 그저 밤을 줍거나 나를 비웃을 뿐이다. 그들은 아무것도 이해하지 못한다. 당신은 그들에게 귀 기울이지 말아야 한다. 그들은 내게 미친 사람, 또는 머리가 돈 사람이라고 하거나 "저 사람 달나라에 사는군"이라고들 한다. 내가 밤에 가끔 축음기를 튼다는 것만으로. 하지만 당신은 알아야 한다. 텅 빈 하늘 아래에서, 그리고 밤중에 음향 효과가 가장 좋다는 것을. 음악은 새들의 잠을 방해하지 않는다. 가끔 그냥 노래를 불러야만 할 때가 있다. 그러나 누구도 들어서는 안 된다. 어렸을 때 나는 몽유병을 앓았다. 나중에는 아쉽게도 잊혀졌다. 엔리코 카루소는 역사상 가장 위대한 테너 가수였다. 그의 음반 대부분을 갖고 있다. 총 백오십 장이다. 오페라, 오페레타, 클래식 음악, 대중가요, 빈의 가장 유명한 왈츠. 분야별로 모두 가지고 있다. 당신은 음악을 사랑한다.

이곳에는 수없이 많은 편안한 휴식처가 있다. 콜드 뷔페 상단의 인공 분수, 전형적인 메쌓기 기술로 쌓은 협곡. 부지 전체에 365일 물을 공급하는 두 개의 동굴, 야외극장, 캠프파이어와 수영을 즐길 수 있는 장소들. 그 모든 것을 내가 직접 고생해가며 만들었다. 나는 멋진 자리, 멋진 장소가 되도록 셀 수 없이 많은 돌을 층층이 쌓았고, 나무 그루터기와 가지들을 끌고 올라왔다. 아름다움은 중요하니까. 아름다움에 존재와 진보, 모든 것이 달려 있다. 아름다움을 멸시하는 사람은 삶이 얼마나 많이 그것에 좌우되는지 알지 못한다. 첫 아내를 만났을 때 나는 멋진 코트를 입고 있었다. 파리에서 온 고급품이었다. 그래서 그녀는 나와 결혼했다. 그때 그녀는 이미 임산부였다. 몸의 선이 허물어졌다. 돈이 먼저 바닥났고, 이어 그녀와도 끝이 났다. 우리에게는 아이가 하나 있었다. 아이는 오래지 않아 죽었다.

벽 안의 남는 공간에 여름이면 멋진 자리를 만들 수 있다. 쓰레기더미에 아직 쓸 만한 내화耐火 합판들이 남아있었다. 이곳으로 가져오기만 하면 요리문화 파트에 유용한 화덕이 되어줄 것이다. 광범위한 요리책들이 준비되어 있고, 주말농장과 주택의 정원문화에 관한 책과 프랑스어 꽃말이 적힌 책도 한 권 있다. 당신이 온다면, 여름일 것이다. 당신은 시원한 그늘을 즐기게 될 것이다. 당신은 낡은 쇠파이프를 꼭 붙잡고 암벽에 붙어있는 짧은 사다리를 타고 내려오게 될 것이며, 골짜기를 지나는 좁은 다리에서 균형을 잡으며 까사 비르지니Casa Virginie로 올 것이다. 천장은 낮고 베란다가 없으며 넓이는 4평방미터인 원룸. 나의 두 번째 인생, 나의 진짜 인생, 자립의 꿈이 시작되기 1년 전에 내가 손수 지은 것이다. 1950년이었다. 함석판 어딘가에 설계도가 남아있을 것이다. 그 설계대로 짓고 싶은 사람이 있다면 그렇게 해도 좋다. 나는 임대를 하지 않는다. 누구든 입장료를 내야 한다. 이곳은 오두막 또는 까사 비르지니라고 불린다. 서부의 주州 이름과 여성의 이름과 이 집의 생리학적 상태를 따라 지었다. 입구는 막혀있다. 비르지니의 초인종은 본채의 침실과 직접 연결된다. 그곳에는 모든 것이 갖춰져 있다. 근사한 벽지, 얇고 아름다운 커튼, 전등갓, 심지어 벤치와 창가에는 제라늄 화분걸이까지. 별실이 당신에게 너무 비좁게 느껴진다면, 본채에서 지내도 좋다. 벽돌을 치우는 데는 하룻밤이면 된다. 달빛이 비치는 밤이 최고다. 달빛만으로 충분히 밝다. 멀지 않은 곳에 발전기와 자체 개발한 워터펌프 부품이 장착된 대형 풍차를 곧 세울 예정이다. 자급자족하려면 에너지 생산이 중요하다. 닭을 키우면 좋다. 그것들은 알을 낳으니 아주 유용하다. 방풍유리로 쉽게 닭장을 만들 수 있다. 닭들은 사다리, 질서가 필요하다. 부지 전체가 벼랑에 닿아있다. 경사가 절로 마련되어 있는 것이다. 한번은 염소를 키웠었다. 하지만 멍청한 놈들이었다. 까사 비르지니에 매트리스를 깔아 밤이면 그 위에서 자게하고 이불까지 덮어주었건만, 그들은 항상 일어나 바닥에서 잠을 잤다. 서너 마리 되었다. 나중에는 끈으로 나무에 묶어두었다. 그들은 끈이 목을 칭칭 감을 때까지 계속 빙빙 돌더니 그냥 죽어버렸다. 근사한 종의 잘생긴 동물들이었지만, 아쉽게도 어리석었다.

당신이 계속 그 길을 따라가면, 다시 건물부지와 만나고 동쪽 합각머리에 있는 하늘 원반, 즉 황도대黃道帶를 보게 될 것이다. 나는 하늘, 인간의 운명, 거대한 인과 속의 우연, 사람을 위협하고 이른 죽음을 부르는 사건의 역학에 관심이 있다. 생년월일과 행운의 날에 관한 정교한 사례들을 수집해, 이를 분석하고 그로부터 규칙을 만들어내야 한다. 더 많은 사례를 연구할수록 결과는 더 견고해질 것이다. 특정한 날들에 관한 점성학을 만들어야 한다. 스베덴보리가 태어난 날, 에리히 마리아 레마르크가 도둑을 맞은 날, 대중가요 가수 알렉산드라가 자동차 사고로 죽은 날. 그렇게 돌발적인 죽음을 마주한 사람들의 사례가 약 이십여 건. 거기에는 분명 뭔가 공통점이 있을 것이다. 그러나 아쉽게도 그들의 태어난 시간을 정확히 알 수 없다. 괴테는 자신이 정확히 12시에 태어났다고 말했다. 그것으로 뭔가를 시작할 수 있다. 사람은 아무 때나 태어나지 않는다. 무솔리니와 같은 날에 태어난 사람 중에 오래 산 사람은 별로 없다. 기형의 성좌에 관해서도 연구할 것이 많다. 내 계산들은 정확하다. 생물학적 주기성은 분명하다. 특정한 사건들이 이런 연계점을 가지고 있으므로 최고점과 최저점이 있다. 장수와 수명은 오래된 주제이다. 누구나 죽으니까. 이것은 하나의 사실이다. 이것은 위로다.

학교에서 가장 좋았던 것은 발표였다. 주제를 하나 골라 그에 대한 모든 것을 연구해볼 수 있었다. 사람은 확실히 알아야 한다. 패션이든, 역사든, 지리학이든 제대로 알아야 사물의 이치를 숙고할 수 있다. 철학 유파들이 차례로 그렇게 했고, 저마다 뭔가를 찾았다. 뿌린 대로 거둔다. 거기서 카르마가 생겨난다. 신지학 서적들에서 당신은 많은 것을 읽을 수 있다. 영혼에 관한 모든 질문에 대한 답이 이 신지학 서적들 안에 들어있다. 우리를 움직이는 힘들, 인상들, 억눌림, 기억 등은 심리학 서적에서 다뤄진다. 왜냐하면 나, 자아의 가장 내밀한 핵심은 스스로를 우리 몸의 단순한 반사상으로만 느끼지는 않으니까. 당신은 또한 인지학 서적들에서 더 많은 것을 배울 수 있다. 많은 것들이 무의식에 머문다. 그것이 자기를 억누르고 신경증을 일으킬 수 있다. 심리분석은 그것을 밝히고 푼다. 갓난아기는 주변 사물로부터 받은 인상을 차별 없이 받아들인다. 그것은 성장과 더불어 천천히 양극화된다. 지그문트 프로이트는 우리가 저지르는 많은 실수가 성욕의 억제에 기인하는 것임을 발견했다. 다른 학자는 '위'로 향하는 욕망이 모든 것을 결정한다는 것을 증명했다. 그 결과가 개인심리학이다. 융 교수는 인간의 무의식 안에 머물고 있는 세습유산인 원형을 발견했다. 낭시 학파의 에밀 쿠에 박사는 자기암시의 효과를 보여주었다. 초심리학은 우리의 일상 감각들로 설명할 수 없는 현상을 연구하고, 점성술은 과거의 자료들을 수집해 탄생좌가 이후의 삶에 미치는 영향을 살핀다. 다윈은 진화와 창조의 관계를, 창세기는 그와 반대로 영혼이 물질에 생명을 불어넣음을 보여준다. 오늘날 사람들은 아직 사람이 생존할 수 없는 행성에 영혼을 가진 실체가 있으리라 추정한다. 심령술사들이 말하는 죽은 자와의 접촉은 결코 긍정적으로 묘사되지 않는다는 결점이 있다. 여하튼 사차원에 시간과 공간이 존재하지 않는다는 것을 잊어서는 안 된다.

과거에 나는 모든 것을 분야별로 매우 정확히 나누었었다. 여기는 물리학, 저기는 뼈, 그리고 저기는 초심리학. 오늘날은 그와 반대로 거대한 혼란이 지배한다. 지식이 범람한다. 나무들은 키가 자라고, 줄기가 굵어지고, 하늘을 향해 뻗어간다. 글자들이 터지고 철삿줄이 끊어져 함석판이 떨어진다. 처음에는 수리를 했지만, 그런 일이 점점 빈번해졌다. 어둡거나 비가 내리면 숲속에서 일할 수 없다. 그럴 때는 집 안에 있을 수밖에 없다. 오래된 집이고, 티치노[43]의 집들이 대개 그렇듯 화강암으로 지어졌다. 돌 지붕이고 방이 여러 개이지만 난방이 안 된다. 사실 난방은 필요 없다. 겨울에는 바닥에 코르크판과 신문지, 리놀륨을 깔고 외椳[44]와 황마로 벽들 사이의 바람을 막으면 된다. 플라

---

43) 스위스 남부의 이탈리아어권 지역.

44) 수숫대·싸리 등을 가로세로 얽은 것으로, 여기에 흙을 바르면 벽이 됨.

스틱병들도 추울 때 자루에 넣어 이불로 쓸 수 있다. 그럴 땐 발보린 엔진오일 통이 최고다. 절대 버리지 말아야 한다. 그러나 사람들은 항상 모든 것을 쉽게 버린다. 특히 이방인들은 더욱 그렇다. 쓰레기더미는 진정한 보물창고다. 거기서 얼마나 많은 것들이 나오는지! 인형, 잡지, 하이힐. 모든 것이 다 쓰임새가 있다. 한번은 멀쩡히 작동되는 라디오가 있었다. 저녁이면, 일이 끝난 후에 나는 밤 9시에서 새벽 2시 30분까지 라디오 몬테카를로를 듣는다. 우리는 그것을 함께 들을 것이다. 라디오는 한 대가 아니라 석 대이고, 욕조 셋, 보일러 둘, 냉장고 둘, 믹서기도 일곱 개가 있지만, 그중 정말 필요한 것은 없다. 변기마저도. 다른 사람도 필요하지 않다. 기껏해야 여자 하나 정도라면 모를까. 개도 한 마리 있으면 좋을 것이다. 개목걸이는 물론 개사육에 관한 소책자도 준비되어 있다.

이따금 집으로 들어가는 문이 열리지 않기도 한다. 자꾸 죄어오는 철제격자문 때문이다. 그리고 입구에 쌓여있는 밤송이들 때문이기도 하다. 사방에 신문, 쪽지, 사진들이 널려 있다. 전에 나는 신문 기사를 오려 베껴 쓰고 분류했다. 지금은 그럴 시간이 없다. 읽기에만도 부족하다. 그러나 나는 핵심어 목록을 만들어 그것들을 보관한다. 내 신조는 이렇다. 읽을 수 있는 모든 것을 읽자. 모든 읽은 자료들은 유사한 것끼리 분류해 보관한다. 실재만을, 내가 확인할 수 있는 지식만을 필사한다. 개별 현상들이 법칙의 지배를 받지 않는 경우는 예외로 분리하고, 늘 일반적인 것으로부터 개별적인 것으로 가는 길을 선택한다. 외관은 항상 내면을 암시하므로. 내 방은 내 폐나 심장보다 나라는 존재를 더 잘 설명해주는 곳이다. 남성의 외부 생식기와 여성의 내부 생식기가 같은 조직에서 발달한 두 가지 형태이듯, 외관과 내면은 연결되어 있으니까. 정원이 내 영역이듯 집은 당신의 영역이 될 것이다. 당신은 보게 될 것이다. 가끔 내부와 외부의 균형이 맞지 않는다. 그러면 밤나무 그늘과 자연과학이 여름의 더위를, 철학이 겨울의 추위를 물리쳐 줄 것이다. 겨울에는 이따금 눈 속에서 몸을 풀기 위해 집을 떠나야 한다. 보온병은 생명을 구할 수 있다. 화덕에 올려두면 온수를 새로 보충할 필요가 없다. 전에 나는 금속으로 된 납작하고 구부러진 물병이 있어 발에 올려둘 수 있었다. 요즘 나는 진짜 보온병을 다리 사이 예민한 부분에 끼고 있다. 그렇게 해야 가장 몸이 잘 데워지므로.

많은 도구가 있다. 도구마다 고유 번호가 있다. AS1, AS2, AS3 등등. 나는 AS6, 영사기, AS2, 필름 카메라, 라야 Rajah 사진 확대기, 색상 재현이 우수한 펄 스크린, 표면에 도포된 미세한 진주에 맞춰 이미지를 줄여줄 수 있는 축소 장치, 저주파 증폭기, 토렌스 왁스 시트 절단 기계, AS7 및 33 또는 78의 회전음반을 새기는 데 필요한 물리적 프로세스의 이해를 돕는 책들을 가지고 있다. 당신을 맞이할 때 틀어줄 수 있도록 나는 클라리넷을 연주해 AS7로 엔리코 토셀리의 세레나데를 녹음했다. 지금도 버튼을 누르고, 조각칼로 긋고, 턴테이블을 끊임없이 돌리며 내가 말하는 모든 것을 기록한다. 마이크는 낡은 것이다. 매우 짧은 거리에서 실험하기 위해 소형 송신기와 단파 어댑터, 크랭크 전화기 및 입체 영상을 생성할 수 있는 장치도 있다. 나는 한번 시험해 보려고 했다. 하지만 여자는 그냥 달아났다. 무릇 여자들을 조심해야 하는 법이다.

나에게는 브리태니커 백과사전이 있다. 사랑과 부부생활의 문제를 다루는 무수한 책들이 있고 존재의 문제와 죽음에 관한 책들도 있다. 당신이 브로크하우스 백과사전에서 관심 있는 표제어들을 베껴서 가져온다면 나는 내 라루스 소사전에서 같은 단어를 복사해줄 수 있다. 두 개가 서로 보완해주니까 말이다. 세상에서 가장 큰 꽃잎을 가진 것은 필리핀의 라플레시아이며, 가장 큰 굴은 회색곰의 것이며, 가장 큰 새는 날지 못한다. 우유는 위장에서 두세 시간 머문다. 배꼽은 사람의 몸을 황금비율로 나눈다. 팔을 쭉 편 넓이는 어느 정도 그 사람의 키와 비슷하다. 모든 생물조직은 탄화물이다. 남자는 우연의 산물이다. 암컷만으로도 자연은 충분했을 것이라고, 구르몽[45]은 쓴다. 언제나 암컷이 주연이다. 문명이 발달할수록 더 많은 암컷이 태어난다는 사실만 봐도 알 수 있다. 난자는 결코 수동적이지 않다는 것을 최근의 연구가 보여주었다. 적극적인 움직임으로 접근하는 정자 세포를 향해 뭉툭한 돌기를 뻗는다. 난소에서 무언가가 돋아나는데 사마귀와 비슷하다. 그것이 터져서 떨어지면 체온이 올라간다. 그것을 배란이라 한다. 주의하라는 말이다!

바로 오른쪽 옆이 침실이다. 그 안은 항상 어둡다. 백열등이 켜있고 창문은 책들로 막혀있다. 오전에만 틈새로 빛이 파고든다. 그 빛이 알람 역할을 대신한다. 럭스 비누 광고와 잡지 속의 여자들이 눈길을 보낸다. 방 어디서나 그들이 당신을 바라본다. 한 여자는 옷걸이 위에 걸린 채 재킷 깃 사이에서 보고 있다. 재킷은 내가 여자에게 입힌 것이다. 그러나 얼굴은 맨얼굴이다. 침대에 누워도 여자는 나를 바라본다. 위에서 아래로 나를 본다. 내가 뭘 하든 보고 있다. 가끔 밀려드는 욕구를 참을 수 없다. 그럴 때는 탈출구를 찾아야 한다. 자위를 통한 해소 외에 성적 행위는 세 가지뿐이다. 외부 요건과 그 가치평가는 지배적인 사회적 관계에 달려있다. 성매매가 있다. 자유로운 연애가 있다. 그리고 민법 제 4조 1항 1353항에 의거하여 공식적으로 규제되고 인정되는 결혼의 성 계약 관계가 있다. 생물학적으로

45) 레미 드 구르몽. 프랑스의 상징주의 시인이자 소설가.

보면 세 경우가 모두 동일하다. 나는 두 번 결혼했었다. 두 번 다 이혼했다. 결혼은 한 마디로 둘 다에게 맞지 않았다. 맞아야 할 부분조차도 맞지 않았다. 모두가 그에 관해 썼다. 드 라 로슈푸코 공작은 단 한 종류의 사랑이지만 수천 가지의 모방이 있다고 말한다. 자신의 성향을 물어야 한다. 내면에서 비롯된 욕망일까, 아니면 금지된 것을 향한 매혹일까? 불순한 성적 경향은 일반적으로 성적 본능이 아직 명확하지 않은 나이에 발생한다. 어떤 성향은 타고난 것이지만, 대부분의 경우 당사자가 가장 높은 쾌감을 느끼는 순간에 정해진다. 배우는 어떤 형태로든 자신 안에 잠자고 있지 않은 것을 묘사할 수 없다. 왕, 거지, 족장과 같은 초보적 역할일지라도. 변장은 기억에 얽매이지 않는 새 옷을 원하는 의상도착자와 옷에 타인의 개성이 묻어있는, 즉 남이 입던 것을 좋아하는 페티시스트로 구별된다.

잔인함이란 무엇인가? 키스를 통해, 모든 종류의 노출과 계시·애무·눈빛·독서·말을 통해 남자에게 열정을 불러일으키고 그를 가차 없이 타오르게 하고 나서, 모든 약속한 것들과 반대로 절정에 이르지 못하게 하는 것. 분명 그러니까 그를 더 고통스럽게 하고 이 고통의 광경을 즐기는 가학성.

여성의 아름다움의 우월함은 부인할 수 없다. 그 유일한 근원, 그 모든 비밀은 선線의 통일성에 있다. 여성을 남성보다 더 아름답게 하는 것은 성기가 드러나지 않는다는 점이다. 남자들의 성기는 급한 볼일을 볼 때만 유리할 뿐 줄곧 짐이며 낙인이다. 특히 기립자세의 전투에서 가장 예민하고 눈에 거슬리는 장애물이다. 표면의 요철이나 중간에 끊어지는 선.

여성의 몸의 조화는 순수한 기하학적 측면에서 남성보다 훨씬 더 완벽하다. 특히 욕망의 순간, 가장 강렬하고 자연스러운 삶의 표현이 그들에게 다가오는 순간에 남자와 여자를 바라보면 더욱 그렇다. 모든 움직임이 몸 안에서 일어나고 몸의 기복으로만 표현되는 여성은 완전한 미학적 가치를 유지하는 반면, 남자는 자신의 성기를 드러내자마자 가장 저능한 동물 상태로 추락하여 비굴하게 모든 아름다움을 내던지는 듯 보인다. 여성은 또한 성관계를 수행하기 위한 기술적 가능성이 남성보다 우월하다. 예를 들자면 완성을 위한 발기가 필요하지 않다. 여성은 기계적 과정에만 국한한다면 끊임없는 성교가 가능하다.

클리토리스의 크기는 개인마다 매우 다를 수 있다. 그러나 음핵은 활발한 성교를 하는 경우 수년에 걸쳐 성장할 수 있다. 연습과 경험의 영향은 아직 연구될 필요가 있다. 대음순은 출산하지 않은 여성의 경우에 대개는 서로 가깝게 붙어있다. 여성이 만족하려면 매번 행위에 앞서 음핵이 확대되고 발기가 시작되어야 한다. 대부분의 기혼 여성들은 성교를 그냥 일어나도록 방치하므로, 스스로 해당 근육을 통제해서 힘을 덜 들이고 동시에 상대에게 친절을 베풀 기회를 놓친다.

당신은 이층으로 올라가는 사다리를 탄다. 한 계단 한 계단 올라간다. 천장에 고리가 달려있다. 사다리 폭이 매우 좁으므로 비상시에는 그것을 잡을 수 있다. 폭은 점점 더 좁아진다. 그러나 당신은 통과할 수 있다. 그 뒤로 두 개의 의자가 놓여있는 발코니가 있다. 그러나 발코니의 문은 책들로 막혀있다. 책은 더없이 훌륭한 절연재라는 것을 당신도 알아야 한다. 거의 알려지지 않은 사실이다. 많은 것이 안 알려져 있다. 그곳을 지나면 좀 더 환해질 것이다. 왼쪽에 당신의 방, 당신의 왕국, 별도의 방이 있으니까. 때때로 문이 열리지 않는다. 당신은 가을에 올 것이고, 사방에 밤이 천지일 것이다. 계곡, 정원, 집 어디에도. 밤은 아래로 떨어진다. 밤 꼭지에는 귀여운 솜털이 있다. 우엉처럼 밤들도 사방에 달라붙는다. 별실에만 자리가 있다. 거기는 밤이 들어오지 못한다. 거기는 그들의 자리가 아니다. 거기는 당신의 자리니까. 당신, 여자를 위한 잠자리. 모든 것이 준비되어 있다. 나무 침대틀 위의 매트리스, 멋진 침대, 멋진 옷과 모피, 모두 최신유행이다. 당신은 그것들을 입어 볼 수 있다. 노랑초록 무늬의 여성용 수영복이 옷걸이에 걸려 있다. 다른 옷걸이는 비어 있다. 거기에 당신 자신의 옷을 걸 수 있다.

당신은 주위를 돌아보다 침대 위에 걸린 두 장의 누드 사진을 보게 될 것이다. 시트 위에서 기지개를 켜는 젊은 여성의 흑백 누드 사진 맞은편에, 키스하는 커플의 낭만적인 그림, 사랑에 빠진 연인의 고대 부조가 걸려있다. 화장대에는 거울이 있고 필요한 모든 것이 구비되어 있다. 매니큐어, 잡지 및 미용에 대한 책들, 모자 패션 및 헤어케어에 관한 책, '여성의 아름다움과 매력, 소녀가 알아야 할 것'이라는 제목의 책, 생리대, 재떨이, 가위, 파우더 콤팩트, 화장지. 모든 것이 준비되어 있다. 알람 시계, 많은 보온병, 물 주전자와 싱크대, 라디오 및 바이브레이터.

한번은 소녀들이 와서 구불구불한 길을 따라 산책을 했다. 그들은 글을 읽을 수 있었지만 아쉽게도 어리석었다. 그러나 그것은 아무 의미가 없다. 요즘은 누구나 글을 읽을 수 있다. 그들은 자매였다. 그렇다고 그들은 주장했다. 그들은 정원으로 들어왔다. 그들은 함석판을 들여다보았고 심지어 예뻤다. 어쨌든 젊었다. 그들은 히치하이킹으로 여행중이라고 했다. 여기에 정차하는 차가 드문데도. 그 계곡은 어느 곳에선가 끊겨 버린다. 어디로도 이어지지 않는다. 오직 동굴로만 이어진다. 좋은 장소다. 여름에도 습하다. 나는 그들 중 하나가 당신이라고 생각할 뻔했다. 나는 그들에게 집을 보여주었다. 그들은 신문과 밤을 보고 웃었다. 내가 그들에게 잠자리와 라비올리 통조림을 보여줬을 때도. 그들은 줄곧 웃었다. 좋은 음식인데 뭐가 어때서. 그러나 내가 문을 두드리자 그들은 비명을 지르며 달아났다. 나는 이불을 덮어주려던 것뿐이었는데. 함께 이불을 덮으려 했다. 그들에게 모든 것을 보여주고, 모든 것을 가르쳐주려 했다. 그들이 사라졌을 때 나는 기뻤다. 어차피 그들은 너무 많이 먹었다. 어리석은 것들.

여성의 성적 쾌락을 감지하는 기관에 관한 책의 삽화에서 외음부가 훤히 보인다. 처녀성을 상실한 여성의 외음부다. 많은 이름과 별칭을 가진 숭고한 오케스트라의 악기. 복숭아 또는 조개가 상징하는 것. 음부의 둔덕과 치골궁, 대음순, 소음순, 질, 항문, 회음, 스킨샘, 질전정과 처녀막을 볼 수 있다. 음부는 우물이다. 축축하고 끝을 알 수 없으며 나방과 이끼 냄새가 난다. 하나의 정교한 입구, 분지, 심연, 텅 빈 식도. 끝이 없고 이해하기 어려운 욕망. 성도착이라는 용어는 주의해서 사용해야 한다. 모든 이상異常은 정상에 뿌리를 두고 있다. 그리고 모든 정상성에는 비정상적인 면이 있다. 모든 변태에는 아주 약간의 정상적인 느낌이 남아있다. 변태적이라는 건 무엇인가? 남자는 멜빵에 양말을 신는 것보다 여성용 스타킹을 신으면 훨씬 더 우아해 보인다. 남성과 여성 동성애자의 성행위는 정상적인 성관계의 과정과 다르지 않다.

《비정상의 추이》라는 책에 특별한 사진이 들어있다. 사진은 외설적이다. 아름답다. 당신은 그것을 보고 싶지 않겠지만, 시선을 뗄 수는 없을 것이다. 처음에 한 남자와 한 여자, 여자의 엉덩이, 성행위. 다음 순간 당신은 곧 두 사람이 모두 검은색 실크스타킹을 신고 있는 것을 본다. 그리고 음경이 실물이 아니라, 한때 유행하던 두 개의 얇은 가터로 여자의 엉덩이에 묶여 있음을 깨닫게 될 것이다. 유사한 것은 유사한 것끼리. 오직 그렇게만 질서가 생겨난다. 오래전에 한 친구가 내게 그 사진을 보냈다. 나는 더이상 우체통을 열지 않는다. 나는 몇 년 동안 알고 지낸 사람이 없다. 그랬다. 전에는 우체부가 일주일에 한 번 내가 아직 살아 있는지 보러 오고는 했다. 이제 더이상 우편물이 오지 않는다. 나는 편지를 뜯어보지도 않는다. 거기에 무엇이 있는지 결코 알 수 없으니까. 당신은 더이상 오고 싶지 않다고 쓸 수도 있다. 뭐라고 답장을 해야 할까? 게다가 어느 시점에 나는 거기에 무엇이 있는지 알아차릴 것이다. 나는 당신에게 무엇을 보낼 수도 없다. 그리고 내가 가진 우표가 여전히 유효하기는 할까? 편지가 도착할지 누가 아나? 당신이 그것을 읽는지 누가 알까? 편지를 보관하고 있는 편이 좋다. 모든 것을 보관한다. 사람은 아무것도 필요한 게 없지 않은가. 우유 반 리터, 롤빵 하나, 밤새 울리는 라디오.

독일 민주 공화국

공화국궁

* 공화국궁은 동독 건축 아카데미의 하인츠 그라프푼더를 주축으로 구성된 작업팀이 설계를 맡아, 옛 베를린 성의 부지에 세워졌다. 1950년에 건물이 철거된 이래 성터는 마르크스-엥겔스 광장으로 불렸다. 1976년 4월 23일, 32개월의 공사 기간을 거쳐 그곳에 '인민의 집'이 건립되었다.
가로로 길게 뻗은, 평지붕을 가진 5층 건물에서 가장 눈에 띄는 특징은 빛을 반사하는 청동 유리와 흰색 대리석으로 장식된 외관이었다. 인민회의소 본관 외에도 약 800명에서 최대 5,000명까지 수용할 수 있는 회의실 및 작업실들, 13개의 레스토랑, 8개의 볼링장, 극장 및 디스코장이 있었다.
공화국궁은 당과 국가 지도부의 사회적 중심지였으며, SED(독일사회주의통일당)의 당대회장이자 인민회의 본부, 중요한 국내 및 국제회의가 열리는 장소이자 문화와 레저 센터이기도 했다. 복층으로 구성된 너비 40미터, 길이 80미터의 메인 로비 '유리 꽃'은 만남의 장소로 인기가 높았다. 로비에는 '공산주의자는 꿈을 꿔도 되는가?'라는 표제 아래 권위 있는 국가 예술가들의 대형 그림 16점이 걸려있었다.

†베를린 빙하계곡의 지하수 압력을 견딜 수 있도록 지반에 길이 180미터, 너비 86미터, 깊이 11미터의 콘크리트 슬래브가 설치되었으며, 석면-시멘트 시트로 코팅된 강철 대들보가 8개의 콘크리트 코어 주위에 세워졌다. 1969년 이래 동독에서 금지된 방식이었지만 예외적으로 분무된 석면의 사용이 허용되었다.

1990년 8월 23일, 공화국궁에서 인민회의는 연방 공화국 가입을 결정했다. 한 달 후인 9월 19일, 상기 회의는 석면 오염을 이유로 궁전의 즉각 폐쇄를 결정했다. 1992년 독일 연방 하원은 철거에 동의했다. 1998년에서 2003년 사이에 전문 업체들은 철거와 개조가 모두 가능하도록 약 5,000톤의 석면을 제거했다. 발암 물질이 제거된 후 궁전은 골격만 남은 상태였다.

1991년부터는 다시 '슐로스플라츠'로 개명된 이 장소의 미래를 위해 여러 차례 건축경연대회가 개최되었으나, 2003년 독일연방공화국 정부는 궁전의 철거를 논의했다. 기능이 빠져나간 궁은 2004년 봄부터 2005년 말까지 잠정적으로 문화공간의 역할을 수행했다.

건물의 최종 철거는—악의적인 시위 탓만이 아니라—여러 번 연기되다가 2006년 2월부터 마침내 시작되었다. 기본 골격을 이루던 스웨덴제 강철은 용해되어 부르즈 할리파[46] 건설을 위해 두바이에 매각되었고 자동차 산업체들에서 엔진제작에 재사용되었다. 역사적인 베를린 도시 궁전 재건 공사는 2013년 3월에 시작되었다.

46) 아랍에미리트의 두바이에 건설된 세계 최고층 건물.

그녀는 그물 장바구니에서 아스파라거스 다발을 꺼내 손질하여 부엌 식탁 위에 올려놓았다. 그러고는 냉장고 옆의 그늘진 구석에 놓인 상자에서 두 줌 가득 감자를 꺼내왔다. 감자알에 초록색이 도는 것들이 대부분이었고, 어떤 것은 짧고 뭉툭한 싹까지 돋아 있었다. 상자 안이 충분히 어둡지 않았던 것 같다. 지하실에 보관하는 것이 가장 좋겠지만, 그러면 석탄 냄새가 조금씩 배어났다. 그녀는 회색 천을 가져와 테이블보처럼 상자를 덮었다.

세탁기 안에서 삶은 빨래가 두 번째로 헹궈지는 중이었다. 운이 좋으면 오늘 안에 마를 것이다. 아침에는 곧 비가 올 것처럼 흐리더니 정오에는 해가 나왔으니까. 그녀는 감자껍질을 벗겼다. 초록색으로 변한 부분과 싹을 깊이 도려낸 후 씻어서 반으로 가른 다음 가스레인지 옆의 그릇 안에 넣었다. 그녀는 가능한 잘 준비해두고 싶었다. 일요일인데도 빵으로만 점심을 때웠다. 혼자 먹으려고 요리하는 것은 늘 내키지 않았다. 그건 그냥 시간 낭비였다.

그녀가 아스파라거스 줄기에서 모래를 씻어내기 시작했을 때 초인종이 울렸다. 그녀는 재빨리 행주를 쥐고 현관으로 가서 문을 열었다.

"아, 마를레네, 잠깐 시간 될까?"

리페였다. 그는 한층 아래 맞은편 집에 살았다.

"그럼. 들어와. 잠깐만 부엌에 갔다 올게."

리페는 좀 지쳐 보였다. 그는 서글서글하고 좋은 사내였다. 요즘 들어 뜸했지만 가끔 그들은 저녁에 모여 한 잔씩 하기도 했다.

"홀거는 아직 안 왔지?"

그는 거실을 슬쩍 둘러보았다.

그녀는 고개를 저었다. 리페는 홀거처럼 군진의학을 공부했지만 전문분야는 구강학이었다.

그는 문가에 서 있었다.

"리페, 신발 신고 들어와도 되는데."

"아, 신경 쓰지마."

그는 어깨를 으쓱했다.

"애는 자고?" 그는 침실이 있는 쪽으로 고갯짓을 했다. 그는 정말 피곤해 보였다. 카르멘과 무슨 일이 있었나?

"응, 곤히 자고 있어. 피곤해서 나가떨어졌거든. 바깥바람 쐴 겸 데리고 나가서 한 바퀴 돌고 왔어."

점심 식사를 마치자마자 그녀는 커튼을 치고 아이를 격자침대 안에 눕혔다. 아이는 처음에 좀 옹알거리더니 금세 조용해졌다. 사실 그녀는 수업 준비를 하려 했었다. 오전에 그것을 까맣게 잊었다.

"음." 그는 손을 바지주머니에 넣었다. "율레도 자고 있어. 일요일이니 그럴 만도 하지."

그녀는 아스파라거스 줄기를 하나씩 마른행주 위에 올

려놓았다.

"이 집도 아스파라거스 가게 앞에 줄 섰었나?"[47] 그가 주머니에서 손을 꺼내 팔짱을 끼고 활짝 웃었다.

그녀도 웃음이 나왔다. 주말농장 뒤의 밭에서 아스파라거스를 훔치는 것은 그녀만이 아니었다. 상점에서 아스파라거스를 본 적이 없었다. 소문에 의하면 곧장 베를린으로, 공화국궁으로 간다고 했다.

"그래, 아무도 밀고하지 말아야 할 텐데 말이야." 그녀는 행주로 손의 물기를 닦고 앞치마를 벗었다.

"뭐 좀 마실래?"

여전히 그는 맨발로 문지방을 딛고 서 있었다. 리페는 홀거보다 한참 작았다. 그는 짙고 숱이 많은 콧수염을 가지고 있었고 머리가 벗어지고 있었다. 피부는 창백하고, 거의 밀랍 같았다.

"아니, 괜찮아." 그가 손을 내저었다. "곧 정원에 다시 내려가려고 했어."

리페 부부는 아파트의 몇몇 다른 가족들과 마찬가지로 신축건물 뒤편의 경작지 일부를 할당받아 올봄에 농사를 짓기 시작했다.

---

47) 옛 동독은 과일이나 야채의 공급이 원활하지 않아 상점 앞에 긴 줄을 서야 했음.

"그러지 말고, 거실로 가."

그는 그녀가 복도로 지나가도록 비켜섰고, 그녀는 침실의 문을 닫고 앞서 걸었다.

햇살 한 줄기가 문 왼쪽 옆의 직접 짜 맞춘 선반 안에 있은 수족관을 비추었다. 홀거의 수족관이었다. 구피, 블랙몰리, 네온 테트라와 자기 굴에 웅크리고 있을 때가 대부분인 메기 한 마리가 들어있었다. 처음엔 하나였는데 홀거가 계속 새로운 목재를 깎고 널판지를 톱질해 두 번째 작은 층을 만들고 마지막에는 더 작게 꼭대기층을 만들었다. 피라미드처럼. 수족관 앞에는 아기 울타리가 세워졌다.

리페가 소파에 앉았다. 그의 바둑판무늬 셔츠가 배에 조금 끼었다. 셔츠를 걷어 올린 팔뚝 위로 검은 털이 수북했다.

"마를레네, 우리가 말이지…."

그가 심호흡을 했다.

그러고는 앞으로 다가앉으며 손을 무릎 위에 겹쳐놓았다.

"우리가 한참 생각했어, 이 말을 해야 할지."

그가 그녀 앞에 혼자 앉아있으면서 '우리'라는 표현을 쓰다니 이상했다.

그가 머뭇거렸다.

"그러니까…" 그가 다시 시작했다. "우리가 어제 베를린에 갔었는데 말이야. 카르멘은 강연이 있었고, 난 율레와 함께 갔지. 운전하는 게 좀 피곤했지만 기분전환도 할 겸

말이야." 그의 오른손이 공중을 떠돌았다.

"아, 그랬지." 그녀는 완전히 잊고 있었다.

"우리가 뭘 좀 특별한 걸 하자 한 거야."

그가 창 너머를 바라보았다. 반대쪽에서 빛을 받아 선인장에 쌓인 먼지가 적나라하게 보였다. 언제 물을 줘야겠다.

"그러니까 우리가 공화국궁에 갔단 말이지, 특별히."

털이 난 그의 발가락들이 양탄자 위에 놓여있으니 어딘지 무례하게 느껴졌다. 그녀는 거실 탁자의 잘 다듬어진 다리를 바라보았다. 홀거가 얼마 전에 옆 동네의 폐가에서 발견한 것이었다. 오래된, 망가진 물건. 벌레가 파먹은 구멍들이 뚜렷이 보였다. 영원히 없어지지 않을 것들이었다. 그들은 함께 자전거로 숲속의 모래 섞인 길을 따라 그것을 운반해왔다.

"그러니까, 마를레네…." 그는 다시 시작하며 등을 폈다.

"우리가 거기서 홀거를 봤어. 다른 여자와 함께 있는 걸."

그는 이제 그녀를 바라보았다.

"명백한 상황이었어." 그는 턱을 가볍게 치켜들고 손으로 얼굴을 문지르며 다시 등을 곧게 펴고 앉더니 다시 허리에 힘을 빼고 소파에 파묻혔다.

"우린 그저 네가 그걸 알아야 할 것 같아서." 미안하다는 말처럼 들렸다.

"카르멘은 처음에 우리가 상관할 일이 아니라고 했지

만." 그의 혀가 이빨을 스쳤다.

"하지만 오늘 아침에 내가 그녀에게 말했지. 마를레네가 어디선가 내가 딴 여자와 있는 걸 보고도 아무 말 안 하면 당신은 어떻겠어?"

명백한 상황? 명백한 상황이라. 불쌍한 리페. 이토록 착한 남자. 머리를 팽팽하게 묶고 입술 왼쪽 위에 그린 것 같은 애교점을 찍고 다니는 카르멘보다 훨씬 착한데.

"이런 상황에서 어떻게 해야 하는지 나도 모르겠어."

그의 오른발이 흔들렸다. "카르멘이랑 얘기해보는 게 어떻겠어? 여자들끼리?"

카르멘은 약사였다. 그녀는 한 번도 살갑게 느껴진 적이 없었다.

"그건 그렇고 내 생각에 그는 알아채지 못한 것 같았어." 그가 덧붙였다.

테이블은 초록색이었다. 그들이 손수 칠했다. 그 색이 그들 눈에는 왠지 예뻐 보였다.

"고마워." 그녀가 말했다. 왜인지는 자신도 몰랐다.

리페가 일어섰다. "난 가볼게." 그가 바지에 손을 문질렀다.

그녀는 그가 현관 앞에서 신발을 신는 소리, 현관문이 닫히고 계단을 내려가는 소리를 들었다. 빛 속에서 먼지가 춤추듯이 흩날렸다. 사실 테이블은 형편없었다.

그는 몸을 돌려 뒷좌석에서 서류 가방을 집어 무릎에 놓고 가방을 열었다. 옷가지 사이에 물이 채워진 공이 들어 있었다. 아이를 위한 선물. 그는 그것을 손에 들었다.

"예쁘네." 아킴이 말했다. "딸이 좋아하겠어."

초록빛 물이 이리저리 흔들렸다. 오리가 미소를 지었다. 홀거가 공을 다시 가방 안에 넣고 버터 바른 빵을 꺼냈다.

"하나 먹을래?"

그는 유산지를 폈다.

아킴은 잠시 그를 돌아보더니 고개를 저었다.

"아니, 됐어." 그는 다시 도로를 보았다. 차량이 별로 많지 않았다.

"그걸로 배 채우지 않겠어."

홀거는 빵을 베어 물었다. 훈제소시지 빵에서 눅은 맛이 났다. 그가 어제 아침 마를레네와 아이가 자는 동안 만든 것이었다. 식구들을 깨우지 않으려고 신발을 들고 밖으로 나와 계단참에서야 신었고, 언제나처럼 한 번에 두 계단씩 내려와 큰길까지 1킬로미터를 걸었다. 벌써 까마득한 옛일 같았다. 그는 빵을 다시 종이로 둘둘 말았다.

"제대로 된 밥을 먹겠다는 거네?"

아킴이 깜빡이를 켜고 엑셀을 밟으며 바이크를 추월했다.

홀거는 무릎에 손을 닦았다. 그는 이제야 자신이 얼마나 피곤한지 깨달았다. 머릿속에서 망치 소리가 났다. 그는 술을 마시는 일이 드물었다. 매일 아침 일찍 일어나 운동을 하고 있으므로 그것까지는 감당할 수 없었다. 그는 아직 짧은 운동복 바지를 입고 있었다. 아킴이 빨리 나오라고 재촉을 했었다. 아내가 그렇게 보고 싶은가? 우승자 시상식 후에 비르기트와 제대로 작별할 시간도 없었다. 그러나 솔직히 말해 그는 그편이 좋았다.

“차 좀 길가에 세워주겠어? 나 볼일 좀.”

그는 이별이 싫었다. 언제 말을 꺼내야 할지 알 수 없었고, 그 순간이 지나가면 기뻤다.

“아이고, 뭘 계집애처럼 못 참고 그래.”

아킴은 백미러를 들여다보며 차 한 대를 앞서 보내더니 속도를 낮추고 깜빡이를 켜며 비포장도로 안쪽에 차를 세웠다. 그리고 엔진을 끈 다음 핸들에서 손을 떼고 그를 향해 몸을 돌렸다.

“자 그럼, 시원하게 일 보라고.”

홀거는 내려서 제방 위에 섰다. 오줌 줄기가 곧바로 쐐기풀 들판을 조준했다. 초록 울타리는 여뀌들로 무성했다. 가시 돋친 울타리에 덜 익은 블랙베리들이 달려있었다. 고압선은 비탈길 뒤의 들판을 가로질러 판자로 지은 헛간이 딸린 벽돌 농가로 곧장 연결되었으며, 그 옆에는 빈 깃대가 세워져 있었다. 이삭이 바람에 흔들렸다. 모든 것이 너무도 평화로워 보였다. 탈곡기가 다가온다. 목덜미에 햇빛이 느껴졌다.

그는 아비투어[48]를 보고 대학입학 허가를 받았을 때 자신이 얼마나 행복했는지 떠올랐다. 이제는 더이상 잘못될 수 없다는 느낌. 게다가 기념패 위에 새겨진 자신의 이름. 법률문서처럼 고딕체로. 그의 최고기록은 여전히 깨지지 않았다.

그런데 지금은? 모기 몇 마리가 그를 둘러싸고 앵앵거린다. 그는 모기들을 쫓았다. 별일이 없다면, 그는 3년 안에 의사가 될 것이다. 확실히.

"서두르라고, 친구."

비르기트는 당연히 언제 다시 볼 거냐고 물었다. 그는 무슨 말을 해야 할지 몰랐다.

하품이 나왔다. 그는 바지를 올리고 자동차로 돌아갔다.

아킴은 시동을 걸고 다시 출발했다. 홀거는 뒷좌석의 트레이닝복 상의를 집어 등받이와 창틀 사이에 쑤셔 넣고는 머리를 기댔다. 그는 아킴을 바라보았다. 그의 이마에 땀방울이 맺혔다. 아킴은 자신이 원하는 것을 늘 정확히 알았다. 그와는 할 말이 별로 없었다.

홀거는 차창 쪽으로 돌아앉았다. 자동차 안에서 보니 모든 게 달라 보였다. 기차를 타고 가며 본 풍경으로만 아는

48) 독일의 대학입학 학력시험.

길이었다.

그들은 작은 동네를 지나갔다. 도로는 들판의 자갈들로 포장되어 있었다. 그는 사람들을 관찰했다. 소매 없는 옷을 입고 뒷짐을 진 채 자기 집 정원에 서 있는 노파. 유모차를 밀며 중앙로를 건너가는 젊은 부부. 핸들에서 손을 떼고 보도를 돌고 있는 자전거를 탄 두 소년.

그는 눈을 감았다. 자동차가 부르르 떨었다. 그는 긴장을 풀려고 애썼다. 그는 전에 부모와 공화국궁에 가본 적이 있었다. 입대 선서 직후였다. 심지어 양복을 입고 있었다. 하지만 세세한 기억은 나지 않았다. 모두가 깃발과 반사유리, 대리석, 길게 늘어선 줄 등에 관해 얘기했지만.

그는 거기 갈 생각을 한 것이 자신이었는지 비르기트였는지도 생각나지 않았다. 그냥 그렇게 되었다. 오래 줄을 설 필요도 없었다. 그러고 나서 슈프레 강이 보이는 와인 바에 자리까지 잡았다. 토요일 저녁이었지만 모든 것이 수월했다. 그는 그녀에게 의자를 빼주었고, 그녀가 아무렇지 않은 듯 자리에 앉았다. 그들 둘 다 어울리는 차림새가 아니었지만 상관없었다. 비르기트는 뭔가를 축하할 게 있다고 했다. 상을 탄 것도 아니었는데. 그녀는 그가 알고 있는 사람 중 겨드랑이털을 민 유일한 여자였다.

그는 눈을 뜨고 방풍용 전면 유리 위의 으스러진 곤충들을 바라보았다. 사실 제일 끔찍한 것은 장애물 코스였다.

그것을 통과하면 제일 큰 산을 넘은 거였다. 그에 비하면 해자와 크로스컨트리는 산책이었다.

그는 다시 몸을 일으켜 창유리를 내리고 팔꿈치를 밖으로 내밀었다. 주행풍이 기분 좋게 불었다.

창밖으로 들판과 숲들이 지나갔다. 전봇대, 폐허가 된 거대한 증기기관고, 끝이 보이지 않는 보리수 가로수길. 그래도 그는 의사였다. 적어도 반쯤은.

그는 깍지를 끼어 뒤통수 밑에 댔다.

아이는 눈을 동그랗게 뜨고 격자침대 안에 서 있었다. 통통한 손가락으로 한 손은 격자를 잡고 다른 손은 난간 너머로 그녀를 향했다. 웃고 있는 입속에서 이빨이 하얗게 반짝였다.

그녀는 아이를 들어 올려 더블침대 옆의 서랍장 위에 눕힌 다음, 먼저 내리닫이 놀이옷을, 그러고 나서 고무줄바지를 내리고, 마지막으로 푹 젖은 천기저귀를 갈아주었다. 그런 후 아이를 들어 요강 위에 올려놓고 부엌으로 가서 물주전자를 불에 올렸다. 그리고 벽에 걸린 찬장에서 커피통을 꺼내 머그잔에 커피가루 한 숟가락을 넣었다.

그녀가 다시 침실로 와보니 아이는 부부침대에서 떨어진 누비이불 한 자락을 씹고 있었다. 그녀는 아이의 입에서 침 범벅이 된 천 끄트머리를 조심스레 끄집어내고, 아이에게 코바늘로 뜬 광대버섯을 쥐어준 후 이불을 다시 침대에 덮고 몇 번의 손동작으로 반듯이 폈다. 그러고 나서 아이를 다시 기저귀갈이천 위에 올려놓고 엉덩이를 물에 적신 천으로 닦아냈다.

그녀가 막 삼각형으로 접힌 천기저귀를 작은 다리 사이로 밀어 넣으려는 순간 부엌에서 물주전자가 삑삑 소리를 내기 시작했다. 광대버섯이 바닥에 떨어졌다. 빠른 손동작으로 그녀는 기저귀를 묶고 고무줄 바지를 올려 입힌 다음 아이를 팔에 안은 채 부엌으로 갔다.

그녀는 가스레인지를 끄고 커피가루에 끓는 물을 부었다. 아이가 그녀의 블라우스를 움켜쥐고 머리로 그녀의 목을 눌렀다. 그녀는 경직된 작은 손을 가슴에 느꼈다. 그녀는 아이를 거실의 아기 울타리 안에 데려다 놓고 아이의 손을 떼어내려고 노력했다.

"괜찮아" 그녀가 말했다. "괜찮아" 그리고 아이에게서 벗어났다.

그녀는 다시 침실로 가서 유아용 변기를 욕실로 가져가 내용물을 변기통에 쏟아버린 다음 변기 뚜껑을 덮고 그 위에 앉았다.

창문이 반쯤 열려 있었다. 밖에서는 아이들이 이리저리 공을 찼다. 아이들의 외침이 신축건물들 사이로 울려 나왔다. 그녀는 일어나서 얇은 커튼을 옆으로 밀어낸 다음 밖을 내다보았다. 어린 남자아이 하나가 정글짐에 거꾸로 매달려 대롱거렸다. 머리카락이 가는 줄처럼 매달려 있었다. 그녀가 여태 본 적 없는, 안경을 쓴 금발머리 소녀가 시소에 홀로 앉아있었다. 소녀는 손잡이를 꼭 잡고 일어나 모래 위에 솟아있는 자동차 타이어 위로 힘을 다해 쿵 내려앉곤 했다. 내려앉으면 곧장 일어나 발꿈치를 들고 서서 같은 동작을 처음부터 다시 반복했다. 그녀는 재빨리 커튼을 다시 닫았다. 빨래는 이미 오래전에 끝났을 것이다.

그녀는 세탁기에서 젖은 옷가지들을 끄집어내 욕조 너머의 탈수기에 집어넣었다. 오른손으로는 뚜껑을 꼭 닫고, 왼손으로는 조절 장치를 아래로 내렸다. 탈수기가 움직이기 시작했다. 물이 여러 번에 걸쳐 욕조 안으로 쏟아졌다. 처음에는 많이, 그리고는 조금 적게, 가늘고 느리게 말라가는 물줄기가 되어갔다. 물방울만 떨어지게 되자 그녀는 스위치를 끄고 탈수기가 멈추기를 기다렸다.

고무링이 또 밖으로 삐져나와 있었다. 그녀는 그것을 안으로 밀어 넣고, 빨래를 하나하나 탈수기에서 꺼내 욕실에 대각선으로 걸린 빨랫줄에 널었다. 대개가 천 기저귀, 속옷과 손수건들이었다. 내일까지 마를 리가 없었다. 지난주에 홀거가 적셔놓은 침대 시트를 벗겨내야 했다. 믿을 수가 없다.

그녀는 탈수기 뚜껑을 닫았다.

아기 변기를 다시 침실로 가져가려 했을 때 복도의 타원형 거울 앞에 걸린 메달들이 눈에 들어왔다. 육상경기, 십종경기, 군사 다종목경기. 알록달록한 끈에 대롱거리는 메달들. 그녀는 아직 그토록 젊었다. 그토록 그녀는 젊었다.

그녀는 메달들을 단번에 휙 떼어냈고, 그것들이 달그락거리며 바닥에 떨어졌다. 거울이 흔들렸지만 떨어지지는 않았다.

그녀는 아기 변기를 격자침대 앞에 두고 창문을 반쯤 열고 다시 복도로 가서 커피를 가져왔다. 그리고 커피잔을 초록색 테이블에 올려놓고는 소파에 주저앉았다.

그녀의 시선은 황토색 스토브 위에 장미 가지 무늬가 있는 벽지를 떠돌다 텔레비전과 지도책, 두 권짜리 어휘사전, 사회주의 리얼리즘과 올림픽 게임에 대한 삽화가 그려진 조립식 맞춤 가구로 채워진 벽을 넘어 산세비에리아와 창턱의 선인장과 그녀가 임신 중에 바느질한 꽃무늬 베갯잇에 닿았다. 범선이 찍힌 액자 두 개가 소파 위에 걸려있었다. 테이블에는 홀거가 나무로 깎은 과일 접시가 놓여있었다.

커피는 여전히 컵 안에 든 채였다. 그녀는 한 모금도 마시지 않았다.

그녀는 일어나 아기 울타리로 갔다.

멀리서 붉은 빛이 그들을 마주 보며 깜박거렸다. 뫼코 베르크 라디오 타워가 서 있는 교차로였다. 그런 다음 차는 그가 익히 아는 숲으로 들어섰다. 공기가 갑자기 서늘해졌다. 홀거가 손잡이를 돌려 창유리를 닫았다. 아킴은 깜박이를 켜고 공영 건물 앞 버스 정류장의 오른쪽에 멈췄다.

"그럼, 내일."

그의 손가락이 핸들을 스쳤다. 핸들은 은색의 반짝이는 플러시천으로 덧싸여 있었다.

"고마워, 아킴."

홀거는 가방을 들고 내린 다음 조수석 문을 닫았다.

남색 라다[49]는 깜빡이를 켜고 다시 도로로 진입했다. 홀거는 라다의 모습을 바라보았다. 번호판의 글자와 숫자를 기억하려 했으나 되지 않았다. 결국 차는 숲의 모퉁이 끝에서 사라졌다.

그는 돌아서서 도로 왼쪽의 좁은 보도를 따라 걸었다. 동네로 가는 길 중간쯤에 가로등이 단 하나 있었다. 노을이 지기 시작한 지 얼마 안 되었는데 불이 켜있었다. 막돌로 포장된 길이 가로등 불빛에 반짝거렸다.

단독주택과 두 가구씩 붙은 땅콩 주택들이 마을 입구 표지판이 보이기 전부터 시작되었다. 장미와 제비고깔이 앞뜰에 피어있었다. 지금은 차고로 사용되는 마구간 입구에 걸린 녹슨 철에 오래된 하네스가 매달려 있었다. 로터리

49) 러시아 기업 아브토바즈가 생산하는 자동차 브랜드.

뒤편의 낙서투성이인 버스 정류장에서 늘 그렇듯 두 명의 십대 청소년이 자전거를 타고 어슬렁거리며 담배를 피웠다. 그들은 잠시 고개를 들었다가 거의 눈에 띄지 않게 고개를 까딱하더니 다시 머리를 마주 댔다. 그는 가난한 블록에 사는데도 그들은 적어도 그에게 인사를 했다. 그는 거리 반대편으로 갔다. 울타리 뒤로 시냇물이 졸졸 흐르는 소리가 들렸다. 강이 방향을 일러주므로, 그것을 따라가기만 하면 되었다. 요구사항이 명확하면 모든 것이 훨씬 수월했다.

교각을 지나면 오르막길이었다. 그는 교회 뒤의 길로 돌아갔다. 그물 모양의 스포크 프로텍터가 달린 까만 여성용 자전거가 콘줌 슈퍼마켓 앞에 서 있었다. 자물쇠를 채워 두지도 않았다. 학교 건물의 윤곽이 그 뒤에 나타났다. 노랗게 칠해진 시장 사무실 왼쪽 창에 커튼이 조금 옆으로 밀쳐져 있었다. 이제 비스듬히 늘어선 신축건물 세 동이 보였다. 몇몇 창문들에 불이 켜져있었다. 아스팔트가 끝나고 모래길이 시작되었다. 갑자기 추워졌다. 그는 멈춰 서서 트레이닝복 웃옷을 꺼내 어깨에 걸쳤다.

놀이터의 두 놀이기구 사이에 더럽고 찌그러진 배구공이 놓여있었다. 놀이기구의 아래쪽 색칠이 벗겨져 있었다. 2년이 채 안 된 새것인데도. 그는 집을 올려다보았다. 부엌에 불이 켜져있었다. 욕실은 어두웠다. 뭘 기대한 거지? 그는 알 수 없었다.

그는 건물에 들어서서 계단을 하나씩 밟고 올라갔다. 리페 집에는 티브이가 켜져있었다. 그의 발소리가 울렸다. 슈플레트슈퇴서네 집 문앞을 지나는데 완두콩 수프 냄새가 났다.

발매트 옆에 그들의 정원용 신발이 놓여있었다. 흙이 묻은 신발에 먼지가 뽀얗게 내려앉았다. 발매트가 비뚤게 놓여있었다. 그는 그것을 발로 바로 잡았다. 그의 이름, 그녀의 이름이 놋쇠문패에 새겨져 있었다. 그는 정말 피곤했다.

열쇠가 가방 앞칸에 들어있는 것을 알면서도 그는 초인종을 눌렀다. 집안에서 냉장고 문이 닫히는 소리가 들려왔다. 문이 열릴 때까지 한참 시간이 흘렀다.

아내는 이미 잠옷을 입고 있었다. 그가 그녀를 안자 그녀가 잠시 그대로 있더니 물러났다. 그는 그녀를 놓아주고 가방을 현관 옷걸이 아래에 놓고 무릎을 굽히고 앉아 신발을 벗었다.

"애는 자고?"

그가 그녀를 올려다보았다.

마를레네가 짧게 고개를 까닥하고는 부엌으로 사라졌다. 모든 것이 어두웠다. 부엌 테이블보 위에 등이 비추는 곳만 둥글게 빛났다.

그는 실내화를 신고 침실 문을 열었다. 아이는 평화롭

게 침대에 누워 두 팔을 머리 옆에 뻗고 있었다. 길고 고른 숨을 쉬었다. 그는 자신의 집게손가락을 아이의 반쯤 벌린 작은 손안에 올려놓았다. 얼마나 만족스러워 보이는지. 아이에게 이불을 조금 올려 덮어주고 방을 나와 조용히 문을 닫았다. 현관 옷걸이 아래에 아직 그의 가방이 놓여있었다. 그는 그것을 집어 들었다.

그가 샌드위치 꾸러미를 꺼내려 하자 오리가 든 공이 고개를 내밀었다. 그는 그것을 들고 부엌으로 갔다.

마를레네가 식탁 앞에 고개를 뒤로 젖히고 앉아있었다.

"우리가 이기지는 못했지만 아기 선물을 가져왔어." 그는 공을 식탁 위에 올려놓았다. 그리고 냉장고로 가서 문을 열고 잠시 들여다본 다음 다시 닫았다. 싱크대 옆에 벗긴 감자와 초록색 아스파라거스가 보였다. 카모마일 차를 한 잔 마시고 싶은 마음이 간절했지만 전기포트에 손을 댈 엄두가 나지 않았다.

그는 식탁으로 가서 의자를 빼내고 앉아 잠시 그녀의 팔을 어루만졌다. 그러나 다음에는 어떻게 해야 할지 몰라 자신의 손을 도로 집어넣었다.

그제야 그녀가 그를 보았다. 그는 어깨를 으쓱하며 깊이 숨을 들이마신 후 내쉬었다. 그녀의 눈은 거의 검은색에 가까웠다.

사치의 호수

키나우의 월면학月面學

* 줄[50]의 목사이자 아마추어 천문학자인 고트프리트 아돌프 키나우는 30년 이상 월면학[51]에 전념했다. 그가 만든 지형도는 무엇보다 그 상세함으로 현대의 달 연구에서 가치를 인정받았다.

† 키나우의 관찰기록들 중 1848년에 쓴 논문 〈달의 분화구〉 같은 몇 개 문서만이 살아남았으며 그의 월면학 연구 논문 중 단 두 편이 인기 천문학 잡지 〈시리우스〉에 발표되었다. 아카이브의 글은 제2차 세계대전 중에 불타 버린 것으로 추정된다.

1932년에 국제천문연맹은 천문학자 에드먼드 네이선이 1876년에 제안했던 대로, 지구를 바라보는 달의 남쪽 고지대의 분화구에 '키나우'라는 이름을 붙였다. 1938년 영국 천문학협회에서 발행한 달 명명에 관한 핸드북인 《달나라의 알고 싶은 사람들Who's Who in the Moon》에 다음과 같은 소개 글이 실려있다. "C. A. Kinau (?~1850), 식물학자이자 월면학자, 보헤미아 남부 슈바르첸베르크 공의 영지에서 관리직을 수행했으며 1842년에 독성식물과 버섯에

50) 독일 중부에 위치한 튀링엔 주의 도시.

51) 달 표면의 상태와 물질적 성질 따위를 연구하는 천문학.

관한 두 편의 논문을 발표했다.” 전 세계에 걸친 광범한 검색에도 불구하고 키나우라는 식물학자는 찾을 수 없었다. 실제 그의 이름은 2007년에 미국 측량기관 명단에서 고트프리트 아돌프 키나우 목사로 대체되었다. 현재까지 C. A. Kinau의 흔적은 전혀 발견되지 않고 있다.

언제 그리고 어떤 전조 아래에서 이 몸이 태어났는지는 우리의 조사 대상을 밝히는 데 별 도움이 되지 않는다. 내가 지상 세계에 발을 들였던 그날이 해마다 한 번씩 찾아오는 어느 밤들 중 하나였다는 것, 그 밤에는 사자자리 유성우가 자신을 드러냄으로써 하늘이 무방비상태의 눈을 위해 마련한 가장 인상적인 빛의 장관이 펼쳐진다는 것, 그 시절은 아직 가스등의 눈부신 불빛과 그 뒤를 이어 발명된 휘황한 불빛들이 밤의 어둠을 끊임없는 황혼으로 희석하기 이전이었다는 것을 언급하는 것으로 충분하다. 그래서 내가 태어난 날 무렵의 유성우는 젊은 학도學徒에게 계시를 내리게 된 것이다. 장엄한 불의 비는 그날 끝없이 빛나는 유성으로 창공을 가득 채우고, 수십 년 후에야 싹이 트고 가장 열정적으로 꽃을 피우게 될 보이지 않는 씨앗을 내게 심었다. 별이 밝게 빛나는 밤, 행성과 위성에 대한 사랑이 결국은 약간 더 높고 확실히 먼 공간, 지금은 내가 고향이라 불러야만 하는 그곳으로 나를 이끌었다.

그러나 처음에는 어쨌든 — 시골 출신답게 — 식물학에 대한 호기심이 나를 사로잡았고, 고등 산림학 과정을 마친 후에는 적절한 녹祿을 받으면서도 견문을 넓히고 학문에 매진할 만한 일자리를 얻고 싶다는 바람이 간절했다.

나는 고향 인근에서 선대의 이름을 물려받은 슈바르첸베르크 대공 요한 아돌프의 관리가 되어, 처음에 브지의 임대 농장의 감독을 맡았고, 이어 포르베스 영지를 관리하게 되었다. 하지만 몰다우 강 오른편의 이 두 영지는 보호받지 못하는 불리한 위치에 처해 있었다. 최고위층에서 시작된 개혁은 나를 이곳으로부터, 가파른 절벽에 자리 잡은 백작 영토의 중심지인 체스키크룸로프의 거대한 성으로 옮겨가게 했다. 돌이 많지만 비옥하다는 장점이 이른 서리를 동반한 거칠고 습한 기후의 단점을 상쇄할 수 없는 땅이었고, 야생 곰이 서식하는 원시림과 같은 보헤미안 숲에 가까워질수록 농업 조건이 열악해짐에도 불구하고, 나는 이 지역을 사랑하게 되었다.

3월 혁명 이전의 젊은 지방 관리들이 왕왕 그랬듯 나 역시 맡은 바 직책을 성심껏 수행하면서도, 틈이 나면 한해 농사의 성패를 좌우하는 사료 식물과 작물에 관심을 갖는 대신 독성식물의 독특한 외양을 연구하는 데 빠져들었다. 그것들은 인간에게 유익하지 않을뿐더러 가축에까지 해를 끼치는 식물들이었다. 나를 가장 매료시킨 것은 그 식물들의 수수께끼 같은 작용이었는데, 이들은 미지의 어떤 목目에 속한 듯하면서, 무해한 식물과 구별되는 유독성 식물로서의 뚜렷한 특성은 보이지 않았다. 그뿐 아니라 인체에 무해하고 심지어 식용 가능한 작물이면서도 호흡곤란과 구토를 일으키는 식물들과 같은 과에 속하는 경우가 잦았다. 그 당시 버섯은 보헤미아 농민들의 주식이었다. 어머니들은 유아의 수면을 촉진하거나 심지어 강제하기 위해 요람에 까마중 꽃다발을 넣어두기도 했으며, 약초를 채집해 파는 여성들은 봉헌용 유럽할미꽃의 치명적인 특성을 알면서도 어디서나 주저 없이 거래하곤 했다. 벨라돈나 풀의 반짝이는 검은 열매의 아름다움에 미혹된 사람들은 간질 발작을 겪었다.

그렇게 나는 길과 개울들, 황야와 초원에서 무수히 자라는 독성식물들을 수집하고 조사했으며, 치명적인 독을 섭취하기도 하고 죽은 가축의 타버린 내장을 조사하며 보헤미아의 유독식물 개요를 정리하겠다는 명예로운 목표를 달성하기 위해 관찰 일지를 꼼꼼히 채워갔다. 이 일대에서 발견되는 식용 가능한 버섯과 그보다 더 많은 독버섯에 대한 논문을 출판하기 위해서였다. 특히 당시에 오랫동안 방치되었다가 크롬브홀츠[54]에 의해 새로이 부활한 민꽃식물 연구는 나에게 이후의 전문분야로 나아가는 데 비할 바 없이 중요한 연구 과정이었다. 그것은 비밀리에 존속을 확보하는 방법에 관한 연구였다.

내 관찰에서 일반적인 법칙을 도출할 수는 없었다 해도 연구는 호의적인 평을 받았다. 누에고치에서 애벌레가 풀려나오듯 느리고 조심스러운 과학적 학문 교류가 시작되었고, 나는 몇몇 지식인 모임의 회원으로도 선출되었다. 그곳에서 식물 개체조사와 같은 사소한 임무를 맡았을지라도, 세상의 지식을 넓혀가는 사람들 안에 속하게 된 것만으로도 내게는 좋은 시절이었다. 나는 식물을 채집하고 백작 소유지와 관련된 기록물을 소중히 다뤘고, 나 자신이 유순한 부하일 뿐 아니라 엄격한 상급자임을 증명했고, 내 요구를 마다하지 않으면서 충분히 애정을 보여주는 여성을 찾았다. 세월은 흘러갔다. 곡물 수확에 이어 곡물 타작, 홉 수확에 이어 과일 수확, 생풀 사료 수확에 이어 순무 씨를 뿌리는 한편, 경작지를 늘리기 위해 내가 시작한 수많은 조처는 유익한 효과를 얻었다. 산림을 개간하고 황무지를 경작하고 습지를 배수하고 연못을 토탄 바닥까지 말렸다. 미래와 실용성에 주안점을 두자 내 연구는 서서히 중단되었다. 내 확대경이 가까이 다가갈수록, 자연은 점점 내게 무수한 변신 속에서 어떤 관리의 손길로도 길들일 수

52) Julius Vincenz von Krombholz(1782~1843). 체코의 의학·병리학자로 특히 버섯의 독성 연구에 큰 공로를 세웠다.

없어 보이는 통제하기 어려운 혼돈—실천과 이론을 병합하려고 애쓰는 모든 사람이 아는 현상—이 되어갔다. 인간은 머릿속에서 질서를 재현하기 위해 고군분투하고, 과학을 풍성하게 한다고 믿으면서 과학을 엉망으로 만들지 않던가.

내 마음속에서 모든 것을 아우르는 질서의 빛나는 전망이 이름 모를 허탈함과 결합했다. 극도로 파렴치한 불법 벌채 등 계속되는 도난도 허무함을 배가시켰다. 잘려나간 나무줄기들은 하나하나 내 살에 박힌 가시였고, 그 주위가 상처 입은 자존감으로 곪아 터졌다. 나약함의 독은 점차 내 발길을 교회 대신 숲속의 긴 산책로로 이끌었다. 그러던 어느 일요일에도 나는 자주 그랬듯 보헤미아의 빽빽한 나무숲 사이를 거닐다 어두침침한 가문비나무숲 한가운데 발을 디뎠다. 폭풍에 꺾였거나 우듬지가 잘려나간 나무그루터기들이 도처에 널린 숲은 흡사 부상을 입은 듯 보였다. 나는 예언과도 같은 특별한 경외감을 느끼며, 유난히 화려한 고사리잎 한 장을 뽑았다. 우아한 식물의 뿌리는 놀랍게도 저무는 초승달의 모양새였다. 그때부터 꿈결처럼 나와 함께해온 이 순간은 노래도, 부름도, 가장 낮은 새소리조차도 깨지 못하는 엄숙한 침묵 속에 소중히 간직되었다. 그리고 내가 즉시 더 높은 힘으로 인지했던, 이 속일 수 없는 계시가 그 자체로 내 영혼을 무겁게 누르는 것으로도 모자라 불과 며칠 후—1842년 7월 8일 이른 아침—에는 나에게 둥그런 회청색 그림자를 드리웠다. 그 당시 내 소재지에서는 개기 월식을 보려면 남쪽으로 100마일을 더 가야 했음에도 불구하고. 그날 불덩이가 가는 줄기로 변해 시체처럼 창백한 빛이 농장을 어슴푸레 비추었을 때, 가금류는 소리 없이 헛간으로 도망쳤고, 나는 피가 한곳으로 쏠리는 듯한 현기증을 느끼며 한 가지 사실을 명확하게 깨달았다. 과학이라는 나무의 마지막 가지까지 오르고 싶다면, 둥근 아치처럼 펼쳐진 하늘에서 벌어지는 강력한 현상들에 손을 뻗어야 한다는 것을. 비밀리에 발아하는 식물에서 천체의 질서에 관한 비밀로 관심을 바꾸는 것이 너무도 자연스러워, 나는 새로운 연구를 시작하면서도 안심이 되었다. 고대부터 대다수의 연금술사들은 무엇보다 식물학자들이었으며 동시에 점성가이자 천문학자였다.

1년 만에 나는 창공의 외양에 완전히 익숙해졌을 뿐 아니라 가장 가까운 천체를 편애하게 되었다. 게다가 그 흉터의 형태를 자세히 연구하면서 전에 없던 즐거움을 발견했으며, 특이하게 손상되었으면서 순수하게 반짝이는 그 표면을 단계별로 발견하고 상세히 그리는 데 야간 시간을 바쳤다. 체스케부데요비체에서 섬세한 막에 숨겨진 포자를 육안으로 정밀하게 조사하는 법을 배웠던 것처럼 5인치 폭에 초점거리 3피트인 굴절망원경을 사용하는 법도 익혔다. 가까운 것이 먼 것이므로, 그리고 더 높은 진리는 가장 눈에 띄지 않는 피조물과 가장 멀리 있는 피조물에게서도 스스로를 드러내는 법이므로. 망원경을 쓰든 현미경을 쓰든 말이다. 나는 이전에 열중했던 분야에서도 이미 주변적인 현상에 몰두했던 이력이 있기에, 새로운 대상을 연구하면서도 특정 단계에서만 관찰 가능한, 즉 복잡한 법칙에 따라 약간의 흔들리는 움직임이 없으면 볼 수 없는 달의 바깥 영역에 관심을 두게 된 것은 놀랄 일이 아니었다. 페트라르카에게 키케로와 세네카, 베르길리우스가 그랬듯, 내게는 달에 있는 것들이 충직한 벗이자, 저녁마다 반복되는 내 혼잣말의 말 없는 수신인이 되어주었다. 해질녘에 비할 데 없이 아름다운 그림자가 보이는 티코 분화구, 이른 아침의 플라토 분화구, 명암경계선 근처의 가상디 고래 분화구, 완벽한 원형을 가진 린네 분화구. 그들이 내게 대답을 한다는 게 아니다. 달은 말이 없는 것으로 알려져 있다. 여하튼 달은 대공의 건방진 종들과는 달리 경멸로 나를 벌하지 않았고, 나의 경건한 눈길 하나하나에 자비와 친절로 보답하듯 은혜로운 침묵을 지켰다.

그때부터 나는 매일 밤이 오기만을 기다렸고, 허허로운 마음을 걷어내고 별들의 빛을 끌어안는 어둠과 어두운 계절을 갈망했다. 해가 일찍 저무는 계절에는 내 세속의 업무를 일찌감치 마치고 나의 새로운 주인에게 더 많은 시간을 바칠 수 있었다.

내가 갔던 만큼 멀리 갈 준비가 된 사람은 드물다. 하지만 필요한 것은 용기가 아니라, 자기 자신에 대한 기억과 나라의 녹을 받는 관리로서 보장된 행로를 더 고결한 진리나 봉헌을 갈망하는 불확실한 전망과 바꿀 수 있는 겸양이다. 내가 사라지고 싶어도 나를 기억하는 사람들이 남아있을 때는 사라지기 위해 특별한 기술이 필요하다. 특히 영주가 노동력의 손실뿐만 아니라 최악의 재산 손실을 한탄해 마지않던 운명의 그해 이후에도, 여전히 제국에서 가장 훌륭한 농장 중 하나였던 크룸로프와 같은 영지에서 보직을 맡고 있던 사람이라면 더욱 그러하다. 영주는 자신의 영지들을 해마다 몸소 둘러보는 것으로 유명했다. 그는 자식을 돌보는 아비처럼 자신의 번영을 지켜보았으며, 따라서 내 취미를 미심쩍다는 듯 지켜보았다. 나는 아버지가 없고 영주보다 불과 몇 살 아래였으며, 심지어 어머니가 임종의 순간에 암시했듯 그의 형제일 가능성도 있었다. 어머니의 장례식을 치른 후에는 더 고통스러운 일들이 이어졌다. 그렇게 나는 가장 비통할 나 스스로의 장례행렬을 거부하고, 언젠가 우리 모두에게 닥칠 운명의 시점을 자의적으로 선택하게 된다. 내 이름이 즉시 사라지든 4대 또는 44세대 이후에야 서서히 사라지든 상관없었다. 상황은 내 활동을 어렵게 하기보다 오히려 도움을 주었다. 내가 관리해야 할 토지의 면적은 급격히 줄었고, 후대에 내 이름을 전할 수도 있었을 두 아이는 전염병으로 급사해 교회 묘지에 누웠다. 아내는 그해에 계속된 비참한 운명이 모두 달 때문이라고 믿었다. 나는 그녀의 생각이 그릇되었음을 설득하지 못했고 그녀의 말 없는 원망을 덜어 줄 수도 없었다. 그녀는 또한 달에 대한 나의 집착을 견디지 못했다. 아내가 죽었을 때는 그녀를 추모하거나 그녀의 갑작스러운 죽음에 이의를 제기할 부모나 형제자매도 없었다. 어차피 나는 자연법의 상황을 따르자면 그녀를 데려갈 수도 없었다. 마지막 문턱을 넘을 때 누구나 모든 것을 남겨 두어야 한다.

나는 나 이전과 이후의 모든 이들처럼, 헐벗고 언 몸으로, 태어나는 순간처럼 날카로운 숨을 터뜨리며, 햇볕이 들지 않는 바다, 비의 바다, 마레 임브리움에 도착했다. 이주민으로서 필요한 격리가 끝나자마자 나는 이 행성의 조수, 나에게 완전하게 보였던 기관의 가장 작은 구성원이 되었다. 그 기관 안에서 행해지는 일들의 인상적인 규칙성에 고무되어 나는 맡겨진 모든 작업을 충실히 수행했다. 지구에서 도착한 모든 화물을 1차 분류하는 것이 나의 주된 임무였다.

익히 알고 있듯 〈광란의 오를란도〉[53]에서 루도비코 아리오스토는 지구에서 사라진 모든 것이 여기 우리 달에 착륙한다는 소문을 퍼뜨린 적이 있다. 이 생각은 그가 거의 문자 그대로 알베르티로부터 차용한 것이며, 알베르티는 또한 그에 앞서 파도바의 미친 세탁부에게서 우연히 들은 것이었다. 사실 그들 세 사람 모두는, 그 비밀스러운 장소에서 그들이 그리워하던 모든 것을 발견하리라 믿으며 그것들을 과장했다. 사라져간 날들뿐 아니라 몰락한 제국, 흘러간 사랑, 응답받지 못한 기도를.

실제로 원심력은 반대 방향으로 작용한다. 지구의 몸이 달을 궤도에 유지하는 것이 아니라 달이 지구의 궤도를 유지하고 있듯 말이다. 그렇게 볼 때 달은 기본적으로 모행성의 이름을 부여받을 자격이 있다. 지구는 아무것도 아니며, 외면상 엄청나게 의존하고 있는 달, 이 말 없는 석회석 거울이 절대적이므로, 달이 세상을 근본적으로 뒤바꿀 수 있는 아르키메데스의 점[54]이라는 사실은 의심할 여지가 없다. 게다가 우주의 조수가 바뀌고, 달이 마침내 그 기원부터 비밀에 부쳐온 이 깨지기 쉬운 구조 안에서 지배적인 역할을 하게 될 것은 어차피 시간문제니까. 주인에게 명령하는 자는 주인이 아니라 하인이다. 하인과 주인 사이 중재자

---

53) 루도비코 아리오스토가 지은 르네상스기 이탈리아의 서사시.

54) 객관적인 사실이 완벽하게 인식될 수 있다는 이론상의 시점. 아르키메데스가 충분히 긴 지레와 설 수 있는 자리(점)만 준다면 지구도 들어 올려 보이겠다고 한 말에서 유래했다.

로서의 내 경험이 여러 번 입증했듯, 그 반대가 아니다.

내가 이곳으로 이주할 당시에 생리학자 마이어Siegmund Mayer의 부박한 첫 번째 시도가 잘 알려져 있었는데, 그는 모든 운동에너지와 열에너지가 동일한 힘의 각기 다른 발현일 뿐이며, 따라서 에너지는 여간해서 손실될 수 없을 것임을 시사했다. 달이 생긴 이후 언제나 존재했던 에너지 보존의 이 기본 원리가 두 별 사이의 포괄적인 상호관계를 지배하며, 달에 도착한 재화는 독립적인 달-지구 분과에 의해 선정된 후 지구에서 사라진다. 공정하지만 궁극적으로는 폐쇄적인 원칙에 따라, 무중력 상태의 중간 지대인 달의 아카이브 안으로 들어가는 길을 찾아간다는 말이다. 이로써 삶과 죽음의 전통적인 구분법을 피한다.

아주 잠깐이지만 이곳에 도착한 모든 것을 빠짐없이 보관했던 빛나는 시간이 있었다. 금기임에도 불구하고 만연한 구전을 믿는다면, 올멕Olmec[55]의 돌들도 그중 하나였다. 역사적인 다이달로스의 작업장에서 나온 크레타섬 미로의 점토 모형, 뮤즈 수행원 텔레실라를 기리기 위해 아르고스에서 개최된 히브리스티카 축제를 묘사한 꽃병, 기자 스핑크스의 웅장한 코. 200피트 길이의 용龍의 내장에 금박 글

55) 기원전 1200년경에서 기원 전후에 걸쳐 중앙아메리카에서 번성했던 문화·문명이다.

씨로 새긴 〈알마게스트〉[56]의 두 번째 아랍어 번역, 에우리피데스의 유실된 비극 〈폴리도스〉에서 망각의 어둠을 뚫고 빛나는 구절; *우리 삶이 죽음에 지나지 않는 것인지 누가 알겠는가? 죽음이야말로 삶이 아닌지*, 우리가 무엇을 위해 여기 선택되거나 저주받게 됐는지 가장 정확하게 표현하는 단어, 그밖에 그린란드 얼음에 보존된 6개의 원자 폭탄, 개구리 두개골로 만든 작은 십자가, 〈비밀 중의 비밀〉[57]의 완벽하지만 서로 전혀 다른 여러 필사본, 시모네 마르티니가 실물보다 훨씬 아름답게 그렸다는 예술성 풍부한 페트라르카의 연인 라우라 드 노베의 초상화, 사제들 외에는 다른 누구도 읽을 수 없었다는 그로테스크한 마야 코드, 아쉽게도 내가 더이상 제목을 기억하지 못하는 여성들의 수많은 뛰어난 작품들.

그 시대를 잇는 과도기에는 재화의 선택과 보관이 선출된 집단에 맡겨졌다. 그들 중에는 뛰어난 기억의 장인들이 속해 있었는데, 망각의 장인들이 그들을 대신할 때까지 그들은 이곳의 부름을 피할 수 없었다. 훗날 유입되는 물건의 홍수를 주관하는 데는 망각의 재능이 더 유용하다는 깨달음이 책임자들 사이에 퍼져갔다.

---

56) 2세기에 그리스의 클라우디오스 프톨레마이오스가 쓴 별과 행성의 운동에 관한 논문.

57) 아리스토텔레스가 제자 알렉산더 대왕에게 보낸 편지로 위장된 논문.

그것은 지구와 다를 바 없었다. 모든 세대가 물건을 재정비했고, 모든 지배층은 교화를 위한 새로운 사고 체계를 고안했으며, 실제 활동이 둔화할수록 이론은 더 밝아졌다. 부주의한 시절에 뒤이어 과장된 우려의 시절이 따라왔고, 이룬 것보다 놓친 것이 많다는 비판이 자주 제기되었다. 이의를 제기하는 이들은 모든 아카이브에 운명적으로 수반되는 심각한 공간 부족을 인식하지 못했다. 이것은 어떤 고안된 시스템으로도 해결할 수 없는 문제다. 무엇보다 달의 공간이 제한적이고 최전성기의 러시아 제국보다 그리 크지 않으니까.

영구적인 라이브러리 모델을 기반으로 한정된 재화만을 보존하라는 법령이 공포된 적도 있었고, 원본을 개선되고 축소된 사본으로 대체한 적도 있었다. 선택된 매체가 포괄적인 작업에 필요한 특성을 내포하지 않은 것이 뒤늦게 밝혀지기도 했다. 가장 멋진 사본 중 일부를 사용할 수 없게 되었고, 과거의 구식 원본처럼 전문적으로 폐기되기도 했다.

달-지구 분과의 지시는 인류의 가장 훌륭한 대표자들로 구성된 것이 아니라서, 뒤죽박죽 섞인 이질적 공동체인 이곳 주민들의 놀라움을 불러일으킨 경우가 드물지 않았다. 과거에 형성된 달과의 섬세한 관계 외에 아무것도 그들을 하나로 이어주지 않았으며, 문화권에 따라 사람들은 전혀 다른 방식으로 달을 인식하고 있었다. 그래서 내 두 모국어에 따르면 남성으로밖에 상상할 수 없었던 달은 여성적인 측면으로 적지 않은 이곳의 관리자들을 매료시켰고, 만주족의 눈에는 심지어 절구를 든 신성한 토끼도 보였다. 유감스럽게도 앵글로색슨족은 이따금 몽유병자들lunatic과 광인들을 이곳에 머물게 했다. 후자는 특히 태양풍의 몹쓸 영향으로 이미 희생된 기념물의 이름을 끝없이 노래하는 터무니없는 관습에 취약했다. 기나긴 달밤 내내 과거를 그리워하는 관행으로 말미암아, 가장 타락한 전우들 외에도 꽤 많은 사람이 영원한 삶을 마감해야 했다. 우리가 이곳에서 보내는 시간을 삶이라 부를 수 있다면 말이다. 완전한 무역사성은 영원한 삶의 가장 높은 미덕이다. 지상의 우울함에 내포된 가장 미세한 잔재도 이곳에서는 용납되지 않으며, 그것에 굴복하는 사람은 자신의 현존을 상실한다. 지구상의 관리보다 달 기록 보관자에게 더 절실한 원칙은 모든 물건을 동등하게 섬겨야 하며 공동체의 이익을 위해 어떤 물건에도 매달리지 않아야 한다는 점이다. 탐욕스러운 시간의 파괴력은 한때 이루었던 영화의 흔적을 극히 일부에만 남겨두기 때문이다.

당연히 관리할 재화는 끝이 없고, 곧 모든 물품을 저장하려는 온갖 노력—즉, 과거와 미래에 존재했었고 존재할 모든 것의 영원불멸한 저장소의 설립—은 이룰 수 없는 헛된 꿈으로 판명되었다. 우리의 노력을 조금도 알지 못하고 우리 눈앞에서 하얀 구름으로 둘러싸인 구슬처럼 무심히 회전하던 지구로의 귀환도 마찬가지였다. 이 광경을 점점 더 견디지 못하는 것은 나만이 아니었다. 오래 고대해 온 승진의 기회가 왔을 때, 나는 별도의 항의 없이 기록보관소를 지구에서 보이지 않는 달의 뒷면으로 가져가 마침내 지하로 옮길 수 있었다. 전임자들의 실패로 인해 지치기도 하고 도전을 받기도 한 나는 그곳에서 사치의 호수 깊숙이 빛이 들지 않는 자리에 새로운 체계를 만들었다. 그 체계의 핵심은 달과 관련된 물건만을 저장하는 것이었다. 내가 이 원칙을 가장 가치 있는 접근 방식이라고 믿었던 이유는 달을 대상으로 한 작품들 속에서 자기 축을 중심으로 끊임없이 회전하는 이기적인 지구의 역사가 꿈의 그물처럼 모각되기 때문이었다. 꿈과 배설강은 아리스토텔레스가 이미 추측한 것처럼 서로 불가분의 관계에 있었고, 달 표면의 분화구는 꿈을 낳는 창자처럼 영혼의 진정한 자리였으며, 단순하고 포식을 멈출 줄 모르는 박테리아 집단처럼, 우리 달 공동체가 품고 있는 갈망으로부터 자양분을 공급받고 있었다.

우리의 고향인 달을 한 번도—그리고 낭만주의자들이나 수많은 그 후계자 조직들이 남용하는 은유적인 의미로든—언급하지 않는 용서할 수 없는 실수를 저지른 물품을 일제히 제거하며 느낀 통쾌함은 말로 설명할 수 없었다.

과거의 광포한 숙청에 희생되지 않고 살아남아 내 엄격한 요구사항을 충족시킨 모든 것이 달의 보관소에 수용되었다. 보관소 가장 안쪽에는 바빌로니아의 일식과 월식 목록, 장미색 홍염이 그려진 일본 수묵화 앨범, 〈달에 처음 간 사나이〉라는 기이한 무성영화, 셀레네가 금박을 입힌 켄타우로스를 타고 있는 기계식 오르골, 달의 분화구 모양을 나의 고향인 보헤미아와 비교한 갈릴레이의《시데레우스 눈치우스》원본, 내 협상 덕분에 반환신청 방법을 개선하여 되찾을 수 있었던 방대한 양의 월석이 놓여있다. 요약하자면 내가, 수용된 물품들은 달을 언급하는 것을 넘어 달 자체를 대상으로 해야 한다는 현명한 규칙을 만든 이후로, 모든 것이 훌륭히 정비된 듯 보였다. 가장 빛나는 달 이론조차도 달에서 지구 외에 그 어떤 것도 찾지 못하는 결함으로 오염되어 있었기에, 그 안에서 부족한 자아만을 보고자 했기에, 작고 불구가 된 쌍둥이 행성은—아직 젊었던 지구가 이름 없는 행성과 충돌해 생명을 싹틔우는 동안, 선사 시대 재앙의 잔재로서, 온 힘을 다해 찢겨 나와 자기만의 궤도를 따르는 한편 늦게 태어난 실패한 복사품, 탁해진 거울, 차디찬 별이 되어갔다.

아, 내 광기가 끝났으면! 소지품을 다시 확인했을 때, 나는 네브라 하늘원반과 빌헬미네 비테의 손에서 탄생한 달의 산맥의 초기 왁스 부조 사이에서 월면학 논문집을 발견했다. 낯설지만 분명히 내 손글씨로 내 이름을 적은 것이었다. 꿈에서 그의 악마와 마주쳤을 때 케플러의 기분이 그랬을까. 내 안에서 지구에 두고 왔다고 믿었던 온갖 감정들이 깨어났다. 재능보다 부지런함에서 탄생한 그 그림들 안에서 나는 오랜 세월 동안 숭배해온 달의 산맥들을 만났다. 가까이서 본 모습은 한때 멀리서, 내가 땅에서 최고의 시간을 바쳐 관찰한 것보다는 덜 감동적이었다. 그렇게 망각의 베일 뒤에서 행복한 오후가 다시 떠올랐다. 지구의 반사광 덕분에 현재 작업장의 밤의 면모를 관찰하고 그림으로 붙들어 둘 드문 기회가 찾아온 것이다. 달의 분화구는 밝게 빛났고, 습기의 바다는 어두우면서도 선명했고, 그리말디는 짙은 회색으로 보였다. 기억이 흐릿해지며 식어버린 지 오래인 먼 옛날의 갈망이 다시 느껴졌다. 그것이 나를 이 먼 곳으로, 빛이 없는 동굴들과 얽히고설킨 통로로 이루어진 이 미로 안으로 보냈었다. 가장 큰 찬미의 대상은 그저 직업상의 대상으로, 밝은 미래는 되찾을 수 없는 과거로 흘러가 버렸다. 순간의 섬세한 꽃인 현재만이 내 앞에서 숨는 법을 항상 알고 있었다.

나의 작업은 절정에 이르렀고, 지금까지 이 일이 정당하다고 믿어왔으나, 과거의 환희와 최근의 비애가 뒤섞이며 영혼이 벌거벗은 신경처럼 예민해진 나에게 정말 그렇게 생각할 자격이 있는지 알 수 없었다. 어머니의 자궁에서처럼 안전하다고 느껴오던 몸이 갑자기 차갑게 식고, 내 고귀한 신념도 사라지고, 시시포스처럼 쓸모없이 반복될 작업에 강한 반감을 느꼈다. 미래의 어떤 방법도 내 안에서 무르익어가는 확신을 추방할 수 없어보이기 때문이었다. 나는 달이 모든 기록보관소와 마찬가지로 보존의 장소가 아니라 가차 없는 파괴의 장소였으며 지구의 박피장이라는 것을 깨달았다. 나의 어리석은 작업 외에 구제할 길이 없는 달 보관소를 폐기라는 불가피한 수순으로부터 구하는 것은 예정된 파멸을 선취함으로써만 가능할 것이다.

달을 이해한다는 것은 자신을 이해하는 것이다. 그리고 오늘 나는 나 또는 보잘것없는 존재의 가장 외진 곳에서 처음으로 아주 조금 그 일에 성공했다고 감히 말할 수 있다. 깨달음은 대부분의 진실처럼 그것이 야기한 고통을 완화할 수 없을뿐더러, 복용량이 지나친 경우에는 약이 아니라 독이 되었다. 뒤늦은 깨달음은 덜 익은 까마중 열매만큼이나 쓴맛이 났다. 달은 똑같이 남아있고, 과거에 사라진 별들의 불빛이 남아있는 우주는 영원히 오래된 역사의 장소다. 나는 다른 모든 사람과 같은 사람이었다. 달은 환상통을 앓는 사지처럼 한때 잃어버린 완벽함, 태어난 순간의 헤아릴 수 없는 트라우마, 그 원시적인 폭력이 피할 수 없는 죽음보다 더 큰 수수께끼를 제기한다는 사실을 기억시킨다. 기억하는 것은 배울 수 있지만 잊는 것은 그럴 수 없기에 린네의 생물분류학이나 나의 도플갱어(고트프리트 아돌프 키나우)를 구해준 그리스도의 믿음에서 위안을 찾을 가능성이 없다. 그래서 나는 더이상 삶이라 부를 수 없는 삶, 원래 삶이라 부르는 게 적당하지 않았을지도 모르는, 엄밀히 말하면 다른 어떤 사람의 것보다 더 쓸모가 없지는 않았던 나의 소임과 작별한다. 나는 이제 그 끔찍한 일이 이미 일어났고, 다가올 모든 공포는 모든 시작에 뒤따르는 피할 수 없는 결과일 뿐임을 안다. 가깝고도 먼 시간에 항성은 불타오르고 태양과 더불어 관련된 모든 천체가 증발할 것이다. 내 육신의 잔재가 저 스토젝 숲의 키 큰 가문비나무의 껍질처럼 사라져 간다면 얼마나 좋을까. 125살에 건강한 상태로 벌목꾼에게 맡겨졌으나 그 줄기를 자르거나 다룰 수 없었던 나무. 그루터기 두께에 걸맞은 큰 톱을 찾을 수 없었기에 거대한 줄기를 그 자리에서 썩도록 남겨 둘 수밖에 없었다. 지구에서는 쓰러진 모든 줄기의 썩은 몸에 이끼류와 균류의 식물군이 곧 달라붙어, 부패가 생명의 순환에 지속적으로 불을 붙이는 것과 달리, 폐기 분화구에서 재생은 기다리지 않으며, 대신 전하를 띤 미세한 회색 먼지로 분해될 뿐이다. 그것은 극도로 열어 진공과 닮은 이곳의 대기가 독특한 방식으로 촉진하는 돌이킬 수 없는 과정이다.

인명 색인

〈ㅂ〉

〈ㅌ〉

〈ㅍ〉

이미지 색인

32p: 어니스트 데베스의 지도, 〈투아나카?〉. 《지구의 모든 부분과 세계구조에 관한 손으로 그린 지도》(아돌프 슈틸러 발행, 고타 1872년)에 수록.

54p: 1899년 베를린 동물원, 카스피해 호랑이.

76p: 〈크베들린부르크 인근에서 발굴된 유골〉. 에칭, 크리스티안 루트비히 샤이트, 1749년, 라이프치히. 고트프리트 빌헬름 라이프니츠의 《프로토게아》(미출판)를 위해 제작.

98p: 취리히 중앙대학도서관, 그래픽아트 전시관/ D 1288/ 퍼블릭 도메인 마크 1.0.

120p: 에른스트 호프만, 영화 〈푸른 옷을 입은 소년〉 스틸 컷, 1919년.

142p: 옥시링쿠스 파피루스 15의 일부(1922년). 1787번에는 문헌학자 에바 마리아 포이크트의 〈사포와 알케우스의 단편〉에 수록된 사포의 시(70. 78)가 담겨 있음.

〈사포의 연가〉: 포이크트의 위의 책에서 인용.

164p: 1900년 이전의 베렌호프 성. 귀츠코브 박물관 소장.

186p: 4세기, 콥트 마니교 문서. 보이는 내용이 본문에 인용됨.

208p: 카스파 다비드 프리드리히, 그라이프스발트 항구, 1810~20.

230p: 사진_장 피에르 달베라, '숲속의 대백과사전', 쿤스트할레 베른, 1952~1972.

〈숲속의 백과사전〉: 이 이야기는 한스 울리히 슐름프의 책 《아르만트 슐테스. 우주의 재구성》(파트리크 프라이 편, 취리히. 2011)을 비롯, 그가 아르만트 슐테스에 관해 모은 자료들을 바탕으로 쓴 몽타주임.

252p: 사진_루츠 슈람, 1976.

274p: 고트프리트 아돌프 키나우의 셀레노그래피는 달 남극 북서 지역을 보여줌. 〈시리우스: 일반인을 위한 천문학 잡지〉(속편. 권 11. 제8호. 1883년 8월).

옮긴이의 말

과거와 미래가 만나는 유토피아로서의 폐허

소중한 사람이 떠나간 자리에는 고인의 유품과 더불어 고통과 슬픔, 후회, 설명할 수 없는 이상한 감정들이 남는다. 얼마 전까지만 해도 실제였던 누군가는 기억이 되고, 차츰 허구로 되어간다. 남겨진 유산 중의 어떤 것은 보관되지만, 많은 것들이 버려지고 잊히고 왜곡되고 돌이킬 수 없는 파괴의 과정을 겪는다. 유디트 샬란스키의《잃어버린 것들의 목록》은 이러한 상실의 경험을 기록한 책이다. 작가는 대상의 부재로 인해 생겨나는 갑작스러운 공백을 사적인 영역뿐 아니라 인류의 과거와 다양한 문화 속에서 폭넓게 관찰한다. 특히 그녀의 관심은 우리가 오랫동안 잊었던 것들, 또는 잊었다고 생각했던 것들, 모두가 외면했거나 침묵했던 지점, 작가의 표현으로는 '상처의 지점'에 머문다. 그곳에서 그녀는 마치 빙의된 여사제처럼 지금까지 묻혀 있던 폐허의 목소리들을 우리에게 들려준다.

침몰한 것으로 추정되는 태평양의 투아나키 섬, 멸종된 카스피해 호랑이, 신화 속의 유니콘, 살아생전 단 한 채의 건물도 짓지 않고 폐허에만 매달렸던 건축가 피라네시, 복원 불가능한 무르나우의 영화와 유령처럼 맨해튼을 떠도는 그레타 가르보, 조각으로만 남아 있는 사포의 시구詩句들, 포메라니아의 불타버린 성, 마니교의 창시자인 마니의 거의 사라진 교리서들, 한때 그라이프스발트 항구를 교역의 중심지로 만들어주었지만 이제는 말라버린 리크 강, 숲속에 자신만의 백과사전을 설치한 외톨박이 남자, 철거된 공화국궁전, 달과 사랑에 빠져 먼 미래에 달에 살고 있는 월면학자가 작가를 만나 생생한 목소리를 얻고, 각각 한편의 몽타주처럼 어렴풋이 완성된 얼굴을 갖게 된다. 이들은 수많은 공백을 갖고 있지만, 작가는 그 여백들이 어떤 식으로 상상력을 자극할 수 있는지, '여백이 환상을 시뮬레이션하는 방법'[1]과 생략부호가 품고 있는 '거대한 감정의 왕국'을 설득력 있게 보여준다.

"시의 파편들이 끝없는 낭만주의의 약속임을, 아직도 여전히 영향력 있는 현대의 이상理想임을 우리는 알고 있다. 그리고 시 예술은 지금까지도 어떤 문학 장르보다 더 함축적인 공허, 의미를 증폭시키는 여백을 갖고 있다. 구두점들은 단어들과 함께 유령의 팔다리처럼 생겨나 잃어버린 완

1) Björn Hayer, 〈Der Spiegel〉, 2018. 10. 22.

벽함을 주장한다. 원형을 온전히 갖추고 있었다면, 사포의 시들은 우리에게 한때 눈이 시리도록 화려하게 채색된 고대의 동상들처럼 낯설었을 것이다. (…) 생략부호는 모든 텍스트에, 언어로 표현할 수 없는 것이나 기존의 단어에 투항하지 않는 감정들에, 규정되지 않은 거대한 감정의 왕국을 열어준다." (153~155쪽)

1931년 뮌헨의 글라스 팔라스트 전시장 화재로 소실된 카스파르 다비트 프리드리히의 그림 '그라이프스발트 항구'에 접근하는 방식도 흥미롭다. 그림에 관한 일반적인 미술사적 설명을 접고, 그녀는 그림의 배경이 된 과거의 리크 강 인근을 세 번에 걸쳐 방문하며 시간의 변화에 따른 자연의 변화를 객관적으로 기술한다. 그림을 설명하는 대신 그림 속으로 걸어 들어간 것이다. 계절의 변화에 상응하는 풍요로운 숲과 들판의 축제에서 수많은 꽃과 새들, 빛과 바람, 작은 미물들 심지어 무생물들까지 존재의 '완벽함'을 당당히 주장한다. 마찬가지로 그녀는 멸종된 카스피해 호랑이와 사자의 결투가 벌어지는 로마의 원형극장으로, 구 공화국의 궁전으로 발을 딛는다. 작가와 함께 여행을 떠나듯 폐허가 된 시간과 장소들을 거닐다 보면 멸종된 생물들과 잃어버린 존재들, 시간들이 눈앞에 되살아나고 어느 순간 세상 곳곳이 지구본 위에처럼 작고 가까워 보인다. 잃어버린 것들을 확인하는 과정이 동시에 그것들을 얻는 과정이 되며, 그럴 때 폐허는 과거와 미래가 만나는 유토피아로서 빛을 발한다.

2022년 봄에 유디트 샬란스키는 "자연에 깊은 생태학적 관심을 가진 작가"임을 증명하는 "시적 기록 보관자"[2)]로서 카를 아메리Carl Amery 문학상을 수상했다. 수상 연설에서 그녀는 고대 철학자 켈수스의 사상을 언급했다. 인간이 만물의 영장이라는 나르시스트적인 발상과 신이 인간에게 부여한 특별한 위치에 분개했던 고대의 학자처럼[3)] 샬란스키는 '우주는 인간을 위해 창조된 것이 아니라 전체와의 유기적인 관계 속에서 창조되었음'을 강조했다. 작가의 의식 깊숙이 깔려있는 이런 생태학적 관점이 조용한 잠언처럼 기후 위기와 전쟁, 팬데믹으로 고통받는 우리 시대를 돌아보게도 한다.

2018년 10월에 어떤 장르로도 분류되지 않은 채 출간된 이 책은 출간 전에 이미 독일의 유수 문학상인 빌헬름 라베 문학상을 수상하는 쾌거를 이뤘다. 심사위원단은 "매우

---

2) 2022년 카를 아메리 문학상 심사위원단 심사평.

3) Antje Weber, 〈Süddeutsche Zeitung〉, 2022. 4. 11.

이질적인 텍스트들"이라고, 작가 본인은 "몽타주 작업"이라고 설명하는 이 책은 서문과 열두 편의 이야기에 정확히 같은 페이지 수가 할당되어 있다. 각 장이 공평한 무게를 갖게 하려는 작가의 의지였다. 상실과 망각, 기억이라는 주제로 연결되어 있는 열두 편의 이야기에서 작가의 어조는 소재에 따라 다채롭게 변한다. 예를 들어 사포의 잃어버린 시행에 관한 이야기에서는 시의 단편斷片들의 배열이 리드미컬한 스타카토를 만들어내고, 전설적인 영화배우 그레타 가르보의 독백은 의식의 흐름 기법을, 구동독의 허상을 보여주는 〈공화국궁〉은 챈들러나 카버와 같은 미국 작가의 단편소설을 읽는 느낌을 준다. 여러 세기를 넘나들며 '사라진 것들'에 상상력을 불어넣는 젊은 작가의 능숙한 스토리 텔링의 기법은 흡사 월터 페이터의 모나리자에 대한 묘사를 떠오르게 한다.

"그녀는 자신이 앉아 있는 바위들보다 더 나이를 먹었다. 뱀파이어처럼 그녀는 수없이 죽었고, 무덤의 비밀을 배웠다. 깊은 바다를 헤엄쳤으며, 망자들이 죽은 날을 품고 있다. 동방의 상인들과 낯선 직물을 거래하기도 했다. 그녀는 트로이의 헬레네의 어머니인 레다이기도 하고, 성모 마리아의 어머니인 성 안나이기도 하다. 이 모든 일이 그녀에게 일어났으나 리라와 피리 소리만큼이나 부질없을 뿐,

그녀는 표정을 바꾸고 눈꺼풀과 손을 엷게 물들이는 미묘함 속에만 살고 있다."[4]

《잃어버린 것들의 목록》은 인류사의 시간과 공간을 넘나들며 다양한 목소리를 내는 작품이지만 1980년에 그라이프스발트에서 태어나 어린 시절을 보낸 작가의 정체성을 적지 않게 포함하고 있기도 하다. 그녀에게 처음으로 작가적 성공을 안겨준《머나먼 섬들의 지도》(2009)와《기린은 왜 목이 길까》(2011)에서 보여주었던 머나먼 섬들과 구 동독에서의 삶에 관한 허구적 탐구가 이 작품에서도 이어진다. 열두 편 중 네 편이 저자의 일인칭 관점을 취하고 있으며, 그중 두 편은 그녀의 고향에 관한 이야기다. 그라이프스발트의 숲은 작가에게는 타의에 의해 사라진 과거로 돌아갈 수 있는 작은 통로와도 같다. 옛 공화국궁 궁터와 어릴 적 살았던 폰 베어 가문의 성 근처에서 어린 시절의 첫 번째 기억을 떠올리기도 하지만 그녀는 기억의 고리에서 자주 길을 잃는다. 사실과 허구의 경계가 모호해진다. 그녀에게 아직도 생생한 것은 '어제가 없는 오늘 속에서 자라나는 아이'[5]다.

---

4) Walter Horatio Pater, 《Studies in the History of the Renaissance》(Oxford: University Press, 2012).

5) Andrea Heinz, Der Standard, 2018, 12. 28.

교회는 동네 한가운데 있었지만 모두 그냥 지나쳤다. 아무도 붉은 벽돌 담장 안을 들여다보지 않았고, 아무도 무덤들과 십자가들을 쳐다보지 않았다. 허리가 굽은 노인 몇몇만이 삐걱거리는 문을 열고 묘지로 들어갔다. 우리는 교회 바로 옆에 살았다. 그러나 그것은 아무 의미가 없었다. 대리석과 야면석을 다듬어 만든 거대한 건물도, 대각선으로 마주 보이는 목사관도, 평지에 세워진 나무종루도, 일요일의 종소리도, 교회 마당에 비스듬히 서 있는 녹슨 십자가도, 연철로 된 성문 뒤 비바람에 황폐해진 백작 가문의 무덤도, 고사리 덤불 속의 십자가도, 아무도 앉지 않는 망가진 벤치 위쪽에 있는 천사의 부조도, 엄마가 한번 읽어주었지만 이해할 수 없었던 "사랑은 영원히 끝나지 않으리니"라는 석판 위의 문구도. 그것은 모두 영원히 잊힐 것처럼 보이는 과거의 잔여물들이었다. (172쪽)

'국경, 돈, 슬로건 등 모든 것이 한순간에 변할 수 있다는 경험'[6]을 한 아이에게 '사랑은 영원히 끝나지 않는다'는 말은 '영원히 잊힐 것처럼 보이는 과거의 잔재'처럼 들릴 뿐이다. 〈사치의 호수〉에서 미래의 달에 살고 있는 월면학

---

6) Martina Sulner, HAZ-Gespräch mit Judith Schalansky, "DIE VERGANGENHEIT MUSS IMMER WIEDER NEU ERFUNDEN WERDEN".

자 키나우에게 '달에 있는 것들이 충직한 벗이자, 저녁마다 반복되는 혼잣말의 말 없는 수신인'이 되어주었듯, 폐허에서 '잃어버린 것들'이 그녀의 질문을 받아주고 그녀를 위로한다.

《잃어버린 것들의 목록》은 술술 읽히는 책이 아니다. 괴테 문화원과 독일의 머크 그룹이 공동개발한 '소설 번역 프로젝트'의 지원을 받아 여러 언어권의 번역가들이 작가와 활발한 의견을 주고받으며 작업할 수 있었음에도 그 과정이 만만치 않았다. 단문에 익숙하고 앞으로 나가길 원하는 독자의 특성과 그런 독자들에게 협조하지 않고 문장을 꼼꼼히 채우려는 작가의 스타일을 독자들이 어느 정도까지 받아들일 수 있을지 늘 고민이 되었다. 작가는 자신의 엄청난 독서량과 지식에 준하는 사전·사후 조사에 독자들도 어느 정도는 동참해주기를 바랐다. 일러두는 말과 긴 서문, 책 끝의 색인 목록이 단적인 예다. 언뜻 불친절해 보이는 작가의 이런 기대를 감수한다면, 묻혀 있던 과거와 가보지 못한 미래가 공존하는 폐허에서 적지 않은 것들을 얻으리라는 말을 하고 싶을 따름이다. 2021년 서울 국제도서전에 참여했던 작가의 따뜻하고 명쾌한 동영상 인터뷰도 추천하고 싶다.

'살아있다는 것은 상실의 경험'이며, 우리 모두 언젠가는 존재를 증명할 수 없는 섬처럼 사라져 갈 운명임을 일깨워 준 이 책을 마무리하며 뜨거운 바닷바람처럼 스쳐가던 첫 장의 문장들을 다시 떠올려 본다.

"마지막으로 다시 내 시선은 창백한 푸른빛의 지구본으로 향했다. 나는 재빨리 그 위치를 찾았다. 바로 그곳, 적도의 남쪽 흩어져 있는 섬들 사이에 이 완벽한 땅이 있었다. 세계의 외딴곳에. 그곳에 대해 한때 알았던 모든 것은 잊혔다. 그러나 세상은 알고 있던 것만을 애도하며 그 더없이 작은 섬이 사라짐으로써 대체 무엇을 잃어버린 것인지 짐작도 하지 못한다. 지구가 이 사라진 조그만 땅에 자신의 배꼽이 될 것을 허락했었음에도 불구하고."(52쪽)

2022년 가을,

박경희